小蘑菇

默示录 大结局

Little Mushroom

一十四洲 著

北京联合出版公司
Beijing United Publishing Co.,Ltd.

我愿为人类安全拿起武器。

我将公正审判每一位同胞。

虽然错误，仍然正确。

✦ ✦ ✦

✦

"那橘子呢？橘子是什么味道？"
陆汛说，等秋天。

　　他想保护的东西都会被摧毁，他的信念是空中楼阁，他不得好死。
　　不能亲眼看到他疯掉的那一天，不能看到这个基地覆灭的那一天，是我唯一的遗憾。

夫人的玫瑰花凋谢了，但他希望上校一直是那个上校。

——再见了。

『如果有一天，北方基地的审判者来到这里……就说安折自由远去。』

CONTENTS
✦✦✦ **目录** ✦✦✦

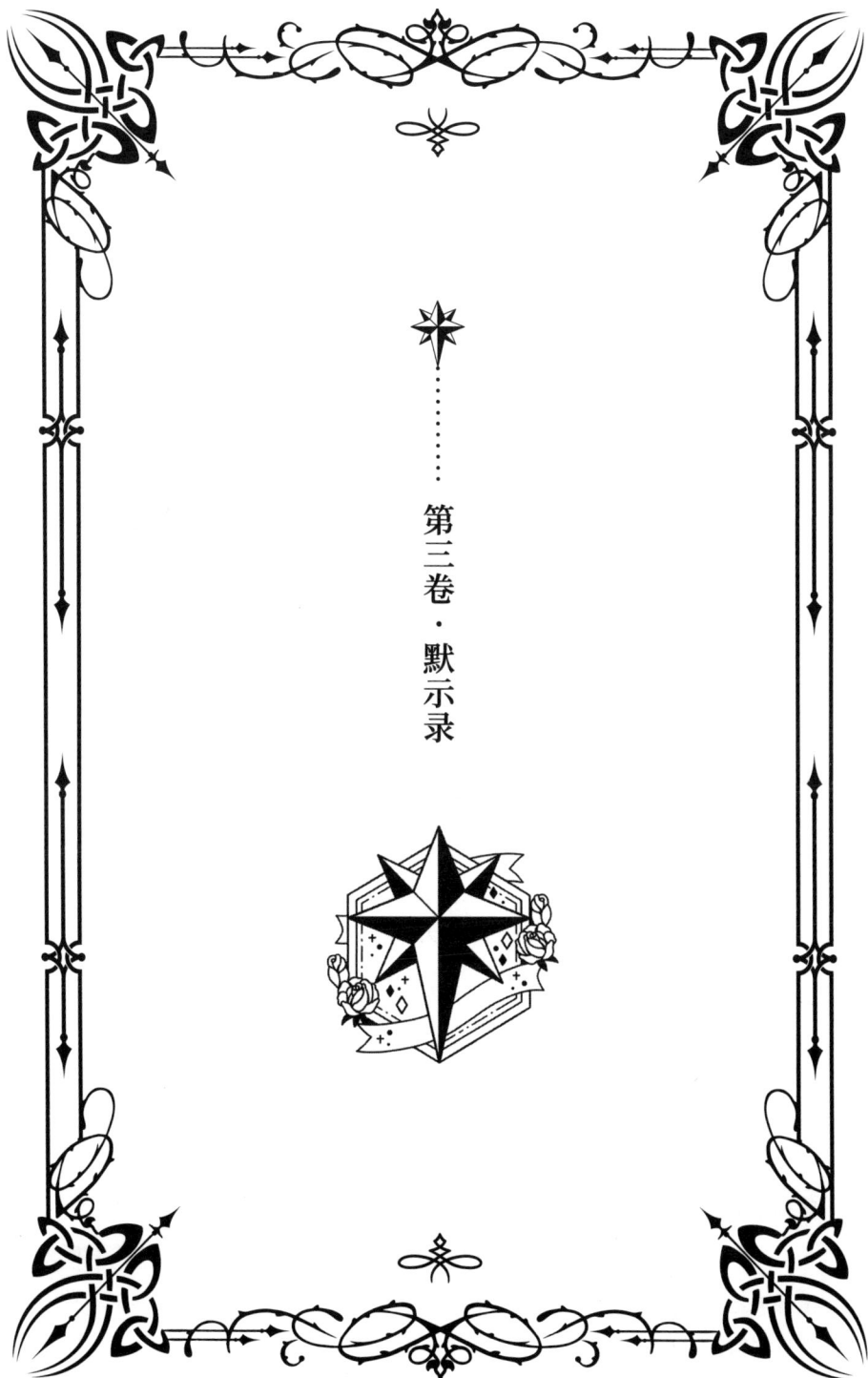

第三卷·默示录

✦ 第 28 章
审判无时无刻不在发生。
·····················

楼梯间几乎没有人，又或者只有行色匆匆的几个人——比平时要少一些。上下楼梯是一件消耗体力的事情，安折深呼吸了一下，仍然感到有点吃力。当太阳风直接侵袭地球，大气层会以一种令人恐怖的速度被吹散，消散在宇宙空间。尽管现在仅仅过了几天，通风口供给的空气中，氧气含量就已经明显不够了，军方的广播也每天提醒人们减少外出与不必要的体力消耗。

安折来到一楼走廊，这里气氛更是凝重，见不到人影。安折记得巡逻审判官对他说的一句"早点回去"，于是加快脚步，回到了审判庭的地盘。博士在大厅里敲电脑，见他来，道："终于回来了，去哪儿了？"

安折道："出去走走。"

他坐到博士身边。纪博士是个很温和的人，这几天下来他们关系很好。

"别乱跑。"博士道，"至少今天不行。"

安折问："发生什么了？"

博士的目光从电脑屏幕上移开，看向他，他的面容微带疲惫，嘴唇苍白，湛蓝的眼睛里似乎有望不见尽头的深浓的情绪，这种情绪并不积极。他将一瓶水推到安折面前："渴了吗？"

安折摇摇头，他还好——虽然蘑菇是一种很需要水的生物，但今天孢子回到了他的身体里，他感觉很安定，对水的需求似乎也不是那么迫切。

"各方面的供应都在告急，不说食物和水，单单氧气就不够。"只听博士轻声道，"最迟今天，军方要转移人员。你如果回来晚了，赶不上转移，就只能留在这里了。"

安折微微疑惑。

"转移去哪儿？"他问。他以为灯塔已经是最后的避难处。

博士目光定定地看着前方空白的墙壁，道："伊甸园。"

"那里是作物繁育中心，有稳定的食物供应，也有大量纯净水储备，基地的资源都在那里。"博士道。

说完，他笑了笑："伊甸园的名字取得很好，现在真的成了最后的伊甸园。"

"最初伊甸园建造的时候，就有反对的声音。作物的繁育、培植，饮用水供应，孩子们的培养……将这么多人类生存必备的资源核心集中设置在一个地方，就算对伊甸园极其有利，但会不会带来更大的风险？"博士的声音放低了，"但事实总是证明，基地的能力有限，面临巨大灾难的时候，人类所有的资源也只能集中供应给伊甸园一个地方。我们牺牲一切都要保住它，如果伊甸园不存在，那人类也将不复存在。"

安折明白博士的意思。伊甸园是母亲和孩子们在的地方。

他看着博士，问："所有人都去吗？"

博士看了他一眼，安折很难形容那个眼神的含义，像伊甸园管理孩子的生活老师看向任性不懂事的学生，可是除此之外，还有淡淡的怅惘和悲伤。

于是安折知道那个答案了，他没说话。

一个上午就这样在沉默中度过，瑟兰回来了一次，但行色匆匆，他的工作很忙。

"我要在这里待到晚上。"他看向安折："应急反应部不认得你，你跟着我吧。"

博士道："交给我就好了，不会把他丢下的。"

瑟兰思索片刻，道："好。"

外面，巨大的风声没有一刻停止，这股来自宇宙无法抗衡的力量撼动着整个人类的城市，太阳风暴在地球上卷起的飓风胜过历史上有记录的所有灾难。将手指贴在墙壁上，安折能感受到它轻微的震颤，像一只濒死的动物最后的挣扎与喘息。其实，人类的造物能在这样巨大的风暴中坚持存在这么久，安折已经觉得是个奇迹。

　　下午 1 点，有人敲开了这里的大门——是一队全副武装的军官，为首的是三位文职军官，胸前别着代表"应急反应部"的徽章，见到纪博士，站在最前面的军官微微颔首："博士，请跟我们来。"

　　博士道："开始转移了吗？"

　　"开始了，预计转移五百人。"军官道，"军方会竭尽全力保证您的安全，我们已经为您在伊甸园安排了住处。"

　　"谢谢。"博士道。

　　但下一刻，他看向安折："但他得跟着我。"

　　"按照转移方案，您可以带一名助手。"军官对安折道，"请出示 ID 卡，以便我们核实身份。"

　　"我的助手已经不在了。"博士的手臂搭着安折的肩膀，笑了笑，对安折道："你的 ID 卡好像不在身边。"

　　安折道："我只有上校的。"

　　博士道："给他们。"

　　安折乖乖把陆汛的 ID 卡拿出来，那名军官接下了，在便携机器上刷了一下——然后他明显愣了愣。

　　"陆汛为了基地去往地下城，现在还没有消息。"博士挑了挑眉，慢条斯理道，"他家的小朋友还得不到避难权的话……我认为不太合适。"

　　军官蹙了蹙眉，走到一旁拨了一个通信，才回到这里，道："他可以破例转移，身份认定为您的助手。"

　　博士道："谢谢。"

　　"你看。"走在走廊里，博士对安折道，"如果你早上乱跑，回来晚了——"

　　安折抿了抿唇，他看见了大厅的情形。

几十个穿白大褂的研究员简单排队，旁边有军方士兵看守。一位女士正激动道："我的助手必须跟着我，我不接受这样的转移方案。"

那位军官道："转移方案里，您没有助手配额，陈博士。"

"我的研究离不开助手，单独一个人无法完成那些工作，何况他的造诣并不低于我，也能独立主持大型项目。"被称为"陈博士"的女士高声道，"麻烦您向上请示。"

"如果您认定失去助手后无法继续您的研究。"军官的声音冰冷无情，"您可能得留在这里了。"

短暂地愣怔后，她沉默了。

安折跟着纪博士走向另一个方向，楼上似乎也有争执在发生，他听到了重物落地的声音。

统战大楼的一层开放了一个出口，安折在那里上了军方的重型装甲车。上车时他短暂地看见了一眼外面的景象，阳光刺眼到几乎能灼伤视网膜，干燥滚烫的空气在肺里横冲直撞，沙砾落了他一身——原本平整的地面上到处是深深的沟壑，像被巨型怪物的爪子狂乱地撕挠过。

周围是人们的呼吸声，这辆车带了三十个人离开。听旁边的人议论，此次转移，灯塔总共只有五百人的名额，不足全部工作人员的十分之一。

又有人问："那我们的设备和材料呢？"

"我们离开后，灯塔整体断电，实验室根据重要程度进行评级，重要样本会转移到伊甸园继续保存。"有人回答道。

"哐"的一声，车门落下，装甲车启动，车厢内一片黑暗和沉默，博士抓住了安折的手。

安折忽然感到这个场景无比熟悉。一个月前，在铺天盖地的虫潮里，他也是这样登上军方的卡车，来到第6区，接受审判日的审判。只是那时在黑暗的车厢中抓住他的手的是诗人，现在换成了博士。而那时人们能否进入第6区的标准是是否被感染，这次人们能否进入伊甸园的标准是过去、现在、未来对基地能否有足够的贡献。

无论是外城还是主城，审判无时无刻不在发生。

路程很短，很巧，他和博士被安排在 6 楼的尽头——他曾经教孩子们念诗的地方。在伊甸园，他吃到了这几天来第一顿正式的午饭——一碗土豆汤，即使没有他自己煮的美味，但在吃了几天的压缩饼干和营养冲剂后，这已经算是难得一见的美食了。

博士似乎心事重重，晚上的时候，安折出去替他接水。

茶水间里有人，白天与军官发生冲突的那位女士正面对着墙壁啜泣，旁边是另一位研究员，他拍了拍她的肩膀："或许灯塔能撑过去。"

"不可能了。"她声音沙哑，"地球空气含氧量已经不足原来的一半了，启动空气过滤系统后，新鲜氧气只会优先供给伊甸园。居民区、军队基地，就算是双子塔，都是氧气供应的第二序列，撑不过去的。"

这时她抬头，看到安折，轻声问："这是谁？也是我们的人吗？"

她旁边的研究员道："据说是检测中心纪博士的助手。"

"纪博士能带助手进来……"她喃喃道，"因为他的成果比我们的强。"

"事实就是这样，"研究员说，"不要为他伤心了，假如能渡过这次灾难，我们还能够培养新的助手。"

她的鼻尖发红，眼眶里全是泪水，听了这话，却"哈"地笑了一声，随即伸手掩住整个脸庞，浑身颤抖。

"你以为……"她道，"我仅仅是……仅仅是因为我的助手才伤心吗？"

"主城的居民，在外城被炸毁的时候都庆幸自己不是被放弃的那部分，"她的声音断断续续，"但他们还是被放弃了。我们今天能站在这里，是用灯塔里其他所有人的牺牲换来的……但或许明天就会失去资格，海水淹没一座岛屿，露在水面上的部分只会越来越少，时候快到了。我们……我们到底在坚持什么？为了人类整体的利益吗？"

"为了人类整体的利益。"

她躬下腰，剧烈地喘息着："这个时代在杀人，但人类本身也在杀人。"

"但你必须接受，陈清博士。"研究员轻声道，"作为得利者，我们没有替他们哀悼的资格。"

"我知道……我只是，作为和他们一样的人类同胞，情感上难以接受。"她最后抹了一把眼泪，勉强笑了笑，"还是你想说，我们也没有拥有情感的资格？"

"……我不知道。"

他们不再说话，安折的水也接好了，他握着杯子走出了茶水间。一抬头，他看见瑟兰的身影在走廊里一侧一闪，开门进博士和他的房间了——于是他加快脚步，想去和瑟兰打招呼。

门没关，一线微光透了出来，安折的右手搭在门把手上，他刚想推门，却听里面的瑟兰道："安折在哪儿？"

"和我一起转移了。"博士道，"你找他吗？"

"他一直跟着你？"瑟兰道，"我刚刚接到应急反应部的电话，D1344实验室待转移的重要样本消失了。"

"消失了？"博士说，"那个和陆泅有关系的样本？那是个很奇怪的东西，如果它先死亡后凭空蒸发，我不会感到惊讶。"

安折心跳猛地加快了，手指颤了颤，他迅速转身来到走廊另一侧。

"并不是，"瑟兰道，"反应部找我是因为仪器上记录了几条早上 6 点的操作信息，操作人是上校。安折在哪儿？我得找到他。"

"他去接水了。"博士道。

"谢谢。"一声门响，瑟兰走了出来。

安折站在拐角处的墙壁后，他握紧了手中的水杯。

他知道有一天自己会被发现，但不知道这一天来得这么快。

茶水间里那两位研究员见过他，很快，瑟兰就会往这里来——他不能被找到。

　　清醒地认识到这一点后，安折望向走廊四周，寻找能够用到的通风口，但他随即意识到，自己一旦变成菌丝——衣服、ID 卡都只能留在这里，作为确凿的证据。

　　他胸膛起伏了几下，短短一秒钟内做出决断，转身朝这条辅助走廊的尽头的杂物间跑去。那里有扇半开的小门，通往应急楼道，那里不会很快被找到——楼梯在 20 层有另一个出口，他和莉莉走过一次，只要找到原来那个露台，他就能离开这栋建筑——或者，或者找个隐蔽的地方藏起来，但必须离开 6 层，越远越好。

　　安折顺利找到了那扇小门，他进去，来到那个阴暗的楼梯间，开始向上爬楼。这地方好像离建筑的外壁很近，风声巨大，并荡起悠长不绝的回音，空气很热——是会令人类窒息的湿热。

　　黑暗中除了风声，听不到别的，他撞上了一个矮小的东西。

　　安折的第一反应是这里潜藏着非人的怪物，但是下一刻他的手指摸到了光滑的人类的头发，听到了小孩子恐惧的剧烈喘息声。

　　他迟疑了一下："莉莉？"

　　"安折？"莉莉也喊了一声。

　　"是我。"安折道。

　　"你来了！"莉莉道，"我……我听说双子塔开始转移了，我正想去找你，司南呢？司南转移了吗？"

　　"我不知道。"安折说，"他们说重要的样本也会被转移过来。"

　　说出这话的下一秒，他忽然想起，现在异种和怪物能够无接触感染了，灯塔不一定会让司南进入伊甸园。

　　但莉莉好像松了口气："司南肯定很重要。"

　　她惊魂甫定，靠在楼梯上好一会儿，才又道："你也来找我吗？"

　　"没有，"安折思索措辞，道，"我来这里躲一下。"

　　"有人在抓你吗？"莉莉问，她又道，"这里很安全的。"

　　安折知道莉莉是个和其他人类不一样的孩子。

　　"我在这里待几天，"他摸了摸莉莉的头发，"可以不要告诉其他人吗？"

下一刻，楼梯间亮如白昼，刺眼的白色灯光打在他和莉莉身上，莉莉下意识尖叫了一声，往他身上靠，他伸手护住了这个小女孩，然后抬头。

雪亮的灯光处，站着一袭白色长裙的陆夫人，他们在灯塔有过一面之缘。

陆夫人身边是两位打着强光手电的伊甸园工作人员。

"莉莉，"陆夫人温和的声音微带责备，她明明是对莉莉说话，目光却看向安折，轻轻道，"这个时候了，为什么还在乱跑？"

✦ 第 29 章

他永远得不到他想要的。

莉莉小声道："对不起，夫人，我只是有点担心司南。"

"有什么事情不能对我说吗？"陆夫人朝她伸手，莉莉乖乖离开了安折，走过去被陆夫人牵着。

上次在灯塔见面的时候，陆夫人戴着口罩，安折只能看见她的眼睛，而这一次他终于看清了这位夫人的五官。她五官的线条柔和，眉毛弯弯，但微薄的嘴唇不笑的时候微微抿起，又为这温柔的长相增添了一分坚定的英气。陆沨长得不像她。

但是，莫名地，安折觉得她的五官和莉莉有些相似。如果说整个基地的人都由伊甸园的胚胎长成，而所有胚胎都来自伊甸园中的女性，那么莉莉确实有可能是陆夫人血缘上的小女儿。

这样看来，莉莉见到陆夫人后果断离开他，被夫人牵着的行为也可以理解了——毕竟她是夫人的幼崽，而不是他的幼崽，这个世界上只有孢子永远不会主动离开他。

安折看向陆夫人，他不知道陆夫人会对他采取什么措施。

只听陆夫人问："他是你的朋友吗？你来通道里找他？"

莉莉和安折对视，她狡黠的目光转了转，对陆夫人道："他不想回去，我可以请他去做客吗？"

"我们可以请安折吃晚饭，他们的东西好难吃。"她又道。

安折明白这个小女孩是想要帮助他躲避下面的人的搜查，但他并不认为陆夫人会答应，毕竟他突然出现在这里是一件太过诡异的事。

但出乎他的意料，陆夫人竟然道："好。"

莉莉"哇"了一声，道："夫人今天真好。"

陆夫人低头摸了摸她的头发："我一直很爱你。"

莉莉亲昵地蹭了蹭她的手掌："我也喜欢夫人。"

——安折就这样被带到伊甸园的22层了，这里的气氛安宁，走廊里的音响放着柔和的音乐，雪白的墙壁上绘满图像，都是花朵、蝴蝶、蜜蜂、云朵或圣母像之类的东西，与外面相比，这里像另一个世界。

在宽敞的走廊和大厅里，安折也遇到了别的女性，她们全都穿着洁白的长裙，披散着乌黑或栗棕的头发，面容宁静，见到陆夫人的时候对她友好地颔首致意。

在公共食堂的小隔间里，安折吃到了22层的晚饭。是加糖的牛奶、半只烤鸡和一碗蔬菜玉米汤。

吃完饭，夫人道："该把你的朋友送走了。"

莉莉对她撒娇："再让他待一会儿。"

夫人纵容她的要求，道："那和我一起去浇花。"

于是莉莉拉着安折的手，穿过雪白的大厅，来到另一个圆形的房间。安折一眼就看到了这个房间里郁郁葱葱的红色与绿色，这个房间的中央被砌成一个几平方米大小的花圃，里面郁郁葱葱开满深红的玫瑰。

"我的爱人以前会给我从野外带来一些种子，"陆夫人对安折道，"后来陆飒也会做这件事，我记得你那天和他待在一起。"

安折点了点头。

"他很少愿意和别人离得很近。"陆夫人拿起了放在花架上的银色水壶。

就在此时，安折的余光里，忽然有什么东西闪了闪，他下意识转头——是这个房间的电视屏幕，没有人按遥控器，它自动打开了。

"应急反应部消息，"播报员的语速比平时快了许多，与此同时，屏幕上打出了安折的半身照片，"紧急抓捕该名嫌疑人，如有目击者，请立刻提供行踪。"

安折的身体微微绷紧，方才那长达一个小时的安宁似乎只是一种错觉，这个世界对他来说仍然危机四伏，他看向陆夫人。

却听陆夫人轻声道："别怕。"

陆夫人的行为总是出乎安折的意料，他一开始以为夫人是基地规则坚决的拥护者，现在看来并不是。

安折："您……"

"我不会帮你脱逃，但也暂时不会把你交出。"陆夫人微笑。

安折问她："为什么？"

"他们总有很多理由抓捕一个人。"陆夫人的目光从屏幕上移开，她低下头，给她的玫瑰花丛浇水，那晶莹的水珠滚落在深红色花瓣的边缘，而后从碧绿的叶子上跌落，落进土壤间，"比如四十年前，他们抓捕了我的母亲。"

安折不知道她想说什么，但她好像很想讲一个故事，他遇到的很多人都想给他讲故事，好像每个人的心里都藏着一些值得追忆的往事。

于是他没有说话，只是静静听着。玫瑰花的芬芳环绕着他们，莉莉摘了一朵下来，她将花瓣从萼托上剥下，攥在手心里，然后将它们向空中一抛，纷纷扬扬的花瓣就像一场雨一样，落了下来，落在她的头发和身上，也有一片落在陆夫人的发梢上。

"人类四基地，两万三千三百七十一名女性零票否决通过如下宣言：我自愿献身人类命运，接受基因实验，接受一切形式辅助生殖手段，为人类族群延续事业奋斗终生。"陆夫人用很轻的语气重复了一遍安折曾在莉莉口中听到过的那个《玫瑰花宣言》，只是，比起小女孩清脆欢快的声音，她的语调显得低沉。

"这条宣言被删去了一句话——一个前提条件，"陆夫人道，"在拥有基本人权的前提下，接受基因实验，接受一切形式辅助生殖手段。除此之外，宣言的发起者还与基地达成了共识，由女性来管理女性。"

她手指触碰着玫瑰花柔软的边缘："不过，那是将近七十年前的事情了，那时候，一切都好像还有希望。人类命运就摆在面前，只要我们能够延续，事情就会好起来……假如我是当时的两万三千三百七十一名女性之一，我也会毫不犹豫地同意。所有人都在牺牲，我愿意为人类利益做出力所能及的贡献。

"那时候，胚胎的离体培养技术还没有成熟，孩子要在母亲体内待够至少七个月，基地希望，为了更多的人口数量，她们的子宫休息时间不要超过十五天。"陆夫人抬头望着钢铁色泽的天花板，"生育的任务过于繁重，她们全部的生活都被破坏了，生命也在流逝。她们希望基地能够放宽要求，但是没有人同意。

"自愿签订《玫瑰花宣言》的女性以及此后诞生的所有女孩，为这个宣言献身是理所当然的事情——而且，我们太需要人口了。灯塔和军方这样认为，主城和外城的人部分人都这样认为，连管理女性的女性都这样认为。"

她的语调温柔，这种温柔似乎能够勾起情感的共鸣。安折静静听着，他看见莉莉也安静地坐在花圃的边沿。

"为了争取基本人权的保障，她们发起了一场抗议运动，那是四十年前，我的母亲是那场抗议运动的发起者——她好像也是《玫瑰花宣言》最初的几位发起者之一。"陆夫人笑了笑，"但当时的所有影像和文字资料都被销毁了，那时候，我太小，记不住太多事情。只能想起有一天晚上，统战中心的士兵闯进了我们的家门，她把我锁在房间里，然后是一声枪响……我看见血从门缝下流进我的房间。再后来，我就被送进了伊甸园。

"他们终于发现，只有将生育资源牢牢掌控在自己手中才是最有效的方法，于是他们删去了宣言中的那句话，新一代的女孩子们被集中在一起，由伊甸园教导长大，她们从小就牢记自己的职责，也不接受另外的教育。这样，基地不必担忧生育率的下降，也不会有女孩会因为不间断的生育而感到丧失人权的痛苦。"

她看向周围的墙壁，却又像透过墙壁看着整座人类基地："我为此感到痛苦，但又知道我的痛苦只是微不足道的一部分，在这个地方，每一秒都有人死去。人类在这个时代生存下来的唯一手段就是将自己变成一只整体的生物。不同职责的人是这只生物不同的器官，灯塔是大脑，军方是爪牙，外城的人们是血肉，建筑和城墙是皮肤，伊甸园是子宫。"

安折看着她，她仿佛读懂了安折的目光，道："我从未怨恨这里。"

她俯身抱起了莉莉，莉莉将脑袋靠在她的肩膀上。

"我只是经常困惑于一点，"她轻抚着莉莉的头发，道，"我们抗拒怪物和异种，抗拒外来基因对人类基因的污染，是为了保存作为人类独有的意志，避免被兽性统治……但为了达到这个目的，我们的所作所为，全部违背了人性的准则。而我们所组成的那个集体——它所做的所有事情——获取资源、壮大自身、繁衍后代，也都只能体现兽类的本性。人类实际上没有任何不同于外界怪物的地方，只不过因为大脑的灵活，给自己的种种行为赋予了自欺欺人的意义。人类只是所有普通的动物中的一种，他像其他所有生命一样诞生，也即将像所有生命一样消亡。"

陆夫人的眼睛有种死寂的神采："人类的文明和他的科技一样不值一提。"

她不再说话了，抬头久久地看着天花板，安折看见她的手掌按在一个深色的旋钮上——然后轻轻一转。

天花板上防止辐射的金属板轰然打开，这是伊甸园的顶层，玻璃外就是无垠的天光，夜晚是太阳风暂时停歇的时候，寂静的暮色和银河一起倾泻而下。

安折轻声道："会有好起来的一天。"

或许真的会有审判者不必杀死自己的同胞，士兵不必在野外牺牲，伊甸园的女孩子们也重获自由的一天。

"不会了。"陆夫人道，"这个世界彻底坏掉的时候快要到了。"

"莉莉，"她转向怀里的小女孩，道，"你想飞吗？"

安折看着她温柔的侧脸，听到这句话后，他背后忽然升起一股寒气。

只听莉莉抱住她的脖子，声音清脆，问道："可以吗？就像司南那样吗？"

"可以的。"

这一刻，安折终于完全明白司南让莉莉回到伊甸园的用意。

——与他们那时的猜测截然相反。

回到伊甸园，并不是因为伊甸园安全。

*

莉莉从陆夫人肩膀上抬起头，那双乌黑的眼瞳看着安折，她的眼睛里一直有一种特殊的色泽，雾沉沉的，让安折想起深渊里的生物。其实22层的每一位夫人和女孩都有这样一种不谙世事的神态，假如有审判官在这里，或许会断定她们并非真正的人类。假如一个人一出生就在伊甸园里，终生不能离开，那么这个人与外面的人类一定有不同之处。

安折的脑袋忽然微微一痛，那种波动又出现在他的脑海里，但远远不如他在深渊里所感受到的那样宏大而恐怖，它具体得多，也近得多了，仿佛源头就在他的身边。

他看着陆夫人，光线变幻，他在夫人的眼瞳里看到了一点似是而非的虹彩："您……"

安折后退几步，他身后是每个房间都配备的红色报警铃："您不想做人了吗？"

陆夫人怔怔望着他，一滴眼泪从她眼眶里滚落。

"人类不会有希望了。"她道。

安折道："等陆沨回来——"

他话音未落，陆夫人忽然笑了起来。与此同时，眼泪从她眼里不断落下，她整个人在颤抖，像一片秋风中的落叶那样颤抖，右手捂紧嘴巴，只发出不成句的断断续续的笑声。

"人类……带给我和我的孩子们太多痛苦了。"安折终于听到她开口——她或许是在疼惜陆沨，但下一刻，陆夫人的声音沙哑得可怕。

"陆沨……他比我坚定。他就像这个基地，为了人类的利益可以牺牲一切，但他永远得不到他想要的。"夫人伸手握碎了一朵鲜红的玫瑰，尖刺扎到了她的手，但疼痛令她的声音更加镇定，"他想保护的东西都会被摧毁，他的信念是空中楼阁，他不得好死。不能亲眼看到他疯掉的那一天，不能看到这个基地覆灭的那一天，是我唯一的遗憾。"

这声音中隐藏的绝望、悲伤的恨意让安折睁大了眼睛，他完全不知道发生了什么，难以置信地看向她。

玫瑰花瓣从陆夫人手里滑落，她的声音变轻了："我想做到的事情是离开这里，你来人类基地、来到他身边的目的又是什么，小异种？"

安折望着她，他什么话都说不出来了。

但陆夫人好像并不想听他的回答，她的脖颈在变长，整个身体都在变化，拉伸弯折成诡异的弧度，然后膨起，胀大——

棕褐和漆黑的纹路在她身体上呈现，她的身体变成椭圆形的蛹，手臂变成节肢动物细长的足肢，两对透明的翼翅撕裂洁白的长裙从后背生出来，短短一分钟之间，她就变成了一个半人半蜂的怪物。

那股诡异的波动越发剧烈，但仅仅笼罩着莉莉，莉莉的身体在这股波动里也在发生同样的改变。

"时候快到了。人类的基因过于孱弱，感知不到这个世界正在发生的变化，也无法承受变异和选择，但其他生物也并不算强韧。"她轻声道，"我们都会死，我不仇恨人类，我为基地工作了三十五年，我减轻了女性的很多痛苦，也让基地每年生出更多新生儿。"

她微笑："但在这场灾难面前，一切工作都是徒劳的，只是证明了人类的渺小和无力。我只不过是想在最后的和平时代去感受那些我从没有得到过的东西。"

她的鞘翅在月色下闪闪发光，蜂后的身体庞大、纤长、优美。

莉莉的变化先于她完成，她已经变成了一只稍小的蜂，在陆夫人身旁扑飞，她飞行的方式那样娴熟，像是与生俱来，安折在这只蜂上找不到一点和人类相似的地方。

安折看着陆夫人，却见陆夫人微微蹙起眉，闭上了眼睛。

她恬静的面容里微微有一些痛苦的神色，但随即难以形容的变化就在她的头上生出，布满虹彩的复眼升起来，触角抽枝生长，属于人类的骨骼扭曲变形，变为坚硬的蜂蜜色甲壳。这只生物的庞大和美丽远超安折所见过的昆虫类怪物，在这个六角形的蜂巢里，她就像蜂后。

沙沙声响起，是翅膀振动的声音，那透明的虫翅像一条流淌的白纱抖了几抖，然后舒展、颤动，她的身体飞了起来，缓缓向穹顶上升，然后在即将接近那里的时候，猛地加速！

重重的震颤声响起，坚实的玻璃穹顶出现蛛网状的裂痕。安折觉得穹顶的材质应当很坚固，但随着第二下、第三下撞击，哐当一声，无数细碎的玻璃碎屑迸溅出来，落在地面上和玫瑰花瓣里，像露珠一样。

警报被触动，整个房间里红光大盛，警报声震耳欲聋。杂沓的脚步声响起，身穿白色衬衫的工作人员破门而入，但看到眼前的这一幕时，他们都愣住了。

一个巨大的孔洞被撞了出来，莉莉化作的那只蜂飞出去，向上腾起，它的身影很快消失在茫茫的夜色中。

蜂后要慢一些，它站在穹顶的上方，头颅转动，向下看了一眼，或许它对这个地方仍然有所怀恋，然后缓缓转过头，翅膀微动，似乎打定主意要向上飞。

然而，就在下一刻，翅膀的振动停止了，四下里死寂无声，那停止动作的翼翅像一个不祥的休止符。体形巨大的蜂后沐浴在月光下，它突然缓缓转身，一对灿金色的复眼直看着下面——下面的安折，以及整个伊甸园。

蜂后的右前肢探了进来，螯尖泛着冷冷锋利的银光，这一点螯尖逐渐放大，一整对前肢都进来了，随之探进来的是巨大的头颅。

安折心中陡然升起一股陌生感。这动作太过诡异，打定主意离开这里、得到自由的陆夫人不会再回来，除非现在统治着这只蜂后的已经不再是陆夫人，除非怪物的本能意识毫无意外、轻而易举地战胜了人类的意识。

一个完全的异种面对伊甸园的人类，会做什么？

这一切都在短短几秒内发生，安折看着定在当场的工作人员，哑声道："……快走。"

然而就在话音落地的下一秒，蜂后扬起了头颅。一股无比强烈、难以形容的波动以它为中心，向这里的所有人席卷而来！

安折脑袋剧痛，一些模糊的画面在他眼前展开。

在安泽死前，他吸收掉他全身的血液和组织的时候，安泽过往的记忆像一幅幅图画在他脑海中出现。

在外城，在虫潮来临的那一天，他被一只虫叮到了手指，那天晚上他做梦时，也见到了昆虫在野外飞行时见到的那些画面。

此时此刻，安折面对眼前涌出的纷乱的记忆的片段，意识到现在发生了什么。

——蜂后正在对他们进行无接触感染。

✦ 第 30 章

每一支枪都指着他。

································

"我们是与人类命运联系最密切的人。"

当陆夫人还是个小女孩的时候，她的母亲这样告诉她，那时候她的母亲小腹微微隆起，里面孕育着新的生命。

"我们是与人类命运联系最密切的人。"

她长大后，也将这句话告诉了别的女孩。那时候她一边承担起为基地繁衍后代的职责，一边投入胚胎立体培养技术的研究。这项研究有极其宝贵的价值，所以她是有生育能力的女性中仅有的能够自由出入伊甸园和灯塔的人。某一天，在双子塔的廊桥上，她遇到了一位面容英俊的绿眼睛军官。

再后来她拥有了一个孩子，这个孩子的诞生与她的职责无关。

因为彼此的工作，她并不能经常和孩子的父亲见面，只是偶尔才通过通信器交流。

"我有时候会觉得……我背叛了《玫瑰花宣言》。"她道。

"为什么会这样想？"通信器那头是个沉稳的嗓音，"你不是正在培育一个生命吗？"

"和自己的爱人生下孩子，这是宣言出现之前的女性才拥有的权利，"她的手指轻轻搭在自己的小腹上，"我在不违反规定、不对基地资源造成损失的前提下拥有了支配子宫的自由，我感到很……很快乐，虽然这种想法很危险。"

记忆时断时续，只有一些关键的节点。

"他要去军方了。"陆夫人道，"我之前建议他去统战中心，现在分配已经完毕。等你回到基地，就会遇见他。"

"他长得像我吗？"

"有一点，不是很像，他的性格也不像你。基地不允许大家知道自己的亲缘关系，但只要你们一见面，就能知道对方是谁。"

"我很期待见到他。"

"你会见到的。"陆夫人道，"在野外要注意安全。"

"我会的。"那人说，"这次我们收回了非常重要的科研资料，其中有一部分还和你的方向有关。"

她笑道："辛苦啦，我的研究最近也很顺利。"

"我想你了。"对面那个男人的声音忽然低了下去，"昨晚我梦见人类彻底渡过灾难的那一天，我们都还活着，还有我们的孩子，我们就像所有普通人一样永远快乐。"

她的声音也同样温柔："早点回来。"

一切都充满了希望，但他与她生命中有限的与欢愉有关的记忆到此为止。

十天后，她无法再拨通爱人的电话，也得不到任何与他相关的消息，她已经做好了最坏的打算。

打定主意去统战中心查询爱人下落的那一天，她在廊桥上遇见了自己的孩子。

她不常见到他，仿佛是一眨眼，那个会从6层偷偷溜到22层来见她的孩子就长成了独当一面的成年人———一个俊美的年轻军官。

虽然心里满是忧虑，但能见到他，还是让她宽慰了一些："你也在这里。"

陆沨低声道："母亲。"

这时她看到了他黑色制服的纹饰，还有胸前别着的那枚银色徽章。

"基地不是把你分去了统战中心吗？"她微微疑惑。

"我在审判庭。"他道。

"为什么去了那个地方？"她忧虑地看着他，问道。如果不是迫不得已，很少有人愿意加入审判庭。

"我自愿的。"年轻军官冷绿的眼瞳里似乎有复杂的情绪，但最后归于理智的平静，"我在审判庭，比在统战中心能发挥更大的作用。"

她想说什么，最终还是无奈地摇了摇头，谁都知道审判庭是怎样一个疯狂、所有人都不得善终的地方。

当他们分别时，陆沨却从背后叫住了她："母亲。"

陆夫人回头看他，陆沨望着她，声音似乎微微沙哑，问："您去做什么？"

"没什么，"她无意让孩子知道那些，只是笑了笑，道，"照顾好自己。"

——于是她去了，敲开了统战中心信息管理处办公室的门。

"信息管理处。您想查询什么？"

"统战中心直属第一作战序列指挥官，高唐中将，他还在野外吗？"她问。

对面传来几声键盘的敲击声。

"抱歉，"工作人员道，"中将已经确认死亡了。"

她手指冰凉，但仍然能维持平静，为基地献身是每个军人的宿命。

"在……野外吗？"

"在入城处，"工作人员道，"审判庭记录显示，高唐中将被判定已感染。"

她眼前恍惚，几乎无法站住。

"夫人？"工作人员喊她。

"审判庭……"她喃喃重复那个名词，"他们的判断准确吗？"

"大概率是准确的，审判庭每一届学员的正确率都可以控制在百分之八十，今年正式加入审判庭的学员平均正确率在百分之九十……夫人，您需要帮助吗？夫人？"

她怔怔地站在原地，耳畔忽然响起在廊桥上时陆汛喊"母亲"时那微带沙哑的嗓音。

她忽然浑身颤抖。

或许她过分的失态吓到了那位工作人员，他道："您的权限等级比较高，如果您有需求，我可以申请查询详细记录，当天轮值的审判官 ID 卡号以及准确率数据……夫人？"

"不，"她睁大了眼睛，仿佛看到半空中极恐怖之物，"不要查……不要查。"

记忆像空白的潮水，面目模糊，她失去了自己的爱人，而且，从那一天起，她和陆汛渐渐疏远了，她也近似失去了他。

——其实她每天都在失去自己的孩子。

外城被炸毁的那一天，听着远处传来的震响，莉莉钻进了她的怀里。

"他们为什么要炸掉自己的城市？"

"为了让人类更安全。"

"可那里的人也是伊甸园的孩子。"莉莉道，"如果孩子不重要，那为什么要把我们关在这里呢？"

"他们有自己的理由，为了更高远的目标，他们要做出一些抉择，"她抱着莉莉，轻轻道，"主城和外城的人都是我们的孩子。孩子有时候会任性，有时候会反过来伤害他的母亲，也会伤害他的同胞，我们只有理解他们，才不会感到痛苦。"

说这话的时候，儿时门缝里渗出的血迹、陆汛胸前审判庭的徽章与远方升起的蘑菇云一起在她眼前重叠。

莉莉也问出了同样的话："那夫人理解了吗？"

她没有回答，用额头抵住莉莉的额头，闭上眼睛："我真希望你们永远不要再经历这种痛苦。"

*

像一曲哀伤的音乐到了尾声，安折缓缓睁开眼睛。

他发现自己倒在玫瑰花坛旁边，视线往上，深红碧绿的花叶摇曳，玻璃碎片星星点点，闪烁其间。一个黑影掠过他眼前，于是他目光再向上，穹顶上那个原本只能容纳蜂后进出的窟窿变大了，空洞占据了穹顶的四分之三，它残破的边缘闪着光，一只有人的胳膊那么长的蜂正通过它飞到外面。

那股波动已经消失了，穹顶上也没有了蜂后的踪影，但玻璃有被击碎的痕迹，外面的夜空中，炮火像烟花一样炸开——人类的军队开始战斗了，不知道他们有没有杀死蜂后。但在夜间广阔的空间里击中一只蜜蜂是很难的，安折看见那只小型蜂渐飞渐高，在月亮银色的光辉下消失了。

随即又是几道黑影，伴随着翅膀振动的嗡鸣声，五只、十只……无数只蜂从四面八方涌过来，有的蜂身上还带着白色的布料残片。安折看向它们的来处，22 层已经空空荡荡，不见人影，所有人都化成了蜂，它们铺天盖地向外飞去。

蜂——

另一段飘忽不定的画面出现在安折脑海中。

它是一只蜂，一只平常的、不吃人、只采花的蜂。

那是一个夏天，蜜蜂繁殖的季节，它却误打误撞飞到了人类的城市里，这座城市刀枪不入，人们把门窗紧闭，它只是想找到可供食用的花粉，却始终无法找到。

最终，它看见了——在玻璃的后面，有一枝鲜红的盛放的玫瑰。

一个女人正在照顾这朵花，她站在窗台边，看向那枝玫瑰的目光含笑，良久，又怅惘地望向外面的天空，她好像很想推开这扇窗户，触碰外面的天空。

于是这只蜂等了很久，等到那个女人离开又回来，等到她望着外面，怔怔流下一滴眼泪。

她好像终于做了什么决定，推开了窗——外面的风、自由的风灌了进来，她闭上眼睛，仿佛能随着风飞起来。

蜂已经饥饿很久了，它附上那朵玫瑰的花蕊，花粉沾满了它毛茸茸的后肢，它将细长的口器探入这朵花的中心。

——但它很快被发现了。

那个女人伸手向它，手指微颤，眼神也微颤，甚至有一些疯狂，仿佛这是她毕生第一次见到这样的生命，她的速度很慢，并不像要把它掸开，但蜂的本能注定了接下来会发生的事情。

当她的手指只差几毫米就要触碰到它的时候，蜂下意识蜇了她。

蜂死了，在它的身体离开女人的手指时，一部分内脏被扯出来，挂在刺的末端，一只蜂一生只能使用一次自己的蜇刺。

但它又好像没有死，它的身体落在玫瑰花丛里，它的意识好像成了这个女人意识的一部分，它就那样长久地蛰伏了，没有人知道它的存在，连那个女人本身都以为她仅仅被蜇，而没有被感染。

——直到它的那部分意识被远方奇异的波动渐渐激活。

蜂的记忆很简单，除去这一段经历，甚至乏善可陈。安折再度睁开眼睛时，那些东西逐渐淡出他的脑海，眼前的玫瑰花仍然鲜艳。而当年那株花是谁送给陆夫人的？

只有两个人会送给她花种——她曾经的爱人或者陆沨，他们送花的理由无非是想让她开心一些。

于是在玫瑰开放的时节，这美好的景象打动了她的内心，她进而想要沐浴外面的阳光与空气，也与那只追逐着花朵而来的蜂相遇了。

外面的风灌了进来，安折逐渐清醒，他从地上坐起来——周围空空荡荡。残破的衣服、通信器和人们随身携带的杂物落了一地。他可以想象，当他被那股强烈的波动影响，坠入夫人和蜂记忆中的画面时，在场的所有人也都受到了波动的感染。成百上千个人化成成百上千只蜂，穿过穹顶上的洞口飞往天空。

他却是个例外，仍然维持着人类的躯体，就像那次被昆虫叮咬，他也没有发生变异。

就在这时，一种危险的直觉从安折心里升起，他抬头看向穹顶上方，三架小型军用直升机悬浮着，是方才向蜂群开火的人所在的地方。安折眯眼向那里看去，却发现此时此刻直升机的窗户里伸出一个黑洞洞的炮口，正对着他。

与此同时，杂沓的脚步声从门口处传来，警报声响成一片，应急灯和红色的报警灯疯狂明灭，地板在颤动，全副武装的应急反应部士兵拥进门内，安折被他们牢牢围住——

每个人都持有重型武器，每一支枪都指着他。

*

地下城基地，核心区域。

"感谢你们的援助。"白人军官脱下军帽，"我们还以为北方基地不会来。"

最混乱的时刻结束了。

枪声和爆炸声渐歇，只在远处回荡，地面上全是碎裂的玻璃和器械。

一名军官正用极快的语速道："无接触感染的条件是和怪物有空间上的接近！先清理尸体！"

随后是一声枪响，这名军官倒下了，开枪的是地下城基地的一名军官。

"这是我们的审判官。"陆沨身边的白人军官道，"弗吉尼亚基地沦陷后，我们效仿你们也组建了审判庭，这么多年来，审判庭就像基地的守护神。"

一队工程师在士兵的保护下穿过半塌的钢铁拱门，进入磁极内部抢修。

望着那里，陆沨道："这次是怎么入侵的？"

"强攻。它们来自三百公里外的巨型雨林，目的只有一个——获取人类基因，占领地下基地。你知道，地下城温暖又安全，是最适合生物存活的地方。"

"它们破坏磁极的目的呢？"

"人类的基因、思考能力和知识不断外泄，我们只能做出这样一个猜测：它们已经知道了一点，破坏磁极，人类就会陷入混乱，这有利于它们的进攻。

"它们数目太多了，力量也太大，我们的军备不足，研发能力也在下降，无法形成火力压制。迫不得已，只能向你们求援。"军官摩挲着自己的枪托，"北方基地为什么还有这样丰富的弹药和热核武器储备？你们取得了技术上的突破吗？"

"暂时没有，"陆沨脱下染血的手套，声音淡淡，回答了军官的问题，"北方基地的兵源足够，前线作战的时候，可以用数量优势来减少武器消耗。"

"情况相反，我们基地军备消耗巨大的原因正是兵源的不足。"白人军官蹙眉苦思。

"我知道了……因为那个饱受诟病的玫瑰花事件，"没等陆沨回答，军官恍然大悟，眼神却很复杂，"北方基地似乎总是做出一些这样的抉择。"

"我真钦佩你们的独断专行。"最后，他道。

*

北方基地。

安折被押离 22 层的时候经过了大厅。一个小时前，这还是一个流淌着舒缓音乐、气氛柔和的场所，现在却一片狼藉，没有人走动。角落里，一张茶桌倒塌了，玻璃杯倾倒，牛奶洒了一地，浸湿了一条平铺在地面上的白裙。这条白裙上有一些蜜色的东西闪闪发光，像蜂足肢上的那种绒毛。

"感染了多少人？"应急反应部的长官大声对通信器那端道。

"22、21、20 层！"通信器里传来刺耳的声音，"伊甸园内所有符合《玫瑰花宣言》标准的女性、所有工作人员以及 20 层绝大部分培养仪中的胚胎。其他楼层里也有一部分，正在扑杀！"

长官手指收紧，几乎要捏碎通信器。

副官道："现在怎么办？"

"清理现场，你傻了吗？"盛怒的长官猛地转身，副官一个哆嗦，但他转向的并不是副官，而是安折。

惨白的灯光下，他的面庞像一尊石像那样森冷。

"22 层发生了什么？"声音雷霆一样落在安折耳朵里，震得他脑袋疼。押送他的士兵将他向前一按，他感到自己双肩的骨头几乎要被捏碎了。

疼痛让他微微颤抖，安折垂下眼睑。

"陆夫人变异了。"他道。

"那时候你在哪里？"

"……在她面前。"

"她为什么会变异？"他大吼道，"伊甸园 20 层以上密不透风，这里的女人怎么可能变异？"

"很多年前……她被蜜蜂咬了一次。"安折如实回答，眼前的军官暴戾到了可怕的地步，他下意识向后退了退，又被押送士兵按得更往前。

"要是能变异，她早就变异了！"长官猛地拔出腰间的手枪。

"大校，冷静点。现在的情况——"副官颤声道。

冰冷的枪口猛地抵住安折的太阳穴。

"你要为他说话？"那位大校脖颈上青筋暴起，"转移的时候我见过这人，他是灯塔来的，不是22层的人员——灯塔之前不就有个蜜蜂样本吗？我早就说了那群科学疯子在双子塔养异种迟早要出事，他们和以前那帮融合派一样想让基地去死。"

副官道："要联系审判庭吗？"

"用不着审判庭，"大校按住扳机，声音沉冷，"他和感染脱不了关系。"

*

安折轻轻闭上了眼。

他知道刚才发生的事情对人类来说意味着什么。母亲和孩子消失，意味着这座人类基地已经完全失去了未来，在这种情况下，无论这位大校做出什么，他都不会惊讶。

——就在这时！

"大校！"一道熟悉的声音从大厅尽头响起来。

——是博士。

安折往那边望去。

"他是伊甸园的人，现在协助灯塔进行一项研究。"博士道，"请您把人交给我。"

"所有人都被感染，只有他活着，他今晚还因为一个样本被通缉。"大校声音低沉，"灯塔要包庇他吗？你们到底做了什么研究，为什么不接触就能感染？"

"无论这件事和灯塔有没有关系，您都得把他交给我。"博士道，"至少我知道，杀了他，就什么都没了。"

大校冷笑一声："然后你们继续进行危险实验？"

"今晚的事情和灯塔的实验绝对没有任何关系。"博士声音冷静，道，"相反，我们会调查为什么会这样。"

"你们这群人从一百多年前开始就说自己能查清感染发生的原因，结果现在还被蒙在鼓里，连线索都没搞到。"大校道，"灯塔怎么保证把他留下不会更危险？"

"我没有办法保证，"博士直视大校，"但我知道，基地的情况不会比现在更糟了。"

短暂的沉默后，大校握枪的手颤了颤，博士说出的那句话似乎让他在那一刻失去了所有力气。

他缓缓道："一个小时后，必须有进展。"

博士道："好。"

哐当一声，审讯室的门落下了，押送的士兵到外面站岗。

隔着一层玻璃，安折和博士对视，士兵的动作粗暴，他几乎是被掼进来的，后背和肩胛骨还在一跳一跳地疼。

但博士没有和他寒暄，没有时间，或许也没有心情。

他的第一句话和大校一模一样："今晚到底发生了什么？"

安折如实告诉他，与大校不同的是，博士在短暂的思考后，相信了他。

"你是说，一直有异种的基因在她身上潜伏，只是现在才表现出来？"

安折点头。

"她杀死了基地的女性和后代，是因为仇恨基地才做出这个选择吗？你是说她在清醒的情况下在一定范围内开展了无接触感染？"

"不是的。"安折摇摇头，"刚变成蜂的时候，她只想离开这里，但后来蜂又回来了。"

"你认为那时候她的神智已经被取代了？"

"是的。"

博士忽然笑了，可他的笑声嘶哑，眉毛蹙起，眼角下垂，是一个比哭还难看的笑意："她也不能幸免。"

安折静静看着他。

"不要用这种眼神看着我，"博士深吸一口气，"你好像什么都不知道，又好像什么都知道。"

安折道："我什么都不知道。"

"司南……司南能保持偶尔的清醒，已经是万分之一的可能。"博士道。

"你知道融合派吗？"博士道。

安折摇了摇头。

"一百年前，基地的科研实力还很雄厚，很多科学家认为，其他生物能通过变异获得更庞大的身体和更强悍的力量，能够在相互间的感染和变异中得到更强的适应环境的能力，人类也能。"博士道。

"他们首先观察辐射对人体的改造，但生物的基因越复杂，发生有利变异的概率越低，人类暴露在宇宙辐射下，只能获得全身多发的癌症，或其他基因病。

"后来他们认为基因感染是人类进化的手段，他们也因此被称为'融合派'。他们做了很多疯狂的实验，用多种怪物感染怪物，用怪物感染人类，他们制造出了无数异种，以便观察人类基因怎样改变、人类意志该怎样在记忆中保留。他们发现了人类意志的脆弱性，也发现人类的智力很容易被异种获取，但确实出现了个别能保持清醒，能用人类的思维控制变异后的身体的个体——虽然时间有限，有长有短。"

安折静静听着，却见博士勾了勾唇角，一个自嘲的笑意："这是个好消息，他们申请到了更多样本，最后剔除所有影响因素，却得出了一个结论。没有任何外在方式能帮助一个人保持他的意志，一个人被感染后能否清醒也不取决于他的意志是否顽强。一个人被感染，有万分之一的可能留存意志，另外万分之九千九百九十九都会丧失意志。这只是一个概率问题，一切都是随机的，一切都没有规律，一切都不可控，随机是对科学来说最可怕的事情。这个结论得出的那一天，至少有三位融合派的科学家自杀了。

"但也有人没有灰心，继续研究。他们相信，这件事情之所以呈现出随机的结果，是因为我们还没有找到那个决定性因素，或者那个决定性因素超过了人类科技所能理解的范围。"

安折问："……然后呢？"

"然后就没有融合派了，所有样本被击毙，所有研究被紧急叫停。"博士的声音淡淡落地，"那一年，一个类人水蛭异种污染了整个外城的水源，全城暴露。审判庭成立，血流成河的十天……那个异种就是获取了人类智力的融合派实验品。"

安折努力思考，消化博士这句话的含义。

却听博士突兀道："我和他说了够多了，你判断出了吗？"

安折愣住了，他抬头，看见房间侧面墙壁上一扇门被推开，瑟兰和另一位审判官走了出来，到了博士身后。

他猝然望向自己所在的审讯室的那个侧面———个光滑的镜面。

"单向镜。"博士道，"瑟兰一直在看着你。"

"根据审判细则，"瑟兰看着安折，道，"我仍然认为他是人类。"

"我想也是。"博士似乎终于松了口气，道，"连陆沨都能放心地把他放在自己身边。"

"陆沨——"说到这里，博士忽然睁大了眼睛，"如果陆夫人早就被感染了，并且这些天来逐渐被激发，在没有彻底失去神智前她还能感染司南，为什么陆沨没有看出来？"

"抱歉，"瑟兰微微垂下他温柔的眼睫，道，"审判庭从来无法判断伊甸园的女士们是否被感染。"

博士怔了怔："为什么？"

"她们的成长环境与普通人类差别过大，根据审判细则，每一位女士都不符合标准。"

博士愣住了。

五秒钟后，他不可抑制地大笑起来，他弯下腰，身体颤抖，双手死死扣住座椅的扶手。

足足三分钟后，他才笑完，变为若有所失的神态，两颊血色尽褪，只剩下一片苍白。

"不久前，外城那场灾难的源头，你们记得吗？"他突然问。

"记得。"瑟兰道，"节肢类动物到了繁殖季。"

"这样就可以解释陆夫人为什么感染了那么多人。"博士道，"她是想要离开以人类繁衍为唯一目标的伊甸园，即使为此抛弃人类的形态和意识，她也要获得自由。但是……她彻底摆脱人类躯壳的那一瞬间，也就是被蜂后的生物本能所控制……现在是节肢动物的繁殖季，她身为人类的时候在干什么，变成蜂后还是要干什么，她……"

博士越说，话语断断续续，难以成句。他最后痛苦地闭上眼睛："她永远摆脱不了。"

长久的沉默后，他的声音哑得可怕："逃不过的。"

安折微微睁大了眼睛，他意识到了博士在说什么。

一个生物的本能就是活着，一个物种的本能就是繁衍。

——没有人能逃过，谁都逃不过，而陆夫人已经永远沦陷，坠落其中。

或许，或许只在那一个瞬间，转眼即逝的瞬间——将要变成蜂而没有变成蜂的那一瞬间，她短暂地得到了她想要的。

然后，永恒的、无知的黑幕就在她眼前戛然落下了。

"《玫瑰花宣言》是基地想要长久发展的必然选择，但它确实违背了人性的标准，审判庭、佣兵、应急反应制度……很多制度都违背了。如果我不是站在基地的角度，我支持陆夫人的反抗，"他声音极低，"可是她的反抗有意义吗？她甚至……带走了我们所有的胚胎。"

"谁都没有做错什么，结局都是一样的。"他望着空白的墙壁，眼神几近崩溃，似乎濒临破碎的边缘，仅仅能靠喃喃自语来维持清醒，"这个……这个他妈的时代。"

这个地磁消失的时代，对于人类来说，不是一场浩劫，而是一场践踏。

它先让人类意识到自己肉体的脆弱，再让他们领悟引以为傲的科技的虚无，继而否认整个基地运作方式的正当，最后证明连人类本身独立于其他动物的意志也不值一提。

可是这样说也不恰当。

因为这个世界根本不在意人类的存在。

安折将手贴在审讯室的玻璃上，他努力靠近博士，想要安慰他。

"好了。"就见博士深吸几口气，勉强恢复了一定程度的冷静，"现在轮到你解释两个问题。

"第一个，既然瑟兰认为你是人类，你为什么没有被陆夫人感染？第二个，你为什么进入 D1344 实验室，取走惰性样本？"

安折垂下眼，没有说话。

"你得告诉我，"博士道，"我问不出结果，你还是只能落到大校手里。"

安折沉默着摇了摇头。

"军方的审讯手段你没见过，"博士从椅子上站起来，站在玻璃墙前，和他对视，"如果你也不知道自己为什么没被感染，我们就等陆汛回来，电力恢复，去灯塔做全面检查，但你得告诉我 D1344 的样品在哪里。"

安折仍然没有说话，博士最后道："有什么不能告诉我和瑟兰的吗？"

安折点了点头。

"为什么？你是乖孩子。"博士目光复杂，再次重复一遍，"那个样本太重要了，到底在哪里？"

第 31 章

他希望上校一直是那个上校。

安折有二十个小时没有睡觉了，如果是从陆夫人出事开始算起，那时间已经过了五六个小时，现在是午夜。

他没有对博士吐露任何信息，时限过后，大校丧失一切耐心，下令必须刑讯逼供。

审讯室的设备很齐全，人类严刑拷打的方式并不会造成血肉横飞，很文明，是一种电刑。

——电流穿过身体的感觉就像千百只剧毒的蚂蚁同时啃噬着全身上下的神经。

痛。

从来没有体会过的痛。

安折闭上眼睛，不停喘气，浑身颤抖，额头沁出细密的冷汗，每一处皮肤都在抽搐。

孢子在实验室里有没有受过这样的对待？或许也有。

他在无边无际的疼痛里几乎失去了所有清醒的意识，脑子里一片混沌，好像想了很多，却又不知道自己究竟想了什么，隐约觉得那是很重要的事情。

他也不知道到底过了多久，这种痛苦的折磨把每一秒都拉长了，像一辈子那么长。

昏昏沉沉中，他忽然听见外面的走廊里传来一阵声响！

"博士——磁场频率回升了！"

这一声呼喊像惊雷一样让他一个激灵，猛地清醒了，审讯室里的气氛同样陡然变化。

安折的心脏怦怦跳了几下，磁场频率回升，磁场频率回升——

这意味着地下城基地得救了，也意味着陆泯要回来了，如果他还活着的话。

他听见博士的声音急切道："回升了？幅度大吗？能恢复到正常频率吗？"

"不知道，"一个不知道是什么的人回答道，"但极光已经出现了，频率波动显示，地下城基地正在进行人工操作调频，他们是安全的。"

"我的天……"博士声音颤抖道，"竟然……竟然真的能救回来，通信呢？通信恢复了吗？快联系军方，立即开启应急频道，这边发生的事情太大了，我们得告诉陆——"

"博士。"瑟兰的声音突然响起，他低声道，"我刚刚接到军方的紧急消息，不允许我们以任何形式联系上校。"

短暂的沉默后，博士道："为什么？"

"我……不知道，"瑟兰道，"或许是陆夫人和安折的原因。"

刹那间，安折忽然记起自己一直在思考什么了。

他是窃取重要样本的凶手。

陆夫人是感染了整个伊甸园的异种。

而他和陆夫人都是和陆泯有直接关联的人。

他仍然不算清醒，但那一刻，不知道是哪里来的力气，他获得了一种惊人的冷静，咳嗽了几声，虚弱道："……我说。"

电流消失，他的头脑清楚了一些。现在他很后悔方才和博士说了关于伊甸园、陆夫人和蜂后的那些话，但他相信博士一定能明白他的用意。

可是电刑带来的副作用太大了，他根本说不出话来，脑袋昏沉，整个人不停地痉挛、干呕。最后，博士打开了审讯室的门，给他灌了一杯葡萄糖水。

安折终于好了一些。

"我之前说的话都是假的。我是个异种。"他道，"有一种波动在诱导无接触感染，异种能体会到那种波动。五天前，我在灯塔接触了司南，于是被感染了。我毁掉了那个惰性样本，因为你们说……它对人类很重要。然后我为了躲过追捕，又去了伊甸园，陆夫人对我很友好，我受到繁殖季的影响，以她为中心感染了那里的女性。"

博士望着他，蹙眉道："你在说什么？"

"我在说，我是一个已经获得人类神智的异种，我在五天前被感染了。"安折的声音很轻，也很笃定。他知道自己的谎言很拙劣，但是凭借博士的聪明才智，一定能理解。

博士忽然怔了怔，他声音微颤："你——"

突然间，雪白的菌丝在空气中漫卷，博士瞪大双眼，但下一刻菌丝就强行罩住了他的口鼻，人在窒息的情况下会反射性张嘴疯狂呼吸，菌丝借机把自己送进了博士嘴里。

一阵剧烈的呛咳后，博士的眼神瞬间涣散，下一刻他向前一栽，整个人昏迷倒地。

瑟兰猛地拔枪！

"陆沨回来，或者军方的人问起来，你就把我之前说的……告诉他们。"望着瑟兰，安折的语气微微带着祈求，"然后，就当我失去神智，要攻击博士，然后你把我击毙了，尸体也蒸发了，世界上也没有我这个人。"

瑟兰的枪口指着他："……为什么要这样做？你到底是什么？"

"我……"安折缓缓握紧了手中那枚审判庭的徽章。

他是一只蘑菇，但他不能说，他不能是一只蘑菇。

不过，他就要走了，这是他从一开始就决定的事情。他走之后，不论人类怎样看他，都没有意义了。

他知道人类基地对陆沨多么重要，而自己之所以能进入基地，是因为陆沨在直觉有异的前提下选择了相信他，他知道这种信任是多么可贵的一种东西。

如果陆沨回来，知道了一切，知道他的母亲对基地制度多么仇恨和失望，又是怎样半主动地变成异种，最后将整个伊甸园毁掉，然后，就连他一直放在身边、给予了信任的人都是一个一直对样本心怀不轨、有所图谋的异种——

陆沨会怎样？他能接受吗？

安折不知道，但他不想让陆沨面对这种事情。

并不是因为担心基地会怎样看待陆沨，他和陆沨不能算是有多么深刻的情谊，他甚至被这个人欺负得很厉害。

他只是……

他只是觉得陆沨是个很好的人类。

陆夫人说陆沨不得善终，不能亲眼看到陆沨疯掉的那一天，是她最大的遗憾。那……陆沨能永远不被动摇，就是他在这个人类基地里唯一值得一提的心愿。

陆夫人已经离开了，死无对证，就让今晚发生的一切成为一次普通的意外感染吧。

"我是说，"他轻声道，"我已经不是人类了。"

砰的一声，瑟兰的子弹打向安折的右边肩膀，一声枪响后，子弹猛地钉在对面的墙壁上——而安折整个人空空荡荡地晃了一下，所有衣物倏然落地，里面的躯体却消失无踪，只有一道白影在瑟兰面前猛地出现，又突然消失，仿佛只是错觉。

安折迅速地钻进了他身后角落里那个通风口，瑟兰会怎样想，他顾不得了。他用最快的速度钻入错综复杂的管道，几乎是横冲直撞地找到一个又一个房间，最后钻出去，来到一个有窗户的无人办公室——用人形推开窗户，极光扑面而来。他用手臂撑着窗台跳下去，迅速化作菌丝沿着外壁一路下滑，落到地面上。

极光刚刚出现，电力供应也没来得及全面恢复，外面没有人，也没有监控，他化成人形，披着菌丝做成的外袍，迅速向外跑去。

随时可能有人追上来，这是安折这辈子最紧张的一段路。他穿过整个主城，回到外城，在外城废弃的供给站捞起一个装着简单衣物、压缩饼干和地图的背包——地图是最重要的东西。抱着背包，他沿着轨道交通的路线往外去。路程很长，他在夜色里走了很久，但没关系。

当极光渐渐消失，东方天际亮起一丝浮红的时候，安折抵达了外城的城门附近。

检测处、审判庭……城门的建筑和他来的时候一模一样，只是因为外城变空，一切都锁起来了。安折转身来到城墙下，他爬上了一辆装甲车的顶端，然后伸手，手指变为菌丝攀上城墙——或许是因为几天以来的太阳风的关系，一种奇异的景象出现在城墙上：它均匀地覆了一层沙，细微的沙粒似乎和钢铁的墙壁融为一体，互相嵌合，菌丝搭上那里的时候，细小的白沙簌簌地落下来，但里面的那一层还是沙。

缓慢地攀爬后，安折站在城墙的顶端。这时他身边有什么东西抖了抖，安折转眼看去，发现在城墙顶端重机枪的旁边，有一只两人那么大的黑蜂，不远处还有几只，可想而知它们是不久前从伊甸园飞出来的，暂时在这里歇脚。

那只黑蜂被他的动作惊醒，翅膀抖动，是即将飞走的姿态。安折抿了抿唇，在片刻之间，他做出了一个决定——

下一刻，他的一部分身体化作更灵活、更软也更轻的菌丝，他扑向前，整个缠在那只黑蜂的身上，身体陷入黑蜂脊背上的刺毛里。

黑蜂受到惊吓，翅膀"嗡"的一声振动起来，疾速飞向天空，向远处弹去。

安折牢牢待在它的背上。清晨的凉风扑面而来，他眯起眼，回望整个人类基地——太阳升起来了，辉煌的黎明倾泻下浩荡的金光，笼罩着这座灰蒙蒙的城市。忽然间，他听见轰鸣声由远及近，从更远的地方传来。

他微微睁大了眼睛，见远方黑色的一个小点逐渐放大——是熟悉的战机的形状，PL1109，它漆黑的形体在黎明的云海里被镀上了一层金色的微光，两侧各有一队僚机护卫，飞行速度逐渐减慢，整个飞行编队缓慢下降，是准备着陆的模样。

——陆沨安全回来了，虽然去地下城基地救援是几乎不可能完成的任务，但上校好像一直是个无所不能的人。

受到声音的刺激，黑蜂飞向远处的速度更快，狂风刮起安折的衣袖，猎猎作响。

望着那里，不知道为什么，虽然清晨的风刮得他眼睛发涩，但安折还是笑了笑。

他想起在这个城门下第一次见到陆沨的那一幕——那一天，人类的审判者上校从远处抬头望向他这边，黑色帽檐下，一双冰凉的绿色眼睛。

夫人的玫瑰花凋谢了，但他希望上校一直是那个上校。

——再见了。

第 32 章

讨厌你。

．．．．．．．．．．．．．．

"A1 模块正常。"

"D3 模块正常。"

"发动机……"

整个飞机猛地晃动了一下。

"发动机未知故障!"

"启动紧急迫降程序!"

"机长,紧急程序启动失败!"

"切到手动模式!"

整架飞机都在疯狂震颤,发动机的轰鸣时断时续。

哈伯德紧紧扣住座椅扶手,检查了一遍安全带,已经系牢。

"故障?"陆飒道,"起飞前不是检修过一遍了吗?"

他身旁的哈伯德微微蹙眉:"飞行过程被飞行异种攻击了吗?"

另外一名军官道:"没有,我们全程安全。"

哈伯德眯起眼睛:"说起来,三个小时前我们的僚机也坠毁了一架。"

机舱里震颤不停,飞机忽上忽下,最后终于维持了稳定,滑行落地。

驾驶舱的门推开,副机长和领航员脸色发白,领航员跪下,在垃圾桶旁呕吐起来。

"我的天……"副机长道,"差一点就玩完了,发动机肯定有问题,我从来没见过这种故障。这架飞机不能要了,必须全面检修。"

不过，虽然差一点玩完，他们还是安全地落地了。

下飞机那一刻，陆汎抬头看着曦光中的这座城市，外城区域，一群蜂振翅飞起，消失在天际。

"蜜蜂？"哈伯德道。

但他们无暇继续讨论。

一排统战中心的军官整齐地站在起落梯下方。

"欢迎回来。"为首那位对他们敬礼过后，表情严肃，道，"我代表基地为你们庆功。"

哈伯德没有军衔，无须在意军方的繁文缛节，他说话单刀直入："基地怎么了？"

那名军官嘴角绷紧，道："无法形容的灾难。"

随即他转向陆汎："陆汎上校，请跟我们来一趟。"

陆汎扫视周围，没有说话，跟他们上了车。

看着他们离开的方向，哈伯德目光沉凝，他身边是参谋部的一名高级军官，此时那名军官道："统战中心和陆上校的关系可不怎么样。"

"我听说他当年正式成为审判官的第一天，就杀了统战中心的一名中将。"哈伯德抱臂道。

那名军官没说话，在这种情况下闭口不言约等于默认。

统战中心。

"事态大概就是这样。"长桌尽头的那位上将道。

基地的军方等级森严，但审判庭是个例外。它起先只是灯塔与军方的联合机构，以科研人员为主，并未预设等级太高的职衔。后来，审判庭几乎全年驻扎外城，外城的等级则更加受限，城防所、城务所所长都是上校级别军官，因此，多年来也没有人提议给审判者提升军衔。

但谁都知道，审判者拥有越过一切等级审判、调动和发号施令的权力，他实际的权力远远超过一位上校所能拥有的。正因为如此，这一职位的存在似乎更加令人警惕、惧怕，但基地又无法割舍它。

陆汛声音很轻，听不出情绪的起伏，道："基地还有多少人？"

"初步统计，幸存八千七百人。"

"目前，统战中心已派出飞行编队追踪蜂群轨迹。"上将道，"陆上校，我必须申明，此次灾难的两个直接嫌疑人，都与你有关。"

"我很抱歉。"陆汛道，"但我本身对基地绝对忠诚。"

"基地相信你。"上将道，"你知道自己该做什么。"

"是。"陆汛声音淡淡，"PL1109编队出现未知故障，无法执行飞行任务，申请变更。"

"允许变更。"

*

夜晚，暮色降临了。安折不知道他的黑蜂要飞向哪里，但他快被风吹干了。于是在黑蜂落地短暂休息的时候，他又变成菌丝，捂住了它的整个脑袋。

黑蜂毫无意外地昏睡了。

这个地方很干燥，是一片平坦的荒漠，不适合蘑菇生存，安折从背包里拿出人类的衣物穿上，又吃了一点压缩饼干，喝了水。用黑蜂的身体挡着风，他打算先睡一晚。

天空传来飞机的轰鸣声，安折抬头看着它朝南面飞去。今天一天下来，飞往南面的飞机不止十架，安折在黑蜂的背上想了半天，终于有了一个猜测。

黑蜂也在向南飞，它们这群蜜蜂一定有一个目的地，飞往适合蜜蜂生存的地方，而那些人类的飞机就是追着蜜蜂群去的，他们的目的是把那些蜂杀死，因为那是获取了人类基因的蜂。节肢动物在野外的怪物中是很弱势的群体，如果不将它们消灭干净，人类的基因就会随着食物链散布整个野外，假如那些怪物联合起来攻击人类基地，那就很危险了。

至于人类为什么能追踪那些蜜蜂，他不知道，目前看来他的黑蜂并不在被追捕的范围内。

他看着那架飞机，它是小型的，似乎是某种歼击机，它飞得很不稳，在空中乱颤。安折蹙起眉，静静看着，一次剧烈的抖动过后，飞机在远方的天空中炸成一团火光，然后飞快地坠落。

同样的场景，他在白天也看到了两次，人类的飞机频繁地出现事故，不知道是因为什么。

安折裹紧衣服，闭上眼睛，天空中轰鸣声不断，但他躲在黑蜂身下，又是晚上，人类应该看不到他。

就在他即将睡醒的时刻，一声巨响让他猛地一个激灵，睁开了眼睛。

风很大，轰隆的声音也很大，大到了离奇的地步，安折努力睁开眼往源头看去，一百米开外的地方，一架人类的小型歼击机在半空中猛地一晃，头倾斜向下，然后轰然砸到地上，一侧机翼折断了，整架飞机侧翻。

地面震颤，浓烟从那架飞机上升起来。

安折更紧地蹙起眉，他起身朝那边走去。有时候他很难解释自己行为的动机，就像那天他把重伤濒死的安泽拖回自己洞里一样。

机舱门变形了，扭曲裂开，安折费尽全身的力气把坏掉的机舱门拉开的时候，一具人体滚落出来，他穿着军方驾驶员的深蓝色制服，浑身是血，眼睛紧闭。安折俯身，小心去试探他的鼻息。

——已经死掉了。

他爬进驾驶舱，驾驶舱另一个座位上也死了一个人。安折进去，后面是载人舱和武器舱，他想，前面的那两个人已经没有呼吸了，没有办法救回来，但或许他可以在这里找到一点物资。

就这样，他走进了后面的舱室。

在下一刻，他就完完全全地愣住了。

就在他的侧前方，有一个人——他一动不动，脑袋搭在前方的座椅背上。

安折的呼吸都要停了，他快步来到他前面，他抬起了这个人的上半身，看见了他的脸。

是陆沨。

陆沨也死了。

安折完全无法形容他这一刻的心情，陆沨……死了？

他根本无暇去想为什么陆沨会出现在这里，只能颤抖着去试探他的呼吸。

下一刻他的心情大起大落——还有呼吸，这个舱室很完好，安全带也扣得很死，陆沨没有被什么东西撞到，一定是坠毁时候的冲力太大，他昏过去了。

狭小的空间里，到处是烧焦的气息，一缕烟从驾驶舱里飘了过来。

他知道不能在这个地方久待。

陆沨的枪别在腰间，他拿了过来，然后拽起陆沨，用肩膀顶起他的臂弯，试图把他从这里挪出来。

但是太难了，他扯不动，座位和前壁的距离太狭小。刺鼻的烧焦气息越来越浓，通信器里传来"嘶——嘶——"的电流声，夹杂着接线员的喊声："统战中心呼叫陆沨上校，收到请回答。"

"统战中心呼叫 PJ103 歼击机，收到请回答。"

浓烟越来越重，发动机轰鸣作响，安折咬了咬牙，用力一拽——

他看见陆沨霍然睁开了双眼。

紧接着就是天旋地转，陆沨伸手扣住他，电光石火间踹开侧边的紧急出口门，那钢铁的残块带着浓烟滚落下去，紧接着，他猛地将安折往自己身上一拽，两人重重滚落到下方地面上。但陆沨没有停下，他一手握住安折的手腕，另一只手扣住他的肩膀往外使力，两个人一起跌进不远处地面略微凹陷的地方。

有点疼，安折下意识抱紧了陆沨，下一秒，震耳欲聋的爆炸声在他耳边响起！

浅坑里地面颤抖，土石滚落，安折抬头，见夜空中炸开一朵灿烂浓烈的烟花，歼击机周围猛然燃起熊熊的火焰，热流扑面而来，火光像长久不灭的金色闪电，飞机残骸流星一般四面炸开。一个人的碎手随着那朵烟花在天空中高高抛起，在最高处短暂停留，然后下落。手腕落在外面，手掌落在他们身边的不远处，激起一片灰尘。

飞机自爆了，像安折此前目睹的那两桩事故一样。

三秒钟过后，爆炸声停了，四野寂静，只剩下风声和火焰被风吹动时呼呼作响的声音，浓烟滚滚升起。

只差一点。

如果他没有往飞机里面去，或许陆沨的生命就结束在那场爆炸中，而他永远不知道在这场事故中死去的人是谁。

或者，即使他去了飞机里面，但陆沨没有及时苏醒，死去的就是他们两个人。

死里逃生，他的心脏有点闷，血液上涌，耳朵里嗡嗡作响，只能听见彼此的呼吸声。

良久，他听见陆沨低声道："……谢谢。"

安折急促地喘了几下，浑身都在疼。滚落在地时弄痛的地方不算什么，电刑和士兵的粗暴对待留下的后遗症更重一些。

安折抬头。

就这样，他和陆沨对视了。

与他对视的那几秒，电流刺过四肢百骸的疼痛从安折意识的深处泛上来，他仿佛再次置身于那个狭小冰冷的审讯室，只是这次的审讯者变成了陆沨。

陆沨比其他所有人都令他感到危险和害怕。

陆沨久久地看着他，安折看不懂他的神情。

只听陆沨声音很低，一字一句："安折？"

安折没有说话。

他 ID 卡上的姓名是安泽，却自称为安折，即使不满随机分配的姓名而擅自更改名字的事情在外城比比皆是，也仍然掩盖不了这本身就是一个破绽。

那双眼睛——仿佛能看穿一切的眼睛，和初次遇见那天一模一样的眼睛。走入城门的那一天，他已经做好死在审判者枪下的准备，但那天，陆沨放过了他。

可是他逃不过，这场审判只是迟了两个月到来。

他听见陆沨冷声问："样本在哪里？"

安折不能回答这个问题，可是审判者的语调和威势是比电刑更让他害怕的东西。他死死咬着嘴唇，最后道："吃掉了……没有了。"

陆沨的手指按上了他的腹部，轻轻用力向下按压，隔着一层薄薄的布料，触感清晰得可怕。安折恐惧得浑身发麻，他无比清醒地认识到一点，如果陆沨知道孢子仍然能够被取出，那他会毫不犹豫地剖开他的身体，就像他半年前用军刀截断他的菌丝一样。

他没有办法思考，脑中一片空白，只能看着陆沨。月光和火光下，上校面无表情，他薄而冷的眉梢、浓长墨绿的眼，没有一丝温度，也看不出任何情绪的波动，他永远完美无瑕，也冰冷无情。

安折轻轻喘息，他原本把陆汛的枪藏到了身后，此时继续悄悄向后推，想把它藏得更隐蔽些。

反正，没有了枪，陆汛也不能……不能对他怎么样。

然而这样一个动作反而让陆汛发现了那把枪的存在，他眼神一凛，动作快到不可思议，力道也容不得一点反抗，反手将安折扣在怀里牢牢制住，另一只手掰开安折的五指，迅速夺枪。

安折剧烈喘气，拼命挣扎反抗——

"砰！"

一声枪响。

安折脑中空白了一瞬，但随即发现自己还活着，他听见远方一阵重物落地的声音，伴随着怪物的嘶吼，他转头，看见一个蜥蜴类怪物被陆汛正中要害，挣扎着倒了下去。

安折浑身发冷，他知道，在这个世界上，他和那个怪物才是同一类东西，而陆汛和它们是永恒的敌人，并且永远无法和解。

就在此时，陆汛的通信器在刺耳的电流乱流声中再次传来断断续续的扭曲声音："统……中心呼叫……03 歼击机，听到请……"

陆汛冷沉的声音回答那边的呼叫："PJ103 已收到，歼击机已坠毁，驾驶员确认身亡。"

"请……任务进度，发送……坐标。"

声音越发扭曲、断断续续，如果不是通信器出了问题，那就是基地覆盖野外的通信网又崩溃了，在外城的那一个月，安折在佣兵队的只言片语中得知，野外的信号从来没好过。

只听陆汛声音淡淡："目标已控制。"

"……命令，确认……变异类型，获取丢失……线索……击毙。请——"

"听到了吗？"陆汛的嗓音沙哑，他的尾音似乎有一点颤，但更多的是强硬的冷漠，"回答。"

冰凉的枪口抵着安折的太阳穴，他平生第一次意识到自己离死亡如此之近，恐惧将他牢牢控制，他哆嗦着，道："不……不给。"

"PJ103，请立刻——"

来自通信器的广播声将所有情绪推到顶点。

然后在下一刻戛然而止。

"嗡——"

电流声越来越大，起先是沙沙声，然后是长久的蜂鸣，最后在一段陡然拔高的高频鸣响后突然消失。

取而代之的是一段和缓的频率，温柔的女声："抱歉，受到太阳风或电离层的影响，基地信号已中断。这是正常情况，请您不要慌张，一切活动照常进行，通信信号不定时恢复，届时将为您发送公共广播，请保持收听。"

"抱歉，受到太阳风或电离层的影响……"

安折仍被死死扣住，他们离得那么近，一个危险到极致的距离，陆沨随时随地都能把他杀死，他也能感受到陆沨的心跳和呼吸——明明那么冷静的一张脸，心跳的频率却并不平缓。

陆沨扣住安折肩头的手指收紧，恰好碰到了他的伤处，安折一个激灵，眼前蒙上了一层水汽，身体发抖，呜咽了一声。

冰冷的枪口仍然抵着他的太阳穴，没有被他的体温暖热哪怕一点，死亡的恐惧和阴影也没有退去半分，安折张了张嘴，那一刻他几乎连话都说不出来了，他知道自己已经崩溃了——如果蘑菇也会崩溃的话。

这辈子的所有情景都在他眼前闪回，而他什么都抓不住，什么都得不到，就在前一天的晚上，他还在想到底怎样撒谎才能够保护那位上校。

"我……不给你。"他伸手护住自己的腹部，声音颤得厉害，断断续续不成句，带着哭腔，"讨厌……你。"

那枪口忽然颤了颤。

"……请保持收听。"

广播最后的声音落下。

一切都静了。

残骸的火灭了，通信器的声音也停了，一切联系都被切断了。

这里，没有人类生存的任何痕迹，四面旷野，连绵不绝的荒漠，直直与夜空相接。

仿佛从来没有人类存在过一样。没有人类，没有人类的文明，也没有人类的基地。所有的——所有的困顿、纠缠，所有的痛苦挣扎，随着信号的消失，忽然灰飞烟灭了。

这片亘古的荒漠上，只剩他们两个。

一声沉闷的声响，整把枪掉落在地。

陆汛闭上眼，把安折死死抱在怀里。

第 33 章

有时候，他想保护所有人。

··

被陆沨抱住的那一刻，安折就剧烈颤抖起来。

他伏在陆沨身上，额头抵着他的肩膀，完全无法形容自己此刻的心情，只觉得心脏被一只手攥住，揪紧。剧烈的痛苦淹没了他，大滴温热的液体从眼睛里涌了出来，他知道自己在哭，知道那是眼泪——人类才会拥有的东西，可他还是第一次体会这种感觉——心脏被撕扯成碎片的感觉。

为什么变成了这样？

他想，如果不是两个月前陆沨放过了他，那么他异种的身份暴露时，就不会因为觉得辜负了陆沨的信任而难过。

如果不是这些天来和陆沨建立了一些类似友谊的感情，那么面对陆沨的枪口时，他或许也不会那么害怕。

又如果，假如陆沨最后没有去抱住他，他或许不会觉得……那么委屈。

但陆沨为什么放下了那把枪，他不知道。他从没有体会过现在这样激烈的情绪，以至于无法处理其他的事情。

——他什么都不明白，可就是那样哭了很久，等不再有眼泪流出来的时候，他还在一下一下轻微地抽气。

夜幕越发深沉，终于平静下来后，安折察觉到四周也是一片寂静。像是什么都没有了，这个世界只有他们两个。他低头埋在陆沨的肩膀上，胸膛靠着他的胸膛，心跳的微微震颤隔着衣料传来，分不清是谁的。

——他们都还活着。

他揉了揉眼睛，嗓子有点哑："为什么会掉下来？"

"发动机故障。"陆汛道，"我去拿黑匣子。"

安折"嗯"了一声，放开抱住陆汛的手臂。这个拥抱似乎太久了，分开的时候，旷野的风从原本亲密无隙的地方灌进来，很凉，安折轻轻抖了一下。陆汛把外套披在他身上，起身朝飞机的残骸走去。这是小型战斗机，残骸并不大，安折看着陆汛用地面上散落的零件撬开机尾，取出了一个亮橙色的匣子。

他想起这一天发生的种种，道："我看到好几架飞机掉下来了。"

陆汛淡淡"嗯"了一声。

即使安折只是一只蘑菇，也知道这么多架飞机同时出现发动机故障是一件很蹊跷的事情。他问："为什么？"

"不知道，回到基地后才能分析。"陆汛收起匣子，走回他身边，"你住哪里？"

安折："地上。"

陆汛挑了挑眉。

安折随即闭嘴，不再说话了，这句"地上"实在不像一个人类会说出的话。

但很快陆汛就注意到了这片荒原上唯一不同寻常的东西——黑蜂和地上的背包，他往那里走去，安折跟上，小腿却剧烈地疼了一下，是刚才磕到了。

陆汛回头看着他，安折咬着下唇，一瘸一拐地跟上他。

——然后，他就被陆汛背起来了。

被上校背这种事情一回生二回熟，安折顺利地找准了自己的位置。他们靠得很近，不像人类和异种该有的距离。

但是就在今晚，上校好像不是上校，异种好像也不是异种。

抱住陆汛的脖子的时候，安折隐约摸到了一根细绳的轮廓，手指稍稍向下，碰到了一个温凉的东西。

——陆汛的颈间也挂着一枚硬质的吊坠。

在陆汛手下死里逃生这件事似乎让他的胆量增加不少，而那枚吊坠的形状又过于熟悉，他的手指贴在陆汛脖颈上，将那东西轻轻捞出来了，而陆汛没什么表示，似乎默许了这一动作。

银色的金属链末端，一枚黄铜色的弹壳在极光下闪烁着微微的暗光。

自己的弹壳吊坠代表丢失的孢子，但陆汛为什么也有？安折不知道这意味着什么，他轻轻"咦"了一声。

就听陆汛淡淡道："我父亲。"

安折没说话，过了大约三分钟，他把吊坠塞回陆汛衣服里，脑袋乖乖搭在陆汛肩膀上，收拢手臂，没有再乱动了。

隔着衣物，陆汛感受到背上那个人先是略微紧张地绷紧身体，然后逐渐放松，整个人挂在他身上。在发生了今天的事情后，安折还能这样毫无防备地靠着他，这个男孩总是会做出一些出乎他意料的举动。

安折温热的鼻息就扑在他颈肩，背上是正常的这个年纪的男孩的体重，但对于陆汛来说并不算沉。他软绵绵地贴在他身上，没有任何警惕，仿佛这世界上的危险和恐惧理应和他无关。

陆汛想起了他加入审判庭的那一年。

进入审判庭并没有什么特殊的理由，有时候，他想保护所有人。

而事实上，他保护了一些人，也伤害了很多人，虽然本意并非如此，但他已经成为众人仇恨的对象。

走路间，安折的呼吸渐轻渐匀，他今天哭了很久，该哭累了，像所有涉世未深的小东西一样，这只小异种或许快要睡着了。

陆沨也记得一个月前，昆虫在城市肆虐的那个下午，他接到了安折的电话，声音是软的，像是害怕了，那是他成为审判者的第七年。七年来，这是他得到的第一次求助，没有其他人会这样做。

在这样一个时代，保全所有人不过是一种注定破灭的幻想，但他觉得自己至少能够保护好某一个人——至少在被求助的那一刻，他心中曾经升起这样一丝转瞬即逝的期待。

被放下的时候，安折已经快要睡着了，陆沨把自己的外套盖在他身上作为被子，但这个人显然并不会照顾人，胸口的徽章又把安折刮了一下。安折半睡半醒间把它拆下来，发现这正是自己在基地里一直揣着的那一枚。他用菌丝的形态逃走的时候，浑身的衣物包括这枚徽章大概都散落在地，但现在徽章又回到了陆沨身上。

握着它，安折清醒了不少，小心翼翼地问："博士对你说什么了吗？"
陆沨居高临下俯视着他："你想说什么？"
安折小声道："……没什么。"
陆沨确实有和他认真解释的打算，但他随即看到这个小异种抱着背包把自己团成体积不大的一团。月光下，一双乌黑的眼睛认真看着他，仿佛很容易产生情绪的波动。
于是陆沨嗤笑一声，淡淡道："你以为自己有那么大的能耐吗？"

安折翻身过去彻底背对着他了。

安折不接受陆沨的这个评价，他觉得陆沨又在强调他的弱小了，这个人不是第一次说这种话。
——虽然他确实无法造成整个伊甸园的感染，他连哪怕一个人都感染不了。
但他不能接受谎言被拆穿是因为自己的弱小，而不是谎言还不够高明。

他只能安慰自己，或许只有陆沨不相信他的说辞。

只有陆沨可恶。

他说："你不许睡在这里。"

"嗯？"陆沨道。

安折闷闷道："不许。"

陆沨："为什么？"

安折背对着他，把自己埋进外套里，他本来想什么话都不说，只想坚决地把上校驱逐出他的地盘，但心中纠结几下后，还是认真解释道："可能会被无接触感染。"

"哦。"陆沨声音很低，"蜜蜂是活的。"

安折："……"

又听陆沨道："是活的，为什么昏迷？"

这次就算打死安折，他也不会开口了，陆沨这个人，只要对他透露一点信息，他就能把情况猜得明明白白。

但今晚的上校并没有为难他，上校道："我守夜。"

安折小声"嗯"了一下，他又问："你冷吗？"

陆沨道："不冷。"

安折这才闭上眼，他握着那枚徽章，蜷起身体，他今晚的情绪透支过多了，睡得格外快。

但睡到一半的时候，他就被冷醒了。

这几天来磁场的事故导致太阳风肆虐，大气层变稀薄，昼夜温差大到了一个可怕的程度。

安折浑身发冷，他睁开眼睛，坐起来，下意识看向四周，寻找陆沨的影子。

他很轻易就看见了不远处的上校，陆沨靠在一块被风侵蚀得奇形怪状的石头下，面前有规律地摆了一些灌木的枝条——堆成一个锥形。

安折揉了揉眼睛，抱着陆沨的外套朝那边走过去。上校把外套给他披着，上身就只有制服内衬了。

他把外套递过去，再次问："你冷吗？"

陆沨手里把玩着一只打火机。

"自己穿，"他道，"我以为你还能再睡一会儿。"

安折："……啊？"

陆沨把打火机丢进他怀里："跟我去捡柴火。"

所以说，上校早就知道他可能会被冻醒，并且已经打算生火。

而他又说"以为你还能再睡一会儿"——安折对上校这句难得委婉的说辞进行翻译，最后得出结果，上校真正想说的是："你怎么比我想象中还要娇气？"

安折："……"

他跟上陆沨。一时间，空气里只有他们的脚步声、风声和远处隐隐约约的怪物号叫声。他们往外走，荒野上稀疏地生长着一些灌木，在太阳风的袭击下，植物都死了，而且被炙烤得干燥，适合烧火。

安折问："你一直在找树枝吗？"

"没有，"陆沨淡淡道，"有怪物，我不能离开太远。"

安折轻轻"哦"了一声，他想告诉陆沨，其实很多怪物都对他这只蘑菇没有兴趣，但他随即意识到陆沨是在保护他，想到这一点，他觉得自己有一点微妙的开心。

荒漠的沙质地面很松软，脚踩下去只发出轻微的摩擦声。安折的腿还是有点不方便走路，陆沨没让他紧跟着，而是保证他停留在自己视线里，然后在周边收集树枝，再将它们给安折收着。

等安折怀里的树枝越来越多，略微有些抱不住的时候，陆沨道："够了。"

于是他们并肩走回去。月光下，沙丘像雪堆一样在视线里起伏，远处的飞机残骸像个丑陋的瘤扎根在地面上。

忽然间，陆汛的脚步一顿。

安折随即也停下了。

——一种奇异的直觉使他背后发寒，他听到了一道声音。

寂静的旷野里，突然响起一种无法准确形容的声响，他知道陆汛也听见了。

"沙沙。"

"沙沙。"

"沙沙。"

令人毛骨悚然的声响不规律地回荡在旷野里，很低，但又非常清晰，像是响在耳边，前两次间隔极长，后一次间隔很短。

"沙沙。"

这声响再一次响起的时候，陆汛把安折的肩膀往下一按，两人伏在沙地上，躲在一丛灌木后。

"沙沙。"

极光下，一个巨大的黑影在起伏的沙丘的边界出现了。它大致是椭圆形的，身体的构造模糊不清，表皮崎岖不平，就像一团腐朽的烂肉被粗暴地捏到了一起，它身体的中间鼓起一团光滑的肉瘤，表面长满大大小小的眼球，这是头部。这个黑影庞大的躯体下生长着无数足肢，有粗有细，有的像爬行动物的后腿，有的像昆虫的螯肢，有的像人类的手臂。

——那些足肢蠕动，支撑它在崎岖不平的地面上沉重地走动，在覆满沙砾的地面上留下一道五米多宽的波浪状痕迹，它就这样以一种诡异的姿势平行来到那架坠毁的飞机残骸前。每移动一段距离，"沙沙"声就从它体表发出，向外均匀地扩散。那或许是它的发声器官。

安折屏住呼吸，看着那个难以形容、难以描述的怪物身体中部裂开一道豁口，露出里面密密麻麻的獠刺和尖牙。

"咔嚓——"

刺耳的金属摩擦声响起来，随即是混乱的金属碰撞声、断裂声、咀嚼声、吞咽声。

它在食用那堆残骸。即使在深渊里住了那么久，安折也从来不知道有怪物可以以金属为食，深渊里不乏失去主人的装甲车，也有枪械碎裂的零部件，但没有怪物会管它们。又或者，眼前这个怪物的目的不在金属，而是废墟里那两个飞行员的尸体。可以想象，对于一个能把合金材料咬碎并吞咽的诡异生物，人类的血肉和骨骼就像一摊烂泥那样软弱易嚼。

而它并没有埋头享用这堆巨大的爆炸和燃烧的残骸，它只是吃了不到五口。

"沙沙。"

那张嘴合上的时候，声响又发出来，它转了一个方向，前方一百米处是仍然昏睡的黑蜂。

咔嚓。

黑蜂的整个头消失在它身体里。安折睁大了眼睛，看着这个怪物身体的一端伸长，一对半透明、金属色泽的翅膀垂落下来，振动几下，发出树叶在秋风里抖动的那种声音——曾经属于黑蜂的器官就这样出现在它身上。

"沙沙。"

下一秒，它头颅上的所有眼睛都望向安折和陆汛所在的方向。

第 34 章
因为你与我同在。

．．．．．．．．．．．．．．．．

"沙沙。"

这个声音似乎在空气中激起一道涟漪。刹那间安折意识到它并非靠眼睛，而是靠声音来标定位置。

无数条足肢蠕动，它在朝这边移动。

"砰！"

枪声在夜空中响起，安折身边有风刮过，陆汛以一种令人难以想象的速度登上高处的石头，开了第一枪。

沙沙声停了。它身上的眼珠缓慢转动，一种沉闷的断续嘶号低低传出来，它的气管里一定胀满了脓疱，安折想。

第二枪打在怪物右上方的一颗眼珠上。

嘶号声放大，安折忽然睁大了眼睛。

血。

黑红色的血在那颗眼珠的伤口里涌出来——不是涌，是喷出来。

陆汛连开几枪，破口逐渐溃烂变大，血水像喷泉一样从那里射出来，怪物的号叫声放大无数倍。

安折抬头看陆汛，见这人目光冷静，仿佛一切都在他的意料之中。

他看回那个怪物——它的翼翅颤动，但身体过于沉重，无法彻底飞起来——它疯狂往前扑，直直撞向陆汛所在的那块石头，一声巨响，石头颤动，灰尘和碎屑一起落下来，陆汛站在上面，却丝毫不动——他居高临下，俯视着那团巨大的肉块。

撞击石头的动作让它流血的速度更快了，它就像一个被打开口的水囊，安折看着这无法想象的一幕，他怀疑这个怪物的身体就是由无数液体组成的。

第十次撞击后，那声音弱了下去，它庞大的身躯缓缓倒地。

血液不是全部，组织块、形状怪异的器官从破口处流出来，心脏和肺部融为一体，是流淌的半固体，难以形容的腥气弥漫在整个区域内。即使是深渊里的怪物，身体内部的器官也没有这样难以形容的构造。

安折："……"

他的认知出现了空白，抬头朝陆沨望去，陆沨微微挑眉，跳下来落到他身边："怎么了？"

安折："……就这样？"

陆沨："就这样。"

安折："它死得好容易。"

"嗯。"陆沨收枪，枪托在他冷白色的五指间轻轻转一圈，被收回腰间的枪匣里。

安折处在巨大的困惑中，甚至开始怀疑假如自己被枪打一下会是什么样的情形，他感到有点害怕。

陆沨看了他一眼，眼里有微微的笑意，然后转身往外走去。

这怪物的丑陋超出了安折的想象，倒下的速度也超出了他的想象。深渊中不乏巨大而丑陋的物种，但眼前这堆碎肉显然不符合深渊中越丑的怪物反而实力越强的准则。

怪物的尸体就那样倒在沙丘上，它身体下流出黑红交杂的脓液，将那一片土壤都染成深色，同样的脓液也蔓延到旁边的灌木丛上，先是像一滴露珠那样缓缓垂下，一分钟过后挛缩、回收，与灌木的枝叶融为一体——被吸收了。

陆沨看了一眼手表，当怪物确认死亡三十分钟后，他靠近了那个怪物，安折跟上——虽然他还是有点瘸。

它奇形怪状的身体在极光下反射出奇异的金属光泽，身体所有的零部件虽然来自不同的生物，但都牢牢相接，是从身体的内部生长出来的。想着它之前吞食黑蜂的动作，安折意识到它吞掉一个生物的基因就会立刻长出这部分基因主导的器官。

陆汛观察那个怪物很久后，对安折道："走吧。"

安折道："去哪儿？"

"这里可能还有很多这种东西。"陆汛道，"找个安全的地方。"

安折环视四周，他的视野之内没有别的，只有一片尘沙飞扬的荒漠，他问："去哪儿？"

"前面有遗迹。"陆汛道。

安折想："我在天上飞的时候怎么没有见到遗迹？"

但他又一想，他乘坐的是一只蜜蜂，上校的交通工具则是飞机，视野当然会比他开阔一些。

就听陆汛问他："能走吗？"

安折："能的。"

他其实不是个怕疼的蘑菇。

——虽然真的有点疼。

上校淡淡看他一眼，道："过来。"

最后，安折还是回到了陆汛身上。他抱着陆汛的脖子，把脸贴到陆汛肩上，他能感受到陆汛的呼吸以及走路时的动作。起伏的丘陵地带其实只适合四足的爬行生物走动，脚踩下去的时候，沙地微微凹陷，不适合骨骼与肌肉的发力，似乎只有无足的蛇类生物才能在这种环境如鱼得水。这个世界有很多地方不适合人类活动，他们走在这里，要额外消耗一些体力，而背着一个人要消耗更多。但陆汛好像并不吝惜，在安折有限的记忆中，上校除了不爱说话，并没有吝惜过什么。

一片沉默中，安折往后看，见无边无际的黑暗天幕之下，雪白的沙地上，一行脚印深深浅浅，像什么深刻的符号。

他脑海中忽然想起在伊甸园的那一天——那天他路过空旷的走廊，几位白人军官聚在无人的房间里，念诵一首韵律优美的诗歌，为首的一位手持银白的十字架。那时地磁消失，供电中断，所有人都处在兵荒马乱的恐惧中，他们的表情却很宁静，像是得到了一种能支撑他们继续往前的力量。

"我虽行过死荫的幽谷，也不怕遭害。"他将这首宁静的诗重述给陆汛听，"因为你与我同在。你的杖，你的杆，都安慰我。"

陆汛的嗓音似乎在薄冷中带了一丝温和："还有吗？"

安折努力回想："我一生必有恩惠、慈爱长久相伴。"

"我且要住在耶和华的殿中，直到永远。"

"他们信教。"

安折道："上帝吗？"

他记得安泽为基地所写的稿件里曾经出现或"上帝"或"神灵"这样的字眼。

陆汛淡淡"嗯"了一声。

安折又道："那你呢？"

陆汛没回答。

他没说话，寂静的夜里只有令人不安的风声，安折把自己在孩子的课本上、在其他什么地方记下的诗一句一句念给陆汛，简单的或者复杂的，到"不要温和地走入那个良夜"为止，背完了，再从头重复一遍。他和陆汛没什么话可说，没有天可以聊，他想说点什么让这个死寂无人的夜晚热闹一点，只能这样。

风很大，声音很快被吹散了，但他们离得那么近，安折知道他能听到。

所有诗句都重复两遍后，他们已经走了很久。

安折不知道上校在军方接受过什么样的训练，但他也知道这段路和这个夜晚都太长了，长到好像能走一辈子，走到这个世界的边缘，或者他们生命的尽头。这一过程对体力的消耗也超过正常人体所能负荷的极限。

他悄悄把自己身体的一部分变成轻盈的菌丝，又怕这一点改变微乎其微，过一会儿，就悄悄再变一部分。

终于，他听见陆沨道："你知道那头怪物为什么很容易死吗？"

安折不知道陆沨为什么突然说起这个，他停下背诗，道："不知道。"

"低级变异是基因污染，高级变异怪物分为两种，"陆沨道，"混合类和多态类。"

"混合类食用基因后，就会拥有原来生物的一部分，很多生物的基因和特性都可以在它身上共存。但是它有一个缓冲阶段。"陆沨往前走，继续道，"原有基因与新捕获基因有冲突时间，这段时间内它的基因链剧烈变化，与原有器官功能冲突，身体内部一片混乱。所以聪明的混合类怪物食用基因的间隔很长，它要建立稳定的基因。刚才那只贪心了。"

安折："多态类呢？"

"多态类是目前观察到的最高级变异，数量个多，主要集中在深渊。变异方式不是基因共存，是自由转换。比如从一只蜜蜂变成一种植物……有时候也可以局部改变。"

"多态类变异的基因序列比混合类稳定，"陆沨淡淡道，"但也不要一次性摄入过多，会对神智造成影响。审判庭曾经收集到一个案例，一个动植物多态怪物转换不完全，全身器官纤维化，当场死亡。"

安折有点害怕，默默抱紧了陆沨的脖子。

但他总觉得上校话里有话。

*

在路上，他们又看到了一个混合类怪物。

它和那个倒在陆沨枪下的怪物不同，是细长的，灰黑色，像一只放大了几万倍的竹节虫，后背有巨大的、蝴蝶才有的薄翅，额头伸出两只纤细的触角，看不出它的眼睛在哪里。它全身有五米多长，有六只细长的脚。他们翻过一道高坡的时候，它正在食用一只两米长的小蜥蜴，那光滑的甲壳质身体原本在极光下反射着光芒，随着进食，渐渐变成粗糙的鳞片了。

轻便灵活的身体让它能快速地穿梭移动，吃完蜥蜴的头，这只竹节虫伏下躯干，然后向前弹起，叼着它剩余的身体振翅飞向远方了——它没来得及发现陆汛和安折。

这可能就是陆汛所说的聪明的混合类怪物，懂得获取基因后先去寻找一个隐蔽的地方躲藏，度过那个混乱的阶段。

安折望着它雪白的翅膀，由衷道："好漂亮。"

他自己也是白色的，他喜欢自己菌丝的颜色，但他没有那样舒展又漂亮的翅膀，即使完全变成本体，也只是松软的一团，早在幼年那个被雨水和飓风折断的雨季，他就失去了一个蘑菇该有的外形，还被定义为"脱离物种基本形态的变异"，这让他感到耻辱。

就听陆汛的声音冷淡："你想吃它？"

安折："……"

他否认："不是。"

陆汛道："别乱吃。"

安折就小声道："我又打不过它们。"

陆汛的唇角微微勾了一下。

作为一个异种，竟然还被人类管着不能乱吃东西，安折感到生气，他应该拥有自由吃东西的权利。

然后他的肚子咕噜了一下。

陆汛道："你的东西呢？"

安折回想了一下食物的余量，连一顿都不够，他道："等等吧。"

想了想，他又问陆汛："你饿了吗？"

陆沨道："还可以。"

安折觉得这个人类在嘴硬，他反手在背包里摸出剩下的半块压缩饼干，掰下一块，送到陆沨面前，喂给他。

上校并没有拒绝。

安折继续投喂。喂到第三块的时候，他想起压缩饼干过于干燥，应该和水一起吃。

水也还剩半瓶，他拿出来，却不知道该怎么投喂水给上校了。

他只能道："你停一会儿。"

于是，在黎明时分，他和陆沨在一块大石头的背后分掉了剩下的那半瓶水的二分之一。水是让蘑菇感到愉快的东西，安折舔了舔嘴唇，紧接着就被陆沨塞了一块压缩饼干进去。

微凉的手指无意间触碰到了他的嘴唇，安折叼住那块饼干，慢慢咽下去，这一刻他竟然觉得很安逸——明明他们的食物和水都要用完了，不知道明天该怎么活下去。

他对陆沨道："你吃，我不活动的。"

不活动就不需要吃很多东西。

陆沨没说话，揉了揉他的脑袋，安折抬头和他对视。他觉得，在熹微的晨光里，上校那一贯冷淡的眼神甚至被渲染得微微温和起来。

那一刻安折忽然有种错觉，虽然他和陆沨完全不像，虽然他们两个没有任何共同语言，但是——假如信号永远不恢复，假如有一天，陆沨和他都是异种，或者他和陆沨都是人类，假如他们都还活着，如果真的有那么一天，他和陆沨或许能做很好的朋友。

他自己在人类里面不算是很优秀的个体，甚至算是个一无是处的个体，但上校仍然对他很好，所以如果陆沨变成异种，只要不是太丑，他就不会嫌弃的。

然而根本没有这种可能，陆沨是人类，而他不幸是一只蘑菇。但假如

自己从一而终都是人类，或许又只是外城中平凡的一员，根本不会和陆汛认识，他又侥幸自己是一只蘑菇。

　　他们继续往前走，安折觉得，一夜过去，他的腿不是很疼了。于是他不要陆汛背着，他自己走。被放下去的时候，他看见陆汛微蹙起了眉头，望向一旁。

　　只见不远处一块巨石下散落着两具人类的骸骨碎片，头骨和断裂的脊椎相距甚远，手骨不知所踪，一截灰白的腿骨斜斜插在沙地里，像个旗杆或墓碑。

　　他们走近那里，陆汛俯身用手指抹了一把骸骨上的薄灰。

　　"新的，两天内。"他道。

　　话音落下，安折望向骸骨的目光也疑惑起来。现在这种情况下，野外不应该还有能活动的人类了，所以也不应该有新鲜的人类骸骨。

　　他说："是你们的飞行员吗？"

　　陆汛环视四周："没有残骸。"

　　他们再次仔细查看了骸骨，骨头上有怪物撕咬的痕迹，近旁，薄沙掩埋下是一件破烂的衣服，灰黑色，不是基地的制式服装。陆汛若有所思，这件事绝不正常。

　　然而，他们也没有其他线索，只能继续前行。

　　又是半个小时后，晨雾里，远方影影绰绰有什么东西现出了形状，一线灰色在地平线上铺开，像巨大城池的边缘。

　　安折："我好像看到了。"

　　——那必定是陆汛口中的城市遗址。

　　陆汛道："我也看到了。"

　　安折问："在遗址里可以找到水和吃的吗？"

　　陆汛："可以。"

　　安折："真的可以吗？"

陆汛不咸不淡道："我经常待在遗址中。"

安折："……哦。"

陆上校是在深渊都来去自如的人。

但是，不会被饿死，仍然是一件值得高兴的事，他脚步都轻快了一些，比陆汛多往前走出一步。

就在这一刻，他脚下的地面忽然一软！

然后下陷。

他整个人往下坠去。

安折："！！！"

他心脏剧烈跳动，立刻就要被吓出菌丝的形态，但就在那电光石火之间，左臂传来沉重的力道，是陆汛牢牢拽住了他的手。安折被吊在半空，松了口气，继而又被陆汛打捞上来。他的腿刚好，胳膊就开始剧烈地疼起来，小声抽了一口气。陆汛伸手，从他的肩膀上一路顺到手腕，道："没断。"

安折看向那个地方。

——那是一个险恶的三米深坑，上面覆盖着一些脆而薄的木板，被沙子盖住，和周围看不出任何区别，但只要一踩上去，就会掉进坑里。

安折觉得蹊跷。

他看见陆汛也微蹙眉。

"陷阱，新做的。"陆汛道。

这个地方，先是出现了人类的骸骨，又出现了一个陷阱——人类的产物。

难道荒野中会有活着的人吗？

就在这一刻，陆汛蓦地抬起头，看向一个地方："谁？"

那里是个高出地面的土丘，在丘陵地带看起来平平无奇。陆汛说完话，那里也没有任何反应。

然而陆汛拔枪，沉声道："出来。"

没有动静。

十秒，二十秒，半分钟。

窸窸窣窣的声音忽然从那里响了起来，随后是沉闷的吱呀声。安折循声望去，土丘表面簌簌落土，打开了一个类似盖子的东西———一个身影爬了出来。他一开始以为是土拨鼠，再一看，那竟然是一个人类——一个活的、看不出来有异化趋势的人类，穿一身破旧的牛仔服，和之前骸骨旁边的衣服有些相似。

站起来后，那人是个身材瘦弱的男孩，肤色因为缺少日晒而显得尤其苍白，但两颊零散长了一些雀斑。

他看着他们，好像完全愣住了，瞪着眼睛看向这边。

安折默默回视。

过了足足两分钟，那个男孩才结结巴巴道："你……你们……人？"

他的话也说得不熟练，发音非常奇怪，不像基地的人们说话那种通用的语调。

陆汛道："先带我们过去。"

那个男孩死死叮着他们看，垂在身侧的手哆嗦了好几下，这才猛地往这边跑来："等一下！"

他以一种迂回的路线来到他们近前，然后转身在前面带路，带着他们两个绕了许多曲折的弯，一边走，一边结结巴巴道："对……对不起，我们怕……怕怪物靠近，挖了好多……好多陷阱。它们就过不来了，我……我们也能观察……没……没想到有人会来。你……你没事吧？"

见他垂着头，一副懊恼自责的模样，安折道："没事。"

到了土丘旁边，男孩推动一个什么装置，嘎吱声响，一道厚重的铁栅门被摇摇晃晃地打开，露出一个漆黑的洞口。

"你们……你们是外面的人？"男孩像是突然反应过来什么，转向他们，舌头打结，先是看向陆汛，却好像又被陆汛的面无表情吓到，僵硬地转向安折，问道。

安折道："是的。"

"我……"男孩喘了几口气，脸上蹿上激动的潮红，要不是离了半米远，安折怀疑自己会听见他怦怦怦怦的剧烈心跳声。

他问："你还好吗？"

"我……"男孩好像终于反应过来现在发生了什么，看起来已经喘不过气来了。

"你好。"却是陆沨开口道，"北方基地，审判庭。需要帮助吗？"

"我们……我们需要帮助，"那个男孩眼里迸射出朝日那样的光，转身钻入隧道，一边往深处跑，一边大声喊："爷爷！"

跟着他，陆沨和安折也走进了幽深曲折的隧道，关上铁栅门后，这里一片阴凉、漆黑，但前方有微弱的闪光。看不清脚下的路，安折小心翼翼地扶着墙壁，被陆沨抓住了手腕，带着他往前走。

这是一段向下的陡峭阶梯，人很容易摔倒，在他们走过一段大约一百米的下坡路，又转过一道弯后，前方才略微宽敞了一些，汽灯在墙壁上散发着微弱的白光，映亮了这个逼仄的洞穴。往远处看，它深得没有尽头，脚步声响在里面，激起连绵不绝的回声。

陆沨问："你们挖的？"

"不是。"男孩道，"很久以前的矿洞，我们很多人躲在这里。"

陆沨："有多少人？住了多久？"

"我不知道，"男孩微低下头，"我一出生就一直在这里，后来很多人都……都死了，我叔叔出去了，现在这里就我和我爷爷。"

还未走进男孩口中"爷爷"所在的地方，安折就先听到了粗重的喘气声，像是动物濒死时从胸腔内发出的声音。

只见一个十米见方的凹洞里，摆着一张不到一米宽的铁丝床，床上躺着一位头发花白的老人。安折走近，看见他身上盖着灰黄色的毛毯，双颊凹陷，眼珠混浊，浑身发抖，像是忍受着什么巨大的痛苦。即使他们来到床前，他也没有任何反应。

"他病了。"男孩道。

说着，他坐在床边，拉起他爷爷的手，大声说："爷爷，外面的人来找我们了！他们说自己是基地来的，真的有基地！"

老人的神志已经不清醒了，他并未被男孩话语中的欢欣、激动所感染，而是混混沌沌地皱眉，偏过头去，仿佛在逃离他的聒噪。

"咱们能去有很多人的地方了！"男孩似乎习惯了，也没有被老人消极的态度所感染，语调更加兴奋。

就在这时，老人干瘪的嘴动了动，发出几个含混不清的音节。

他的孙子问："什么？"

安折也仔细听，老人嘴唇翕动，又将那几个音节重复了一遍。

"时候……"他喉咙沙哑，口中漏气，声音像破败的风声，"时候……快到了。"

男孩歉意地转向陆沨和安折："爷爷总是说这句话，他觉得自己病重快死了。"

说完，他又告诉老人："我们去人类都在的地方，那里肯定有药。"

老人却翻来覆去，仍然说着这句话，他们只能作罢。直到他们离开这里，老人仍然喃喃念着"时候快到了"，安折觉得这句话很耳熟，但又想不起来在哪里听过。

随即，男孩带他们来到一个稍微宽敞的方形房间，房间联通三个黑漆漆的洞穴分叉口，像四通八达的心脏地带，崎岖不平的墙壁上用泛黄的纸张贴着矿洞的路线图和操作注意事项，中间有一张四方形的小桌，桌旁是两张旧沙发，过重的潮气已经侵蚀掉了沙发全部的漆皮。

陆沨在和那个男孩交流。

那个男孩叫西贝。据他说，当年那场史无前例的灾难来临的时候，矿洞塌方了。但因为辐射没有穿透地面照进来，里面的一部分人反而活了下来，并延续到了现在。他们会去临近的小城遗址搜集生活必需品，也会被外面的怪物打死、吞噬，他的母亲只有他这一个孩子，慢慢地，当初的几十个人，只剩下他、爷爷和另外几个年长的叔叔相依为命。

"我就知道，大家肯定不会死，肯定在什么地方建了新家，但是我们找不到你们。我爷爷以前说，我们找到另一个出口从矿洞出去的时候，外面已经变天了，一个活人都没有了。"

"收音机收不到信号，外面都是怪物，我们也走不出去，只能留在这里，但是我们知道肯定还有别的人。"西贝的声音带了一丝激动的颤抖，他从一旁墙壁上的小格子里拿出几本破旧的薄书。

"前两年，我们在外面发现了一辆车，车里除了一个死人，就是这几本东西，我就知道外面还有人，我……一直在等你们来。我们……我们的同胞肯定在一直搜救。"他看着陆汛，眼里全是希望。

陆汛声音略低，道："基地欢迎你们。"

而安折伸出手。那摞薄册子里最上面的一本，昏黄的汽灯照亮了它的封皮。题目是四个字——《基地月刊》。这四个字触动了他脑中储存的那些记忆的残片，这是基地文化部门向人们发放的册子。

而这本手册就这样被远方的人类基地制造出来，和色情小说与武器图鉴一起被佣兵或士兵拿到，乘坐离开基地的装甲车，经过一段遥远的路途，被永远留在了野外。然后，沙漠时代的幸存者将它从车辆的残骸里拿出，在矿洞里一遍又一遍地传看，他们知道这代表远方人类家园的消息。

扉页已经发黄了，写着一行小字"愿我们有光明的未来"，再往下翻，是目录页。

安折翻动纸页的手忽然颤了一下，他的目光停在目录页的一行两个无比简单的字眼。

冬日

省略号一路向纸张的右侧边缘延伸，在它的终点是另外两个字，代表作者的名字：

安泽

安折的呼吸在那一刹那有短暂的停滞，而他的余光下一刻就见到了《冬日》的下一行，那篇文章名叫《2059 年的一天》。

2059 年是历史上一个遥远的时代，于是这个名字说明了一点，这是一篇考究的历史文章。

它的作者名字是：

诗人

——这两个名字就这样静静并列在纸页上。

安折的手指落在纸上，他的手指曾经在那个爬满藤蔓的山洞里抱住安泽的肩膀，也曾经在一片黑暗的车厢里被诗人抓住，现在它轻轻抚过那两个人的名字，他们的身影在安折脑海里冉次鲜明。他翻到那一页——那并排的两页。《冬日》是一首短诗，写了那个冬天雪花落在供应站广场的情形，安泽说那积雪柔软得像雪白的鸽翅。

安折能想起他声音的一切细节，他仿佛听见安泽亲口向自己描述，在这短暂的一刻，安泽好像重新活了过来，诗人也重新含笑站在他眼前，他非要给他讲基地的历史——这个世界上还有他们留下的记录。

安折眼前一片模糊，明明他已经很久没有想起这两个人了，可他们的身影还是那样清晰地出现在他面前，仿佛相遇就在昨天。

他就这样和他们重逢了，就像这个叫西贝的男孩忽然与人类基地的来客相遇那样。

"本来这里还有两个叔叔，但是他们出去找东西吃了，一天多没回来了，我想……"西贝低下头，"我想……他们可能回不来了。"

"抱歉。"陆沨道，"我来晚了。"

"没有！"西贝猛地摇了摇头，他抿嘴对陆沨局促地笑了笑，声音有点沙哑，"外面都是怪物，你们肯定也很困难。你们来了，我已经……已经很感激了。这个世界上还有别的人类，我们还有家，真……真好。"

汽灯的光芒映在他的黑眼瞳里，那里跳动着明亮和激动的火花，那火花和西贝脸上细微的神情组合在一起，呈现出一种纯粹的、掺杂悲伤的喜悦。

安折静静看着西贝的脸庞，他知道那是自己永远无法理解的一种情绪。他低下头，月刊泛黄的纸页上，安泽的音容笑貌再次浮现在他眼前。

他眼前泛起雾气，就在几个小时前，他还在腹诽人类为了保持意志所做出的那些故步自封的努力，设想到了陆沨也变成异种的那一天，他不会嫌弃他。这个念头却在此时此刻微微动摇。

人类就是人类，他想。

他知道基地无药可救，他知道人类穷途末路。

可他们也真是永垂不朽。

第 35 章

他被陆汛抱上去了。

"上个月，我的一个……叔叔，被外面的怪物咬了，死掉了。然后前几天，另外一个叔叔出去找资源，那几天温度突然升高了，还有沙尘暴，他们也没回来。接着就是我刚才说的那两个叔叔了。"西贝的手指抠着桌面上卷起的漆皮，慢慢道，"就剩我和爷爷，但爷爷的病越来越严重，之前他还能和我说话，这几天他的脑子已经不清楚了。"

"他有时候喊疼，有时候说我听不懂的话。"西贝目光恳切，望着陆汛，"你们能治好吗？"

陆汛道："回到基地，或许可以查出病因。"

他并没有做出"一定能治好"的保证，安折垂眼看着《基地月刊》上的文字，这一页刊登着一则讣告，说一直为《基地月刊》供稿的某位先生患病离世了，连载小说《使命》就此中断。

基地里，至少在外城，很少有人能活到五六十岁。侥幸步入老年的人们，面对的是接踵而来的疾病。人造磁场的强度弱于原本的地球磁场，人体仍然受到细微辐射的影响，所以以癌症为主的基因疾病发病率仍然很高，带走了半数以上的老人，而多年来野外刀口舔血的生活又会让幸存的那部分人活在无穷无尽的应激反应和心理创伤中，这也是无法根除的痼疾。

"谢谢……谢谢你们。"西贝道，"是我爷爷把我养大的，字也是他教我认识的，我们的发电机也是爷爷一直在修理的。大家都说世界上没有别的人了，是爷爷一直让我们等，他说天上有极光，说明世界上还有人类组织。"

陆汛问："他是这里的工程师吗？"

"是的。"西贝说。

陆汛微微眯了一下眼睛。

他问："为什么知道极光代表人类组织？"

西贝想了想，解释道："这里是个磁铁矿，爷爷是这方面的工程师，他说……说自己的老师以前在一个什么研究所干活，那个研究所一直在研究磁极。爷爷的老师告诉他，这场灾难的原因就是磁极出了问题，但研究所在努力找出解决的办法。"

"高地研究所。"陆汛淡淡道，"人造磁极研究基地。"

西贝点了点头："好像是叫这个。"

"我们和基地暂时失联，"陆汛没有继续这个话题，道，"恢复通信后，会带你们转移回基地。"

西贝用力点了点头："谢谢你们。"

然后，他们就在这里留下了。不知道什么时候通信才能恢复，西贝带他们大致了解了一下矿洞的构造。

他们现在所在的地方是核心地带，大灾难还没有发生的时候，这里是矿工和工程师的临时休息区域，有供人居住的房间，有基本的生活设施，也有一些当初留下来的矿用机器，包括发电机和很多工具。由于深在地下，四面又是坚硬无比的矿石，只要把洞口保护好，这里就是一个自成一国的安全地带。

核心地带外面是数条幽深的矿洞，都是前人开凿的产物，沿着矿脉一路延伸。

"虽然黑漆漆的，但里面没有怪物。"西贝道，"你们放心。"

中午的时候，西贝去煮饭。安折对这里的厨房感兴趣，但他和西贝还不熟，不敢贸然闯入别人的领地，他找到了别的事做。

蘑菇喜欢水，人类也需要喝水，水是非常重要的东西，有时候比食物还要重要，所以矿洞里的人为了收集足够的水，也付出了很多努力。

外面下雨的时候是集中储水时间，每次能收集大量的雨水，用明矾粉末净化，存在大水泥桶里。但天气变幻莫测，谁都不知道下一次下雨是什么时候，所以多年来居住在这里的人们还另外制造了一套集水系统——沿着最大最深的那个矿洞一字排开，他们在整面石壁上凿出了复杂的纹路，矿洞内部极端潮湿，由于昼夜的温差，壁上会凝结出细细密密的水珠，这些水珠达到一定的重量后，就会向下流淌，然后沿着人工刻痕缓缓汇聚，一滴一滴落在最下面的集水瓶里，几百个塑料集水瓶装满后，总共近百升。

据西贝说，最近这一批集水瓶快要装满了，可以收割了。

——于是安折和陆汛各自拿了一个塑料水桶和一盏照明用的汽灯，走进矿坑的主干道，去帮西贝把水收回来。

安折首先拿起了入口处的那个塑料瓶，把水倒进桶里，然后放回原位，继续往前走，找下一个。

这时他察觉到陆汛没动，于是回头看。

——这个人正斜倚在石壁上，好整以暇地看着他，被他看了一眼，才往前走了几步，和他一起集起水来。安折对他刚才的态度感到不解，但上校接下来的动作都很认真，他就没有问。

矿洞一路往地下深处延伸，中间铺着金属轨道，他和陆汛一人一边，各自专心灌满自己的水桶。

这是个磁铁矿，四面崎岖，布满开凿的痕迹，主体呈现出湿漉漉的灰黑色，汽灯的光线在潮湿的环境下也变暗了，雾蒙蒙一片。

人类可能不喜欢这种环境，但这种水汽让安折觉得很舒服，他甚至感觉到孢子在他身体里安逸地打了个滚儿，他被逗笑了，微微弯起眼角，轻轻揉了一下肚子，作为给孢子的回应——把孢子放在这个地方让他感到安全。

沿着开采轨道一路向前，他桶里的水也越来越多，等到终于走到集水系统的尽头，这个装满水的塑料桶已经变成世界上最沉的东西。

把最后一瓶水也倒进去，安折艰难地提着水桶转身。

他面前是昏暗幽深的长长矿洞，来时的起点已经变成一粒火星那样微弱的光点。

他手里的水桶那么沉，路又那么远，他得走回去，但他现在就已经快要拿不动了，再把桶拎回去简直是不可能做到的一件事。

安折忽然呆住了。

脚步声在洞穴里响起，陆沨走到了他旁边。

上校道："不走了？"

尾音微微扬起，似乎带有嘲笑。

安折不说话，他看着矿洞的尽头，感到自己的智商在一点一点熄灭。

陆沨看他一眼，淡淡道："如果你先走到这里，再开始装水——"

安折："……"

他整个人都不太好。

如果提着一个空桶先来到这里，再一路往回走，边走边收水，那他就只需要拿着水桶走一趟。而现在——他不仅将越来越重的水桶一路拎了过来，还要再把它拎回去。

他也终于知道陆沨看到他的动作的时候为什么没有动了。

这个人，这个人——

这个人明明最开始就预料到了后果，却当作无事发生一样，就看着他这样干。

安折决定生气了。他是一个有自尊的蘑菇，于是拎着沉重无比的水桶往回走去，并努力加快速度。

然而陆沨腿长，毫不费力就可以和他并排，甚至走了十几步后伸手按住了他的肩膀。

"看那边。"陆沨道。

安折往旁边看。

金属轨道上停着一辆两米见方的推车，里面装着几块矿石，显然是运送石头用的矿车。

手上突然一轻，是陆汛把他的水桶接了过去，放在车里，然后把他自己的也放了上去。

当安折以为上校单纯只是想借助这个交通工具节省体力的时候，却听他淡淡道："你也上来。"

安折望着矿车，有些许犹豫，他总觉得陆汛眼神中带有兴味，似乎想玩一些奇怪的游戏。

——最后，由于没有顺从但也没有拒绝，他被陆汛抱上去了。

小矿车内部很宽敞，他背对着后面的陆汛，抱膝坐下。陆汛将汽灯挂在车的前端，小矿车沿着轨道缓缓被推向前，骨碌碌的声音在矿洞内平缓地回荡。

四周都是山壁，这个地方与世隔绝，没有潜伏的危险，汽灯黄色的灯光雾蒙蒙地照亮前方的一小片区域，有时候，矿石里也闪着星星点点的荧光，像人类童话故事里会出现的地方。

安折望着前面，背靠着车壁，感到放松。蘑菇的本性是安逸并且不爱动弹的，被推着走，他并不反感。他虽然看不到陆汛，但就是莫名其妙地觉得这人现在也很愉快。蘑菇的快乐显然建立在懒惰上，上校的快乐建立在什么东西上，他很不明白。

他目视前方，在心里冷哼一声。

*

中午的饭竟然是蘑菇汤。

西贝说，这是他在矿洞里自己种的，干净。平菇长得快，剩下的量还够吃好几天。

安折闻言默默往角落缩了缩，西贝看起来那么温良友善，没想到也是一个杀害蘑菇的凶手。

但他又不得不成为吃蘑菇的共犯。

开始吃饭前，他注意到陆汛淡淡看了自己一眼，安折认为上校一定是想起了他离开基地前没能喝到的那碗蘑菇汤，这似乎是一种遗憾，而人类不喜欢有遗憾。今天吃到，也算弥补了。

用餐结束后，西贝带他们看了粮食的储备。不多，一些蘑菇，几条风干的肉干，一包盐。

"肉是以前存的，"西贝说，"陷阱能抓到一些小怪物。他们说，长得太奇怪的，吃了会感染；不太奇怪的，像以前的动物的才能吃。"

陆汛道："低变异怪物死亡二十四小时后可以食用。"

"那叔叔们总结对了。"西贝道。

陆汛问他："这里有什么怪物？"

"有鸟、很多蜥蜴，还有大老鼠，"西贝道，"有时候有虫子，像蜘蛛那种，我们吃老鼠比较多。"

"但是沙尘暴过后很少看见了。我看见了两只特别丑的东西，"说到这里，西贝脸色略微泛白，"特别大，我怕它们发现我，只用望远镜看了一眼，以前从来没见过这种东西。您知道是什么吗？"

"这里应该是东部丘陵，原本污染等级不高。"陆汛道，"但之前五天磁场出事，产生二次变异，出现了混合类怪物。"

西贝："……啊？"

陆汛嗓音微沉："原本的小型怪物通过食物链聚合成了大型混合类怪物。"

西贝的脸色又白了一点。

安折听着陆汛的话，可想而知，怪物自相残杀、吞噬，数量变少了，但变异等级大大提高。或许更可怕的事情是，同样的事情，地球各处都在发生，每一天都比前一天更混乱。

陆汛看向西贝。他眼睛的形状和颜色组合在一起，是冰冷又锋利的一个轮廓，西贝显然还没能习惯和上校对视，又抠掉了桌子的一块漆皮。

陆汛问："洞里曾经有人变异吗？"

"有，有一个叔叔被怪物咬过，然后又咬了其他人。"

"怎么处理的？"

"放出去了。"

通信依然不通，但上校仍然履行了职责。下午的时候，陆汛向西贝借了纸笔，简单记录了这里的情况。

晚上是休息时间，整个矿洞里只有一台发电机还能用，线路也潮湿、老化，整个矿洞只剩下一个空房间是有电的，他们两个就住在这里。

安折洗完澡，擦干头发，靠在床头玩磁铁，在这个矿洞里，磁铁随处可见。

他一手握着一片，将磁铁的两个同极对在一起，想努力把它们贴在一起。这两块黑色的磁铁中间明明只有空气，可无论他用多大的力气，都没办法让它们靠近，仿佛中间有一股无形的力量将它们往外推。

他蹙眉，不知道为什么会这样。人类的很多知识，他不能理解，就像这个世界的很多知识，人类也不能理解一样。但他还是固执地想把它们拼在一起，他觉得，只要有足够大的力量，没有什么东西不能靠近。

脚步声响，陆汛进了房间，他的外套被安折洗了，现在晾在通风处。安折抬头，看见上校此时上身只穿着军方制式的黑色背心，肩膀和胳膊优美流畅的肌肉线条露了出来，作战服的裤腿收进黑色靴子里，更显得身形挺拔。他的头发简单擦过了，略微有些凌乱，额前碎发上缀了亮晶晶的水珠。

安折看着他，离开了审判者那身制服，离开了那枚徽章，陆汛好像只是一个前途无量、权柄在握的年轻军官。纵然他眉眼仍然像往日一样冷淡，冷绿色眼睛的温度也并未有实质的回升，但安折觉得他好像轻松了许多。他忽然想起，按照人类年龄的计数法，二十来岁，明明是一切刚刚开始的年纪。

二十来岁的某个人正低头摆弄着通信器，但通信器只是一遍又一遍重播着"抱歉，由于受到太阳风或电离层的影响……"。

关上通信器，将它放在桌上，陆汛在安折旁边坐下。

安折无论如何都没办法把两块磁铁的同极贴在一起，他看向陆汛。

"相斥。"陆汛淡淡道。

安折蹙眉。

陆汛把那两块东西从他手里拿出来，换个方向，异极相吸，两块磁铁很快严丝合缝地贴在了一起，然后被陆汛丢去一边了。

安折又把它们拿回来重新摆弄，无论尝试多少次，结果都是一样的。相同的两极间有无法克服的阻力，永远无法拼在一起，而截然相反的两极却具有难以想象的吸引，只需要稍稍靠近，它们就会自动挣脱他的手指，奔向对方。

安折问："它们中间有什么？"

他是个蘑菇，安泽没上过物理课，他们两个的知识加起来也没法解释这种现象。

陆汛道："磁场。"

安折问："和人造磁场一样吗？"

"嗯。"陆汛道。

安折道："看不见吗？"

"看不见。"

"为什么看不见？"

陆汛把他塞进被子里："很多东西都看不见。"

安折"哦"了一声，被子里有点热，他又把胳膊和肩膀露了出来。

陆汛看着他柔软的白色 T 恤的领口，那里露出一块青色的瘀痕，他伸手将领子往下拉。

衣领里露出来的原本光滑无瑕的奶白色皮肤上布满了青青紫紫的痕迹，很均匀，均匀到找不到哪一块才是源头。

安折没说话，把他的手掰开，自己默默把领子又拉了回去。

陆汛的目光仍然停留在那里，他当然认得这种痕迹，基地对待需要严刑逼供的重犯时，会启用高强度的电刑，没有人能撑过去不招供。电刑留下的后遗症多种多样，从身体到心理。皮肤上的痕迹只是其中之一，更多人终其一生都摆脱不了这段痛苦的梦魇。

但安折裹紧被子后，只是微垂眼睫，平静道："现在不疼的。"

陆汛看着他安静的神情，有时候他很想欺负他，有时候又想好好对他。

就见安折往床里面蠕动了一下，给他让出了躺下的空间。

床不大，陆汛侧躺下后，他们离得很近。安折也看到了他手臂上一道像是被钝器撞击的伤痕，这还不是全部，肩膀上也有隐约可见的暗伤或划痕。

他伸手想碰一碰最长的那道，但到了半途，怕碰疼上校，又收回去，乖乖缩在被子里。

上校的眼神似乎温和："睡吧。"

安折"嗯"了一声，闭上眼睛。

睫毛在灯光下投下淡淡的阴影，使他的神情显得更加柔软、安静。他浑身上下也是放松的，陆汛很容易就能辨认出这一点，这只小异种似乎笃定他不会伤害他——即使在身上布满电刑的伤痕后。

对他的行为感到不解，已经不是第一次了。在他们最初相识的时候，那个他离开城门，无处可去的失序的夜晚，安折也是这样毫无防备地对他说"你可以留在我这里"——那时候他觉得这个男孩别有所图，或者，他就像他的外表一样单纯得厉害，仿佛不知道人们并不经常邀请陌生人留宿。

他这样想了，也这样问了。

"……不怕我吗？"

被他一问，安折缓缓睁开眼睛，在汽灯昏昏的光芒下，他眼里好像蒙上了一层柔和漂亮的雾气。

只是这么短的时间，他好像已经快要睡着了，声音闷闷的，道："怕你什么？"

陆汛没说话，他支起上半身，居高临下地睨着安折，目光沉沉，另一只手拿起了放在枕旁的枪，冰凉的枪管碰了一下安折的脸颊。

安折清凌凌的目光看了他一眼，微蹙眉，他好像又生气了，伸手推开枪管，翻身转过去——这一动作顺便也把被子扯走了。

陆沨看着他纤细的脖颈，他单薄、随着呼吸微微起伏的肩背。这样一个人好像很容易被伤害，也很容易被保护。良久，他拉灭了灯，重新躺下。

陆沨身上微微一沉，安折把扯走的那部分被子重新拽回到他身上。

像是夏天夜晚，蜻蜓的尾巴轻点了一下平静的湖面。

被涟漪触动的不只是原本平静的水波。

一片寂静里，说不清是被什么情绪驱使，又或者只是下意识的一个动作，陆沨从背后抱住了安折。他的手臂压到了安折的胳膊，安折轻轻动了一下，他起先打算把胳膊往下搁，最后无处安放，又往上放了一点，手指搭在陆沨的小臂上，就像他以前把菌丝卷在旁边的石头或树干上一样。

陆沨感受到了他的动作。

安折的声音响起，很轻："你不怕我感染你吗？"

陆沨没有回答安折，正如方才安折也没有回答他。

审判者相信了一个异种，或是异种相信了一位审判者，说不出哪一个理由更荒谬一点——无论出于什么理由。或许他们遇见的那一天就是世界上最荒谬的故事的开始。

可是黑暗里，谁都看不清对方的脸。在这个与世隔绝的地方，在这个无人知晓的时刻，好像做什么都没关系。一切都被忘记，一切都被默许。

听着安折轻匀的呼吸声，陆沨闭上了眼睛。

第 36 章
"你们关系真好。"

....

安折做梦了。

雨声，淅淅沥沥的雨声。

水珠啪嗒打在宽阔的树叶上，沿着交错的叶脉向下流，在边缘滴下，滴答滴答掉在灌木丛里，沿着老树的树根往下淌，渗进湿润的土壤里。那是个潮湿的雨季，他仿佛经历过很多个这样的场景，记忆就从那里开始，整个世界就是一场雨。

他从一朵蘑菇的伞盖里飘下来，在下雨之前，被风吹落在土壤里。他好像一直沉睡着，直到嗅到了雨后潮湿的水汽。

一切都不受他控制，在湿润的土壤里，菌丝伸出来，变长，分叉，向外延展，聚合。他由一颗比沙砾还小的孢子长成一团初具规模的菌丝，继而抽出菌柄，长出伞盖。

一切都顺理成章，蘑菇不像人类那样需要代代相传的教导，他对产生自己的那株蘑菇毫无印象，但却清楚地知道土壤里什么东西是他要获取的，仿佛这就是他本身的经验。他也知道自己应该在什么季节出生，应该做什么事情，又该在什么季节死去，他一生的使命就是结出一颗孢子。

然后，他再生长，死去，他的孢子继续长大，亘古以来的雨声里，无数颗孢子在时间长河里依次飘落。

滴答滴答的雨声就那样响在他耳边、他四周，他的身体、脑海和记忆里，它无处不在，像是催促着什么即将发生的事情。随之而来的是那种来自遥远天际的波动，无边无际的虚空，无边无际的恐怖——直到他猛地睁开眼睛。

墙壁上挂着的石英钟走到上午9点，身边没人了，他被被子牢牢裹住。但被陆沨的胳膊抱住的感觉好像还在，热度停留在皮肤上，一丝丝地灼人。陆沨本来抱的是他的上半身——肩膀往下的地方，但睡到半夜，他的胳膊被压得不舒服，抽了出来，这人的手臂就往下放了一点，放在他的腰上，手心正好若即若离地贴住他的腹部。

被陆沨抱着的时候，好像能隔绝外面的危险，他觉得很安详，但这个人本身又是最大的危险，安折已经想不起来自己是抱着什么样的心情再次睡着的。

安折望着眼前的一切，神思空空茫茫一片。他动了动手指，骨头缝里都透着软，像是一场午觉睡得太久，浑身上下都没有力气。

周围的气息那么湿润，像刚下了一场雨。

他回想着那场怪异离奇又似乎有所预示的梦，从床上坐起来，伸出手。从肚子里把孢子拿出来太残忍了，只有某位陆姓军官才会这样干。他控制着孢子在身体内的流动，三分钟后，一团白色的菌丝伸出来，簇拥着孢子出现在他的右手手心。

放进身体时还只有半个巴掌那么大的一团小孢子，现在已经和他拳头握起来一样大小了。

他借着汽灯的光芒仔细端详它，在孢子菌丝的末端，出现了细微的鹿角一样的分叉，莹白透明，像雪花一样，它的形态开始变化了。

他用左手去碰它，它伸出菌丝来亲昵地缠上了他的手指。他能感受到它鲜活茂盛的生命，它快成熟了。

他不知道孢子成熟的确切时间，但一定是在不久后。

他们的菌丝不会再相缠，它将成为一株可以独立生存的蘑菇。成熟的那一刻它会自动离开他，就像他当初被风吹落那样。

种下孢子，这是蘑菇的本能。他要把它种在哪里？它在遥远的未来会长大吗？安折不知道，只是感到离别前的淡淡怅惘，世上的所有有形之物好像都是要分开的。

就在此时，走廊里传来响动，他的孢子先是竖起菌丝，似乎在聆听声音，然后精神抖擞地动了动，往声音的源头滚过去，像磁铁的一极扑向另一极。安折双手合拢把它死死扣住，在陆沨进来之前把这只吃里爬外的小东西收回到自己的身体里。

陆沨站在门口，朝他挑了挑眉。

"起床了。"他道。

安折乖乖起床去吃饭。接下来的几天他们都是这样度过的，安折会帮西贝做饭，收拾矿洞。陆沨经常去外面，安折每次都怕他回不来，但上校竟然每次都安然无恙，有时候还能拎回来一只小型的飞鸟，丢给他们烤制。

更多时候他们待在洞里无事可做，安折看完了这里的所有书籍，又在上校的要求下给他念了一本爱情小说和一整本武器图鉴——这个人自己懒得翻看。

最后，他们开始拿小石头下棋，都是很简单的游戏。五子棋、飞行棋，陆沨先教会他，然后他们一起玩，安折输多赢少，并暗暗怀疑赢的那几次都是上校暗中放水，因为每当他赢了，陆沨眼底都会有微微的笑意。

吃饭的时候，西贝说："你们关系真好。"

"以前洞里也有人谈恋爱，爷爷给他们证婚。"轻轻叹了口气，把筷子搁下，他又说，"我也想谈恋爱，但这里又没有别人。"

陆沨没有说话。安折安慰西贝："基地里有人。"

——虽然只有八千个了。

西贝似乎得到了安慰，又精神抖擞地拿起了筷子。

七天以后，通信仍然没有恢复，西贝告诉了他们一个不幸的消息——存粮已经不够两天的份了，他们必须去几千米外的城市遗址搜寻物资。

于是他们给爷爷留了一些干粮，把剩下的蘑菇、肉干都放到背包里，也带了好几瓶水。西贝从厨房里拿出一只小型酒精炉，矿洞里的人没有死绝前经常去城市里寻找物资，所以装备很齐全。

"以前我们开了一条土路，可以骑自行车去。"西贝的语气略微懊丧，说，"现在变成沙地了，没法骑了。"

于是安折离开前恋恋不舍地看向墙角里堆放的几辆自行车，他以前没见过。

陆沨的手肘搭着他的肩膀，懒洋洋道："回来带你骑。"

正当他们准备好一切，准备打开洞穴顶端的盖子的时候，沉重迟缓的脚步声从矿洞深处传来。

安折回头，昏暗的灯光下，一个枯瘦的老人扶着墙壁，从转角处挪动过来，他的头发花白散乱，嘴角不停颤动，像一簇在风中摇摇晃晃的苍白蜡烛的火焰。

西贝走上前："……爷爷？"

老人混浊的眼神盯着他，没有任何神采，也不像是认出了他的样子，他张嘴，道："我也去。"

西贝抱住他的肩膀："您留在这里就行了，我们一两天就回来，我们带吃的回来。"

老人仍用嘶哑的嗓音说："我也去。"

无论西贝怎样劝阻，他只有这一句话。他混沌痴滞的面容因为这种坚持竟然呈现出一种异乎寻常的清醒。

西贝别无他法，求助的目光看向陆沨。

陆沨打量那个老人很久，道："带上吧。"

西贝应了，扶着老人出去——他步履蹒跚，摇摇欲坠，任谁一看，都知道这个垂暮的生命即将走到尽头。

到了洞口，陆沨道："我带他吧。"

西贝摇摇头，他把爷爷背起来，说："爷爷很轻的。"

安折看向老人枯瘦的身体，疾病已经将他的肉体消耗得只剩一副疏松的骨架。

他们来到地面上，天光倾泻下来。安折眯了眯眼睛，过了一会儿才适应。

他看见爷爷伏在西贝的脊背上，闭上了眼睛，他脸上长满人类在暮年时身体会浮现的那种褐斑，但在阳光下，神情很安详。

他的嘴动了动，说了一句话。

"人长在地面上。"

这是这些天来，安折在爷爷口中听到的唯一不像呓语的话。

他抬头望向灰白色的天空，此时，天空中浮现幽幽的淡绿，即使不在黑夜，也能看见极光，这和以前不同。

陆飒道："磁场调频了。"

安折点了点头。他不知道这句话的用意，但只要磁极还好，那就一切都好。

沙地上，他们深一脚浅一脚走着，太过空旷的荒原上，仿佛只有他们是唯一的生命。风从不可知的远处吹来，一万年，一亿年，它就这样吹拂着，地面上行走的生物更新换代，有的死去，有的新生，但风不会变。当它吹进石头的缝隙里，荒原上就响起哭叫一般奇异的长长鸣声。

在这旷远的哭叫声中，安折不禁拽住了陆飒的衣袖角，跟着他走。

陆飒淡淡看了他一眼："我背你？"

安折摇头，他可以自己走。

陆飒没说话，重新看向前方。

又走了一段路，安折拽累了，胳膊有点酸。这几天来，随着孢子慢慢成熟，他的体力似乎越来越差，他想放手，但又不太想放。

陆飒手腕动了动，安折理解了他的意思，他把上校拽烦了，于是他乖乖把手放开。

然后，他的手就被上校牵住了。

*

在路上，他们看到了一架飞机的残骸。飞机的形状和陆汛那架一模一样。安折估算了一下方向，这架飞机应该是先于陆汛乘坐的那架坠毁的，他目睹过它的跌落。

在三四架飞机相继坠毁后，他再没见过基地的飞机在天空中出现过，大概基地也察觉了这种古怪的变化，不再派遣歼击机出去。

但是这架飞机的情况比陆汛的那架好一些，没有爆炸，除了外壳损坏，其他东西都保存完好。

陆汛走过去，拆下了这架飞机的黑匣子。犹豫了一下，他爬进了裂开的机舱门——机舱门的边缘有啮咬的痕迹。

怪物已经把驾驶员的身体吃掉了，沾血的衣服已经干了，被剔尽血肉的骨头碎片散落在驾驶舱里，颅骨滚落在操作台下方，只剩一半，边缘有锋利的齿痕。

安折跟着他爬进来了，有一个瞬间陆汛想让他离开，以免被这狰狞的场景吓到，但随即他就看到了安折平静的目光，意识到他并不会因为人类的尸骸而惧怕。

操作台的下面是一本倒扣的飞行手册，飞行手册是驾驶员的工具书，里面记录了基础操作步骤、仪器用法与用途，以及种种意外情况的解决方案。

陆汛伸手将飞行手册拿到面前，一种未知的变化在手册上发生了——黑色的字迹深深地渗入纸张，那颜色向外洇透，细小的黑色触手伸展开来，使得整张纸面上的印刷字体都以奇异的方式扭曲变形，像某种邪恶的符号。

安折也看着纸面，他艰难辨认字形，这一页说的是发动机可能出现的种种故障。

于是他知道，这架飞机坠毁是因为发动机出现了故障，而直到飞机坠毁的那一刻他还在看手册，寻找可能的解决方案。

然后——在那一瞬间，飞机坠毁，手册掉地，人们死亡。

被陆沨从飞机的舷梯上抱下来，放到地面上后，安折听见陆沨道："我在的那架飞机也是因为发动机故障而坠毁。"

安折蹙眉。

陆沨继续道："不过其他零件也出现了问题。"

安折问："因为制造的时候有问题吗？"

"PJ歼击机编队已经多次执行飞行任务，起飞前也进行过检修。"陆沨道。

他们往前面走，西贝和爷爷在前面等着。

安折想不明白飞机出现故障的原因，他道："那为什么？"

"不知道。"上校很少说这三个字。

像是想起了什么，他淡淡道："PL1109着陆的时候也出现过发动机故障，不过还是安全降落了。"

PL1109是基地最高级的战机，听陆沨的意思，现在所有飞机都有出事的风险。不久前他离开人类基地时回望主城，还看见PL1109徐徐下落的身影，原来在那个时候，陆沨就已经在生死边缘走过一趟了。

"那……"安折小声道，"那你以后不坐飞机了？"

陆沨没说什么，只揉了揉他的头发。

和西贝会合后，他们简单说了一下那里的状况，继续往前走。

视线之内，全是荒原。

西贝环视四周："怪物真的变少了，以前还挺多的。"

安折知道这话代表什么。大的、小的，许多生物都死了，成了混合类怪物的一部分。因为怪物的总数变少，这地方显得安全了许多。但个体的怪物更加危险。

但是这一切变化都在十几天之内完成，弱小的怪物被一扫而光，这个过程还是太快了。安折回想起那个不顾一切贪婪食用基因的怪物，它的动作未免显得太过急躁。

他的记忆中其实有类似的场景——他想起了深渊的秋末。

冬天，深渊会变得湿冷，一场雪过后，地面、树木上，到处是冰霜。很多怪物都不再出来活动，它们会找温暖的山洞藏起来——为了能活着度过一整个冬天，它们会疯狂地彼此厮杀，拼命食用更多的血肉以储备过冬用的营养，或者把猎物的尸体拖进山洞中作为存粮。在冬天到来前的那一个月，是深渊最危险、血流成河的时候。

现在同样的杀戮发生在外面了。

这段路不长，一路下来，他们足够小心谨慎，选择隐蔽的路线行走，或许也有运气的缘故，他们并没有碰到恐怖的混合类怪物。

上午 8 点出发，9 点半，一座被风沙掩埋一半的城市出现在他们面前。

它很大，走近了，一眼望不到尽头。此起彼伏连绵不绝的建筑间依稀能看见道路的遗迹。与北方基地规整、横平竖直的建筑不同，这里的建筑散乱，没有规律。高厦和矮小的楼房站在一起，圆形的建筑和长方形错落而立，道路曲折，城市中央矗立着一座暗红色的高塔，立交桥倒塌了一半，上面挂着密密麻麻的枯藤，横亘在前方的路中央。什么颜色的建筑都有，但正因为过多的色彩，它们在安折的视野里反而统一起来，渐渐模糊成雾蒙蒙的灰。

安折望向远方一望无际的建筑，如果不是亲眼所见，他想象不到世界上还有这种错综复杂的城市，如果他是这里的居民，那迷路一定是常态。

乌云遮住了太阳，天阴了，四周有若隐若现的雾气。

"你们跟我来。"西贝说，"我们矿洞经常来这里找物资，在城里有个据点。其实住在城里也行，就是怕有怪物。爷爷也不知道为什么，非说只有洞里最安全。以前有三个叔叔觉得洞里的生活太难过了，就来城里住，后来就没消息了。"

跟着西贝穿过林立的建筑，他们来到一个密集居住区。灰色的大型居住楼挨挨挤挤，远处是个广场，广场中央隐约能看见一个白色球形建筑。寂静的城市里，除了穿楼而过的风声，就只有他们的脚步声。

陆汛负责警戒，因为背着爷爷，西贝一直低着头，道："过了那个广场就到了，很快。"

就在这时，爷爷的喉咙里忽然"咯"了一声。

他声带振动，不断地发出一个固定的音节，他喉咙里有痰，声音不清楚，只能勉强听见："保……"

"保，保……"

西贝问："什么？"

陆汛的脚步忽然停下了。

安折看向他，却见他死死望着前方的广场。

下一刻，他口中吐出一个短促的字："跑！"

来不及多做思考，安折被猛地拽住手臂，下意识跟着陆汛转身往最近的一栋建筑里面跑去。西贝不知道发生了什么，但也背着爷爷快速跟上。

居住楼是安折熟悉的建筑结构，一进楼道口，迎面而来的就是一具灰白色的穿着衣服的骷髅，它斜靠着墙角，仿佛已经与灰白色的墙融为一体。但顾不得细看，他身体本来就乏力，上楼的动作慢了一步，陆汛直接把他打横抱起来，快速爬上楼梯。楼梯间很宽敞，一层有三个住户，大概到8楼的时候，有一扇门是敞开的，陆汛带着安折径直冲了进去，西贝随即跟上，他一进来，陆汛就关上了门。房间里面的一应家具都落满了灰，客厅沙发上倒着一具骷髅。

这是个三室两厅的房间，南北通透，客厅凸出来一块，向楼体外延伸，是巨大的落地玻璃窗。

陆汛将安折放下，他的呼吸有些重，是刚才跑得急了，安折还没见过他这种样子。

但是下一刻——

他看见西贝望着落地窗外，脸色苍白，目光涣散。

他向前望去。

白色的。

一个白色球形、有半层楼高的怪物，正用一种奇异的步伐——近乎悬浮、幽灵一样的脚步——往这边缓缓蠕动而来。它就是一开始远处广场上那个被安折认作白色装饰物的东西，它是个巨大的怪物。

它径直朝这边来，还有两条街道远的时候，安折看清了它的样子。一团无法形容的物体，下面生长着章鱼或蜗牛一样蠕动的足，前半部分负责走路，后半部分长长拖曳在背后。它的身体——近乎圆形的身体，覆盖着一层介于苍白和灰白之间的半透明的膜。膜的下面，它的身体里面，有数不清的黑色或肉色的难以描述形状的东西，或者说器官，密密麻麻的触须或肢体，或是其他东西，不停地蠕动着。

它越是靠近这个小区，它身上的细节就越能让人看清，那是完全超出人类理解范围的混合的形态，它的眼睛在哪里？找不到。而西贝直勾勾地看着它，仿佛下一刻就会因为惊恐而死亡。

它更近了。

房间里的人屏住了呼吸。

第 37 章

可他并不是一个那么坏的蘑菇。

....

横穿被黄沙覆盖的马路，它来到小区近前，还差几百米，软体的足与路面摩擦，发出"沙——沙——"的声响。

在那光滑的灰白色膜状外表上，看不见眼睛，看不见耳朵，看不见触角或呼吸孔，它用什么方式来感知这个世界？听觉、视觉，还是声波？这决定了他们该用什么办法逃离。

西贝道："怎……怎么办？"

陆沨没说话，他往窗边走去，伸手推窗——窗户却好像冻住或锈住了一样，在他推第一下的时候，竟然纹丝不动。陆沨手臂绷紧，再使力，窗户这才发出一声难听至极的金属断裂、摩擦的吱嘎声，勉强被斜着推开了一道三角形的小缝隙。

漆黑的枪口从这个缝隙里伸了出去，但上校瞄准的不是怪物，而是对面的街道。

一声轻微的"砰"响——是装了消音器的枪声，十米开外听不到。

子弹在他的视网膜上留下转瞬即逝的剪影，下一刻正中街道旁边建筑物的窗户。

他出野外时用的子弹和审判人类时用的普通子弹不同，贫铀合金的弹头，穿甲级别的穿透和粉碎强度。

一声巨大的声响，一整张玻璃"哗啦"一声碎裂了，向下掉落在地面上。

怪物的动作明显顿了顿。

陆汛又抬枪连点几下，碎玻璃在那个方向哗啦啦落了一地。

它果然听到了，那蠕动的足转换方向，似乎游移不定地停了一下，然后缓缓向发声处挪动——三分钟后，却又停下，放弃原来的方向，继续向他们所在的小区走来。

西贝下意识后退几步，脸色煞白："它……它……能打它吗？"

陆汛薄唇微抿，他看着那里，目光凛凛，神情冷静得可怕。

下一刻，只见他伸手，咔嗒一声，卸下了消音器。

他连续扣动扳机！

"砰！砰！砰！"

一连串爆破声在怪物周边的街区剧烈炸响！在过于寂静的城市里，这声音无异于震耳惊雷。

怪物再次停留在原地踌躇不定，然而与此同时，一声尖厉的鸣叫忽然在城市的另一端响起。

随即，一个巨大的黑影从那个方向腾空而起，一个巨大的鹰隼一样的鸟类怪物横空飞来，它伸展足有几十米长的翼翅，滑翔的速度比子弹还要快——径直朝着那团与它体形类似的白色怪物俯冲而来！

怪物发出一声高频的尖叫，白膜裂开，无数软体荆棘般的触手伸出，潮涌一般缠上那只飞鹰的喙。

一声沉闷的"噗"声，飞鹰钢甲一样的翅膀刺破了它的身体，怪物吃痛，触手触电一样回缩。飞鹰趁机抽身，一击之后，立刻振翅向上飞起。远离那些密密麻麻的灰黑色触手攻击范围后，它在天上盘旋一圈，下一刻，裹挟着刺耳的风声猛地向下再次俯冲，尖锐的鸟喙直直插入白色怪物身体的中央。

刹那间白色与肉粉色的液体四溅开来，它尖喙里的利齿咬住了什么东西。白色怪物疯狂地扭动挣扎，它的躯体过于庞大，周围房屋震颤、轰塌，地面嗡嗡作响。灰色的人类城市里，两个难以想象的巨大怪物就这样撕咬缠斗——

方圆数百米的地面都沾上了深色的黏液，这场战斗以白色怪物面目全非，内脏淌了一地而告终。飞鹰将它的一串彼此相连、湿淋淋的脏器叼在口中，并不留恋，转身飞向远处。

安折轻轻舒了一口气，直到这时他才理解陆沨方才频繁开枪的用意。这座城市里不一定只有这样一个怪物，他用枪声暴露了它的位置，引来别的怪物。

就听西贝道："您……您怎么知道有那个鸟？"

陆沨收枪，安回消音器，转身，一系列动作行云流水又干净利落。

"不知道，"他道，"赌一把。"

安折望着飞鹰消失的方向，在现在这种情况下，飞行类怪物好像展现出了无可比拟的优势。

死里逃生，他们都没再说话，寂静里，忽然响起一道苍老的声音。

"时候快到了。"爷爷声音嘶哑，"我活了六十岁，足够了。"

陆沨看向老人的方向。

他问："什么时候？"

老人张了张嘴，他凝望远方天际，神情中有一丝失去理智的疯狂："到来……到来的时候。"

"什么东西到来？"

"说不出的，想象不到的……"他的声音充满垂死的沙哑，"比所有东西都大的，看不到的，在这个世界上……快要来了。"

陆沨声音很低："您是怎么知道的？"

"我快死了……我感觉得到，我听得到。"他的声音缓慢得像拉长了无数倍的呓语。

"听得到什么？"

"听到……"老人断续说，"混乱的——"

说这话时，老人抬头看着城市上方灰暗的天穹，安折顺着他的目光看去。天空那么低，低得骇人，沉沉压在视野的正上方。极光那么亮，那绿色的光芒也变低了，和灰黑的云层混杂在一起。陆沨说极光这么亮是因为基地为了抵御畸变将人造磁场的频率调得更强了。

"人长在地上，死在地上。天空……"老人神情安宁，声音越来越轻，"天空只会越发低沉。"

——最后一个字从口中吐出后，他缓缓将双手交叠。

双眼缓缓、缓缓闭上。

西贝双膝一软，跪在老人面前，双手放在他枯瘦的膝盖上："爷爷？爷爷？"

没有回答。

老人的胸脯停止起伏，他已经离开了。

死亡只在顷刻间。

西贝眼里怔怔流下两行眼泪，将脸埋在老人的膝盖上。

等他终于再次抬起头来，安折轻声道："你还好吗？"

"我……还好。"西贝呆呆地望着爷爷的面庞，喃喃道，"爷爷以前说，他不怕死。他说，人活着，都有自己的使命，他的使命就是保护矿洞里的大家。能看着矿洞里的人活到今天，他已经……已经可以了。"

他抬头望向老人的脸庞——枯槁、布满灰尘的脸，白发凌乱，某些地方缠作纠结的一团，在昏暗的地下，没有人能体面地活着。

他说："我……我去找把梳子。"

他失魂落魄地起身，走向其他房间。

一个迟暮的生命死去了。

在这个房间里，还有另一个死去已久的生命。安折转头看向客厅的沙发，沙发上有一具骷髅。

它的血肉应该是自然腐烂的，因为整个沙发以它为中心，布满了绿色、黄色或褐色的斑驳痕迹，是霉菌生长过的痕迹。

"一开始是超级细菌和真菌、病毒，它们就在人类城市里繁殖，无差别感染所有人，城市里全是尸体，去过野外废墟的人都知道这件事。"诗人曾经说过的话在安折耳边响起。

他抬头望向窗外，这是一幢死去的楼厦、一座死去的城市，建筑里满是骷髅，每一个骷髅都是一个死去的生命。

陆汛看见了安折的目光，还是那样平静，仿佛置身事外的目光。但在灰暗天穹的映照下，他那张安静漂亮的面孔上细微的动作组合在一起，却又呈现出一种难以形容的轻烟一样的悲伤。

移开目光，看着这座城市，他道："人类基地建成，全面搜救的时候，基地的力量不够，很多小型城市没有及时得到救援。"

安折望着那些绵延不绝、无边无际、一片汪洋一样的建筑，从城市的这头走到那头，至少要好几个小时。他轻轻道："这是小型城市吗？"

陆汛说："是。"

安折微微眯人了眼睛。

在他看来无比宽广的一座城市，对于曾经繁盛辉煌的人类来说，竟然只是一座来不及救援的小城。

那么在灾难时代到来之前，人类的世界到底多么宏伟？他不知道。

既然在这座城周边有零星人类在灾难中苟延残喘，那么更多的地方，是否也有无数没有来得及被救援的人们挣扎、绝望、死去？这座城里全是骷髅，基地并不安全、平静，人类的世界里全是哭声。

这样一个宏大的整体渐渐沦陷的过程——想象这一幕，他好像看见黄昏时分巨大的夕阳渐渐沉入黑色的地平线，一场旷日持久的死亡。

"哐当——"

就在这一片死寂中，隔壁卧室里忽然传来什么东西落地的声响。

陆飒问了一句："怎么了？"

没有回答，只有西贝颤抖的呼气声传来。

陆飒蹙眉，拿着枪转身走了过去，安折跟上。

房间里空空荡荡，没有怪物或敌人，但西贝背对着他们，后背正剧烈颤抖着。起先安折以为他在哭，接着，走到他身旁后，安折看见他死死注视着手里的一把梳子。

安折一时间难以形容那是一把什么样的木梳，因为它并不是一把，而是由两把融合而成。那是最普通的一种褐色木梳子，有十厘米长的手柄和细密的梳齿，两把同样普通的木梳的手柄严丝合缝地长在一起，像是由同一块木头雕琢而成。梳齿倾斜45度，一个向左，一个向右，像一条双头蛇吐出了它的芯子。

可它们如果一开始只是两把普通的梳子，怎么会长在一起呢？

木头，一块木头的制品，最寻常、最安全的东西，却因为这诡谲得超出常识的外表，带给人无与伦比的恐怖。

陆飒大步走向西贝获得梳子的那张梳妆台。这显然是大灾难时代前一个女性的房间，象牙白的梳妆台上摆着无数瓶子、罐子以及其他大大小小的用具。

陆飒伸手去擦镜子上的灰尘，擦掉一层，下面却还有一层，灰尘像长在镜子里面，镜面总是雾蒙蒙的，把他们的身影也扭曲成一团黑色。

安折望着这一切，忽然想起自己攀爬外城的城墙时，沙子落下一层，下面却还是沙，仿佛城墙变成了沙与钢铁的混合物。

陆飒不再看镜面，他拧眉，目光扫过那些大大小小的化妆用具，最后伸手抽出了一把生了锈的长镊子——也不是镊子，因为这把金属镊子已经和一把塑料修眉刀黏在了一起，它们中间"X"形交叉连接的部分融为一体，天衣无缝，说不清是钢铁还是塑料，或者说是一种全新的人类不曾知晓的材质。

啪嗒一声，西贝手指颤抖，梳子掉在遍地灰尘的地板上。

"这座城市……"他说，"是有什么奇怪的东西吗？我们……我们快走吧。"

"不是这一座城市。"陆汛道。

他望着那粘连在一起的镊子和修眉刀，又说了三个字。

"发动机。"

这平淡无奇的三个字，在此刻惊雷一样落下。

发动机内部有复杂的机械结构，一旦那些精密的结构遭到破坏——

如果发动机的内部也像这把梳子那样发生了诡异的融合和改变，那飞机失事就是注定的。

安折俯身捡起了那把梳子。看不出上面有任何拼接的痕迹，但柄上的雕花是混乱的，混乱又疯狂，无法想象是用怎样的方式混合在一起的，就像那本飞行手册上漆黑的像伸出触手般四处扩张的字迹。

安折微微睁大了眼睛，突然，陆夫人化身蜂后飞往无边无际的天空前说的那句话在他耳边响起。

她说："人类的基因过于孱弱，感知不到这个世界正在发生的变化。"

"我们都会死。一切工作都是徒劳的，只是证明了人类的渺小和无力。"

一个念头滑过他的脑海，像闪电划破天空。

如果……如果说……当人与怪物、怪物与怪物发生空间上的重叠或接近，会发生基因的污染——不，错了，完全错了。

"基因……"他喃喃道，"不是基因……"

问题根本不是基因。人类以为基因的改变是污染的根本原因。可污染是一个生物和另一个生物之间血肉之躯的混合与重组，它们本身的属性产生了变化，只是这种改变借由基因的改变来完成。

101

如果……如果相互污染这种事情会发生，如果一个活物的属性会瞬间改变，为什么别的东西不能？生物的身体，那个 DNA 螺旋结构，与世界上其他没有生命的物质又有什么区别？

所以纸张和木头也会相互污染，钢铁和塑料也会。

——那么世上一切有形之物都会。

只是这个进程在渐进地发生，这场洪流刚刚开始奔腾，它以生物基因的污染为前兆，刚刚显露在人类面前。

地磁消失的这些天，那些混合类怪物疯狂地进食，疯狂捕获别的生物的形态来壮大自身，像人类囤积粮食应对冬天，它们是不是已经感觉到了什么？

西贝声音颤抖："到底……"

他什么话都说不出了。

这到底是一个怎样的时代？他们面临的到底是一场什么样的灾难？正在发生的事情到底是什么？是什么？是什么？

一道电光划破天际。窗户振振作响，旷远的风哭号着发出悠长的响声，从缝隙里灌进房间，他们的衣角被刮得飞起来，猎猎鼓动。

安折抬头，他和陆汎怔然对视，那双冷绿的眼睛里晦暗深沉，一如外面的天空。

在他们对视的这一瞬间，一声炸雷在天边响起。苍穹更加低沉，茫茫的天地之间，大雨哗啦啦倾泻而下。

雨幕里，外面所有东西都看不到了，听不到了——无边无际的灰暗，无边无际的虚无，无边无际的恐怖。

陆夫人温柔圆润的声音，爷爷枯槁嘶哑的嗓音，重叠在一起，在安折耳边突兀地响起来。

——"时候快到了。"

接着，他们在这个房间里发现了更多的证据。

窗户很难推开，是因为钢铁的窗沿已经与底座黏合在一起。

而那具骷髅，仔细看过去，它的腿骨已经消失在沙发里。最丑陋的存在是第二间卧室天花板上一簇倒垂的铃兰形状的吊灯，它的灯罩与金属支架相互混合，融化了，向下软垂着流淌，像快要燃尽的蜡烛。那原本雪白的灯罩上嵌满了漆黑的灰尘，每一粒灰尘都是一个针尖大小的黑点，它们密密麻麻地凑在一起，仿佛下一刻就要扑面蠕动而来。

这诡异的、原本不应该发生的、超出人类认知与科学的极限的一切交会在一起，令安折生出一种错觉——这个世界就像被火熔化的蜡一样，正在渐渐、渐渐混成一团。

西贝回到了客厅，他呆呆坐在地板上，然后起身把爷爷的尸体从椅子上抱起来。他要带着爷爷远离这里，仿佛那把椅子是最可怕的怪物，仿佛下一刻这具尸体就会与一把椅子不分你我。远离了椅子，他将爷爷放在地板上，可他脸颊上的肌肉立刻神经质地抖动起来——地板同样也是怪物。

下一刻他整个人浑身一震，忽然往后猛退几步——他自身的存在也是污染的源头。

安折看见他惊慌无助的样子，抬脚走上前，然而刚刚迈出一步，西贝惊怖欲绝的目光就望向他，嗫嗫嚅嚅地后退几步。

假如世界上的一切都会相互污染，那么只有远离一切物质才能保全自身。

安折能理解他的恐惧，他主动再次与他拉开了距离。

"对不起，我……"西贝牙齿打战，道，"我得……静一静。"

陆沨带着安折走进了卧室。

踏进卧室，再次看见那只流淌的吊灯的时候，安折突然顿住了脚步。他望向上校，见他绿色的眼睛里仿佛结了冰。

下一刻，陆沨从上衣口袋里拿出了他的通信器，他死死握住那个东西，指节泛白。

安折就在一旁看着，西贝已经崩溃了。作为人类，他知道陆沨的状况不会比西贝更好。甚至上校感受到的东西比西贝更多。在克服这疯狂的世界带来的恐惧的同时，他还要想着远方的人类基地——为了人类基地，他必须冷静。

如果在物质的相互污染下，发动机会出现故障，那么通信器也会。卧室床头柜的抽屉里有螺丝刀，陆沨拿起它，拧动通信器外壳上的螺丝钉。

外壳、纹路复杂的芯片、交错的线路、无数细小的零件被放在床上，摊开。陆沨将它们一件一件拿起，借着光检查它们细微之处的构造。

通信器的零件很多，看了一会儿，安折也从零件堆里拿出一些结构简单的部件，检查它们是否符合人类机械横平竖直、泾渭分明的标准。

关上卧室门后，世界上仿佛只剩下他们两个。他们都没有说话。雨声里，除了翻检零件的声音，听不见其他任何声响，陆沨的速度很快，那些零件似乎都很正常。

但安折忽然愣住了。

他看着手中的一小枚芯片，那上面有两股并列的赤红色铜丝，每一股都由几十根细铜丝拧成，它们原本应该平行，相隔几毫米。此刻却全都松散了，彼此都弯了一个诡异的弧度，两股铜丝靠拢，不分彼此，这绝不寻常。

这一刻，至少有一个短暂的片刻，安折忽然升起一个念头：如果连通信器都因为物质的畸变而彻底坏掉，如果陆沨永远无法回到基地，他们会怎样？

可他并不是一个那么坏的蘑菇。

——他望着手中这枚芯片，咬了咬唇，些微的痛感里，他最后还是扯了扯陆沨的袖角。

陆沨军靴的内侧有一个暗扣，里面放着一把锋利的匕首，现在这把匕首被拿了出来。安折打着从矿洞带出来的手电筒给芯片照明，然后看着陆沨用匕首的刀尖将那些纠缠的铜丝一点一点挑开，铜丝之间已经出现粘连的迹象，但好在发现得及时，还能将它们分开。

终于清理干净的时候，安折的神经却微微紧绷起来。但他还是感到脑袋微微眩晕，他好像病了，自从孢子出现成熟的迹象，他的身体就越来越虚弱。

陆沨将剩下的零件又检查了一遍，然后将它们依次序组装好，按下按钮，开启。

下一刻响起的却不是安折习以为常的"抱歉，由于太阳风或电离层的影响，信号已中断……"。

"嘀——"

"嘀——"

"嘀——"

雨声又大了，成千上万大颗大颗的雨珠像子弹一样溅在窗户上，发出咚咚不绝的声响，这是一场只有在盛夏时节才会出现的暴雨，窗外已经成了灰色的瀑布。

雨滴好像敲击着安折的灵魂。

恍惚间，他隐约听见柔和的机器女声从通信器里传出来，但眩晕感越来越重，世界在他眼前虚幻成五彩斑斓的光影——下一秒，他直直往前栽倒。

失去意识前，他只有一个念头——希望孢子不要那么快就掉出来。

第 38 章

可是我就是碰见你了。

....

最后他看见了陆渢的脸，他从未在上校脸上见到这样失措的神情，他想说什么，但什么都说不出来——

他眼前一片黑暗，他的身体是个空洞。

轻轻地，有一根什么东西在他身体里面断裂了。

——那么疼。

接着是第二根。

他努力想知道发生了什么，终于，他的意识仿佛变成虚空中的一个光点，终于看见了正在发生的情形。

那纤细的、雪白的一根，逐渐拉长到近乎透明的程度，它脆弱到了惊心动魄的地步。

啪嗒。

伴随着针刺一样的痛苦，它断了。

他的孢子。

来自他身体的菌丝连接着孢子的每一根菌丝，现在这些菌丝正在一根又一根崩断，不是他自己松开的，是孢子主动离开——不，也不是。

是成熟的时候到了，来自生命本能的力量在将他们分开。

安折什么都阻止不了，很难说一个蘑菇与它的孢子之间有什么深刻的感情，它们的关系并不像人类的父母和孩子，但他还是不希望孢子这么快就离开他。外面还那么危险，孢子离开了他，无论遇到什么都会夭折的——尤其是陆汛。

可他失去了所有感官，什么话都说不出来，只能在心里拼命对孢子说话。

"不要出来。"

"不要出来。"

"太危险了。"

当残余的菌丝还剩三根的时候，死亡的恐惧达到了顶峰。

"不要出来——求求你。"

他冷汗涔涔，猛地睁开了眼睛。

眼前是天花板，他迟缓地眨了眨眼睛，然后在下一刻猛地一个激灵。

——还在。

他还能感觉到身体里的孢子，三根菌丝摇摇欲坠地牵着它，好在它一副偃旗息鼓的乖巧样子，好像终于决定听从他的请求。

下一刻，他耳边竟然传来了博士的声音，他先是恍惚，以为自己回到了基地，随即才反应过来这是通信器的声音。

修正那串畸变的铜丝后，陆汛果然联系上了基地。那一刻他感到了失落，虽然这是不对的。

"……我确定地告诉你，人类要玩完了。"

博士的悲观论调从通信器里传出来。安折动了动，发现自己躺在陆汛怀里，身上披着他的外套，陆汛看见他醒了。

他似乎想说些什么，安折用眼神示意他专心继续打电话，然后虚弱地把额头抵在他胸前。

"这根本不是什么可以预测的灾难，这就是一场大灭绝，我可以告诉你，整个世界的所有生物、所有非生物、所有物理法则的大灭绝。"

陆汛："我见到了物质的融合。"

"不叫融合，我们的最新定义是畸变，是微观层面整体的畸变，你知道吗？一个硅原子就在显微镜下变成了——变成了我们也不知道的什么东西，这根本不是基因污染，是量子级别的变化、我们永远观测不到的东西，根据测不准原理，我们克服不了，永远克服不了，科技再进展一万年也只能接受死亡。"博士道，"我……我……我们目前只知道，磁场能保护地球不受这一变化的影响，两个基地提高磁场强度后，畸变暂时停止了。但是你知道，情况永远在变坏。"

仿佛是紧张的情绪让他喋喋不休："以前重伤才会被感染，后来轻伤也会被感染，再后来只要碰到就会感染，最后不接触就会感染，我以为这是更坏的情况，结果呢？这个世界的基本结构在混乱，而且这显然是个逐渐加强的过程，世界越来越混乱，现在我们的磁场能暂时阻挡，以后呢？人造磁场的最高强度也抵挡不住的时候呢？我们的磁场最高强度是 9 级，现在是 7 级，快到头了。明天，后天，最迟半年，我们的人造磁极就会因为畸变而坏掉。"

"基地希望你能回来，但其实，假如你想找个什么地方度过余生，我绝不阻拦。"他道，"快结束了。"

陆汛道："我知道了。"

"如果你没找到安折，也不用找了。放过他，放过你自己，好好活着吧，反正快要死了。"博士说，"你把样本带回来，我们也研究不出结果了，这不是科学能做到的事情——虽然基地仍然想争取最后一丝希望。"

顿了顿，博士又道："我崩溃了，对不起，我被基地现在的悲观情绪感染了。我说的话，你一个字都不要听，一定要把样本拿回来。那个样本既然在感染上呈现惰性，或许在畸变上也呈现惰性。这是最后的突破口、最后的希望，要么你死在外面，要么把它带回来。但是根据安折最后突然消失的表现，他可能是能力和形态非常诡异的一类异种，你要小心。"

　　博士自暴自弃的语气和对他实力的错误估计让安折勾了勾唇角，但同时他明白基地仍然执着于他的孢子。

　　"好好休息。"陆汛对博士道，"我已经向统战中心发送坐标了。"

　　通信挂断。

　　陆汛看向安折。

　　"你还好吗？"他道。

　　"还好。"安折道。

　　陆汛道："刚才怎么了？"

　　安折摇头。

　　"你也不知道？"

　　安折小声道："不是。"

　　他说："不能告诉你。"

　　他突然发现陆汛的眼神冷得让他心惊。

　　"嗯。"陆汛的手指轻轻顺了顺他的头发，嗓音淡淡，"所以样本也不能告诉我。"

　　安折低下头，关于孢子，他没有什么可说的，从前是这样，现在也是这样。

　　在这个世界上，平静的时光是泡影。像是一场梦的结束，他和陆汛终究回到了几天前。

　　审判者和异种，追捕者和叛逃者。他不会交出孢子，陆汛也不会放过他。

他不愿看陆汛的眼睛，只能转移话题："基地现在很糟糕吗？"

"嗯。"

"那你还要回去吗？"

"回去。"陆汛道。

"可是博士说……没有希望了。"他小声道。

随即他就意识到自己这句话的愚蠢之处，即使基地马上要灭亡，陆汛也不可能不回去。

良久的静默后，陆汛道："我是基地的人。"

安折抿了抿唇，陆汛属于基地，就像他属于深渊。他们不可能和平共处。陆汛已经向统战中心发送坐标了，安折拒绝说出孢子的下落，难以想象自己接下来会遭遇什么。

他看向陆汛。外面的雨幕里，光线是昏暗的，他看不清陆汛，也看不懂陆汛。

当这个世界的变化越来越疯狂，连博士都说出"人类要玩完了"这句话，在人类灭亡前最后的时刻，陆汛会想什么，他不知道。他只是静静看着陆汛。

"我有时候会觉得，如果基地在我有生之年必定灭亡，"陆汛的嗓音很低，"我以前做过的所有事情——"

他停了，没有说下去，这种情绪的波动像水面上的一点涟漪，很快就封冻了。

"可能会有奇迹吧。"安折只能轻轻说出这句话，这是他想到的唯一有可能安慰陆汛的话。

陆汛低头看他："你觉得有可能吗？"

"有吧。就像……就像这个世界很大，但你的飞机出事的时候，刚好就掉在我旁边。"安折道，"如果不是这样，你就死了。"

假如陆汛死去，也就没有此时此刻再次身处人类城市里的安折，一切都会改变。

却见陆沨只是望着他，他躺在他怀里，陆沨是那样——那样居高临下地望着他，那双没有温度的绿色眼睛里，只有薄冷的寒意："你知道世界有多大吗？"

安折回想，在他有限的记忆里，没有走过很多路，也没有见过很多东西，他只是一只惰性的蘑菇。但这个世界一定很大，所以陆沨的飞机从空中坠落，掉在他面前，才能被称为一场奇迹。

于是他缓缓点了点头。

他是想让陆沨开心一点的，可是现在的陆沨那么让人害怕——看着陆沨面无表情的侧脸，安折不由得瑟缩了一下。

"你不知道。"陆沨嗓音冷冰冰的，"我不可能碰巧落在你面前。之所以会那样，是因为我本来就是来抓你的。"

"不是。"安折受不了他的眼神，他想离开，却被陆沨死死扣在怀里，他的声音哑了，"那天有很多飞机，你们是去……是去杀死蜜蜂的。你意外……意外遇见我，才想抓我。"

"已经杀了。"陆沨的声音平静落下。

安折睁大了眼睛。

他颤抖道："……谁？"

陆沨道："她。"

安折只能听见一个字，他不知道那个字是"他""她"还是"它"。可是这个音节从陆沨口中说出，就只有一种可能。

是陆夫人。

他亲手杀死了陆夫人。

他难以呼吸，胸脯剧烈起伏了几下。

陆汛看着他，他的手指伸到安折的颈侧，食指与中指并起来，压住了他脆弱温热的颈动脉。他的声音里不带一丝感情的起伏，道："最后一个任务是来杀你。通信器里的命令，你没听到吗？"

安折听到了。

他的脖子被按得微微发痛，他伸手想要拨开陆汛的手腕，推不开，喉口酸涩。他道："但是世界……世界那么大，你根本不知道我在哪里。"

陆汛看着安折。

安折被他扣在怀里，那么小。博士说他能转瞬间逃出基地，可能是异常强大的异种，但陆汛了解他，那么脆弱、那么小的一个东西，好像谁都能伤害他，无论是身体还是精神。

他在说什么，陆汛没有听清，只看见他的眼眶都红了，好像拼命想要论证这是一场意外、一场巧合，他好像在努力地欺骗自己相信什么事情，借此为他开脱。

他伸手从制服的口袋里拿出了一样东西。

一支拇指那么长的细玻璃瓶，里面装着淡绿色的液体，瓶上贴着一张标签，标签上印着条形码和一串数字。

安折看着那东西，他问："这是什么？"

陆汛淡淡道："追踪剂。"

安折听过这个名字。他记得莉莉说过她被打了追踪剂，人类的命名总是言简意赅，一听名字，就知道这种药剂的用途。

"灯塔说，用特殊频率的脉波照射追踪剂原液，它就能获得一个特征频率。照射后的追踪剂分成两部分，一部分注射入体内，另一部分保存。将保存的追踪液注入解析仪，就能指示同频率追踪液的方向。"陆汛道，"无论相隔多远。"

安折的手指贴近那支冰凉的管子，将它握在手中。

"你给我打了追踪剂吗？"他的声音微颤，"什么时候打的？我……我不知道。"

说着，一个念头忽然滑过他的脑海。

他的声音更低了，喉口酸涩，几乎要说不出话来："你早就怀疑我是异种了吗？"

"你能通过一切判断准则，我没有杀死你。"陆飒的声音更加冰冷，他掰开了安折的手指，将追踪剂拿出，放回自己的口袋，道，"但我必须对基地安全负责。"

安折愣愣看着他，一滴眼泪从他的眼角滑了下来。他以为陆飒会去擦掉它，但陆飒并没有。那行水迹就静静地在他脸颊上变冷。陆飒方才说的话很少，但足以彰显他的为人。他已经毫不留情地杀死了身为蜂后的陆夫人。

上校是什么样的人，他从第一天起，就知道的。或许这几天的陆飒——会对他好的陆飒，才是那个稍纵即逝的假象。

在陆飒与基地恢复通信后，自己又从哪里得来自信，以为陆飒一直在对他特殊对待，以为他会放过他呢？

陆飒就那样看着怀里安折的眼睫渐渐垂了下去，最后靠在他胸前闭上了眼睛。于是这只小异种眼里那柔软的水光也被掩盖了，他好像伤透了心，在他坦诚交代自己所做的一切后，陆飒想。

就像被他杀死的所有人一样。

安折的眼睛却又睁开了，他仰头看着他，声音很小，陆飒要更靠近他才能听到。

"陆夫人变成蜂后的时候，已经完全丧失人的神智了。"他说，"她对我说……她不是恨基地，她只是想去体验新的生命的形式，她不恨你的。"

死一般的寂静里，陆飒没有说话。时间一分一秒过去，当安折伸出手想碰一碰陆飒的脸颊确认他还活着时，他看见陆飒勾了勾薄冷的唇角。

他的声音很轻，但很笃定。

"她恨我。"

安折望着他的眼睛。

陆夫人说，陆汛永远得不到他想要的，他不得好死，他终会疯掉。

安折道："为什么？"

"我出生后，她和我父亲的感情被基地发现，他们再也不能随意见面。我杀死了我的父亲，杀死了她的很多个孩子，她的小女儿在她的帮助下从伊甸园逃出来的时候，又碰到了我。其实那天在我和你碰见莉莉的马路对面，就站着她来接应的朋友。"

陆汛很少说这么长的话，而安折早已经习惯了全神贯注听他说的每一个字——陆汛终于说完的时候，他几乎喘不过气来。

沉默持续了三秒。

"她这辈子开心的事情很少，但是都被我毁掉了。"陆汛道，"她像基地里所有人一样恨我。"

望着他，安折张了张嘴。

最终，他终于知道自己想说什么了。

"我不恨你。"他道。

长久的静默。

"为什么？"陆汛微哑的声音忽然在他耳边响起。

"什么……为什么？"他道。

"你为什么……"陆汛看着他，"总能原谅我？"

安折抬头看他，这一眼他看见的却不是那个冷若冰霜的陆汛。

上校的声音出现一丝不易察觉的颤抖，他再次问："为什么？"

安折想说，可他说不出来，他没有人类那么高的智商，也不会他们那么多的语言，他想了很久。

"我懂得你。"他道。

"你连人都不是，"陆汛的手指死死按住他的肩头，他的眼神还是那么冷，可是声音里仿佛有什么东西坍塌、崩溃，他几乎是颤声问，"懂得我什么？"

——这个人还要问。

可安折什么都说不出了，他拼命摇头。

他只是被陆汛一步步逼到死角，又想哭了。他不知道这个人为什么会这么坏，这个人今天不惜剖开自己的一切。他自己就像个想把犯人无罪释放的法官，审判台下的犯人却不断陈述以求加重自己的恶行，这个人非要被审判，非要被判处死刑——他就那么想让自己讨厌他。

安折完全不知道为什么事情会发展到这种地步，明明他们最开始只是在说，基地到底能不能生存下来，这个世界那么大，陆汛落到他面前这件事到底是不是奇迹。

陆汛说，不是，这一切都是蓄谋，都是必然。

但不是的，真的不是。

"可是……"他对着陆汛抬起了自己的手臂，那属于人类的根根分明的手指缓缓变了。

雪白的菌丝攀上陆汛黑色的制服，爬过审判者的肩章与银穗。

眼泪不断从他眼里滚落，他看不清陆沨的神情，只知道陆沨扣住他的那只手在颤抖，他把他抱得更紧。

他知道陆沨一定能认出他就是那只在深渊里打滚的蘑菇，他声音哽咽："可是我就是碰见你了……"

那么宽广的世界，陆沨非要去深渊。那么大的深渊，他非要去那片空旷的平原打滚。

他们本来就不该碰见的。

他从来没有害过人，也没有害过任何动物，他只想安静地养出自己的孢子，他原本可以不这么生气也不这么难过。

可是世界上为什么会有陆沨这种人类？

这个人类抱住他的力气那么大，像要把他杀死，他的后背抵着床柱，拼命挣扎，挣扎根本没有奏效，可他不愿意变成菌丝逃走，他不甘示弱。

他不顾一切，用所有的力气咬住了陆沨的脖颈。

鲜血的味道涌入口中的那一瞬间，安折愣住了。

"我在做什么？"他想。

但他没有机会了，这个愣怔的瞬间足够陆沨重新占据上风。

肩膀被死死按住，后背撞到了床柱，下颌被一只手强制抬起来。

——陆沨死死抱住了他。

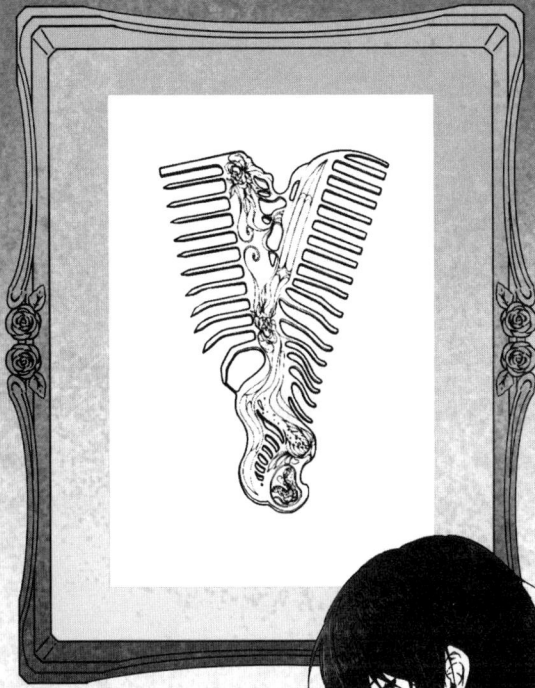

第 39 章

"我走了。"

．．．．．．．．．．．．．．．．．．

他那样凶狠，那样不容抗拒，带着血腥气。安折完全无法呼吸，他偏过头去，却又被按回来。

他刚刚还在为陆沨感到难过，现在又是被气得浑身发抖，菌丝大团大团蔓延出来，他只剩本能的反抗，想把陆沨整个人勒住。

他却猛地恍惚了——一个场景出现在他眼前。

一个人影在他面前倒下了，他的心脏骤然一缩，他接住他，将他紧紧抱在怀里："安折？"

恍惚间，安折意识到这是陆沨记忆的碎片，他喝了陆沨的血，就会获得一些东西，而现在发生的是自己刚刚昏倒的那一幕。

"安折？"陆沨连续喊了好几声他的名字，可是怀里的人没有一丝一毫的回应，只是轻轻蹙着眉头，浑身颤抖，仿佛正在承受巨大的痛苦。

他为什么突然变成这个样子，陆沨不知道，他只能抱紧他。

他好像突然要死掉了——就像这个变化无常的世界一样。

安折怔怔地体会着那片刻的感觉，这一刻他和陆沨的感受是重合的。

陆沨在害怕。

他竟然在害怕。

他在怕什么？

怕失去怀里的这个人，就像……就像失去了他，就失去了一切一样。

安折的身体剧烈颤抖起来。
这个人——
为什么他能对他那么好，又对他那么凶？

肩上的力度让他从这个场景中短暂清醒，他的意识被割裂成两半，一半被陆汭近乎施刑罚地紧握着，另一半沉迷于过往的记忆，目睹这个人把自己抱在怀里，一遍又一遍地喊着自己的名字。

可是陆汭喊不醒，他看起来那么痛、那么乖、那么脆弱的一个人，却承受着那么剧烈的痛苦。

陆汭擦去他额角细密的冷汗，他无意识中抓住陆汭的手腕，像抓住一根救命稻草。这一刻陆汭在想什么？

他在想，我可以替他疼，什么都可以做，只要他还能醒过来。

安折闭上眼，他还在反抗，可是没有那么大的力气——他像一下子泄气了，最后只能自暴自弃，放弃一切抵抗，任陆汭抱着，攫取他的精神、他的一切。

像一场漫长的战争。
激烈的情绪在这漫长的僵持中缓缓精疲力竭。

终于被放开的时候，他靠在陆汭胸前，什么都不想说。
而陆汭抱着他，同样沉默着。
一片空白的时间无限拉长，审判者和异种本来就没什么话可以说。

长久的沉默里，陆汭忽然开口了。
他道："你是怎么变成人的？"
"因为安泽。"安折道。

他靠在陆汛怀里，他们已经完全相互坦白了，就在那个彼此都被冲动所驱使的对弈里，他们已经相互剖开了。

于是他也不再有所隐瞒。

其实他不是异种。

他很没用，感染不了任何人，他其实是个被人类感染的蘑菇。

这时陆汛看向他的菌丝。那雪白的菌丝上还沾着血迹，是安折刚才用力咬出来的，原来这只小蘑菇生气的时候也会很凶。

血迹正在一点一点消失，是被菌丝吸收了。

安折也看着那里。

他突然说："你死掉吧。"

陆汛扣紧他的手指，问："为什么？"

"我长在你身上，"安折面无表情道，"把你的血、内脏和肉都吃掉，然后长在你的骨头上。"

陆汛另一只手缓缓扣住他的手腕，指尖划过莹白的皮肤，留下一道淡红的痕迹，像是掐破雨后新长出来的白菇，流出汁液来。他低声道："你知道自己在说什么吗？"

安折摇头，喉头哽了哽，他眼里全是泪，抬头看向墨绿霉迹遍布的墙壁，看向扭曲流淌的吊灯。窗户被狂风刮裂了一道放射状的破口，雨水灌进来，与风中呜呜的低语一同。

他想，他也不知道该怎样定义他的情绪，可是如果他想和陆汛和平地待在一起，真的没有别的路可以走了。

他就这样望着遥不可及的天空。

陆汛："你又哭了。"

安折转回头看陆沨，这个角度他需要微微抬起头。

于是他们对视。

说不清为什么，看着陆沨，安折又笑了出来。

他的唇角微微泛红，漂亮眼角还带着水痕。

于是陆沨也笑了一下。

他捧着安折的脸："……这么傻。"

安折只是看着他。很久以后，他问："基地已经来接你了吗？"

陆沨："来了。"

安折没说话，陆沨道："你喜欢基地吗？"

"基地"两个字刚一落下，电刑的疼痛就再次遍布安折的全身，他生理性地颤抖起来，把自己用力往陆沨身上靠。

陆沨搂住他，一下一下轻轻顺着他的脊背，他道："对不起。"

安折摇头。

直到三分钟过后，安折才重新安静下来。

他仰头看着陆沨，和他紧紧牵着手。

他好像在等着什么，陆沨想。

他这样想着，也这样做了。鬼使神差地，陆沨微微俯身，和安折重新拥抱在一起。

没有激烈的动作，没有反抗，一个很深的、安静的拥抱。

安折柔软地没有再抗拒。陆沨看他的神情——微垂着眼睫，睫毛上的水珠闪着细碎的光，双手轻轻攀住他肩头，那是一种带怯的迎合、温柔的天真，因其洁白而近于悲悯，悲悯中带有神性——像是某种灵魂上的布施。

可他还是一直在哭。

陆汛把他的眼泪擦掉，仿佛这样就能抹去他们之间悲哀的一切。

拥抱结束的时候，外面的雨渐渐停了，傍晚，天际亮着混浊昏黄的光。

安折跪在床上，他手指颤抖，抱着陆汛，将他缓缓、缓缓在床上放平。

陆汛的眼睛闭上了，他睡着了，呼吸均匀，现在任何事情都无法把他叫醒。做到这件事情很简单，只需要在拥抱的时候，指尖的一部分化作柔软的菌丝，连上校都察觉不出来。

睡着的陆汛没有办法抓他了，他拿自己没办法。安折笑了笑，其实，陆汛从来都拿他没办法，他突然明白了这一点。

离开，或者留下，他要自己决定。

突然间——

安折眼前一黑，剧烈的疼痛猛地袭来。最后一根菌丝也崩断了。

有什么东西分开了，像一个人类失去了一只手臂、一只眼珠——但不是的，不是那些无关紧要的东西，孢子的存在远胜于肢体，远胜于器官。

他的身体猛地变空。那是比失去未成熟的孢子更深、更虚无的空洞，像一个休止符，他和这个世界的联系忽然切断了。最重要的东西剥离而出，他只剩下一副残破衰败的躯壳。

一副躯壳。

安折忽然愣住了。

那一刻，他确信自己听见命运在他耳边像恶魔一样低语。

他怔怔望着前方，颤抖着抬起手。

就在这一刻之前，他以为自己还是有选择的。

他真的以为自己可以选择的。

可是当事情发生，他发现自己从来没有选择的余地。
他完完全全呆住了。

孢子从他的身体里游出来，被他捧在手里。安折怔怔地看着那团白色的
小东西，终于勉强对它笑了笑。

"……对不起。"他道。
"我……"他道，"我要怎么办？你想跟着我吗？我可能没法……养好你。"
孢子的菌丝只是蹭了蹭他的手指，它听不懂，安折知道。但在下一刻，
孢子的菌丝忽然朝一个方向慢慢移动，它们离开安折的手指，垂落而下，坠
到陆沨黑色制服的表面。

安折望着这一幕。这不是孢子第一次做出这样的举动，他笑了笑，道：
"你为什么那么喜欢他？"
孢子停在他这里的一端又蹭了蹭他的手指，它不会说话。

安折轻轻叹了口气，将它放在陆沨身上。
被放下后，它就那样用自己新生的细软的菌丝爬到陆沨胸前，自发钻进
他的口袋里，它显得那么高兴，像是早就想这样做了一样。

安折看着这一幕，正如他不明白为什么孢子那么亲近陆沨，他也不明白
事情为什么突然到了这一步。
从背包里拿出一张纸，他趴在茶几前，在纸上写下几行字。

　　　它成熟了，和以前不一样，放在一直潮湿的地方，就可以长大。
　　　它需要很多水，害怕啮齿类怪物，害怕虫子。
　　　如果要做研究的话，请不要让它太疼，不要让它死掉。

谢谢你一直照顾我。

我走了。

将纸条留在一旁，他将手伸进陆汛胸前的口袋，拿出了那瓶追踪剂，拧开瓶口。

哗啦。

淡绿色的液体被尽数倒出来，顺着地板的缝隙流走了，最后他松手——清脆的一声响，瓶子掉在地上，摔碎了。

像是做了人生中至关重要的决定，他伸出手来，将陆汛胸前的徽章拆下，放在自己的口袋里。

最后，他背起放在一旁的背包，最后看了陆汛一眼，走出了这个房间。

西贝看见他了，问："你去做什么？"

安折说："出去看看情况。"

"好，"西贝看起来恢复了一点冷静，道，"注意安全。"

安折额首："好。"

他推开房间生锈的防盗门，一只脚迈到门外。那一刻他往屋内看去，视线穿过沙发上的骷髅，抵达陆汛所在房间的那扇门，那扇灰白色的门仿佛有无言的吸引力。如果可以，如果没有任何牵挂，他也想像孢子那样留在陆汛身边，但是不能。

关上门，他向楼上走去。楼梯那么高，他的身体又像失去了所有力气，爬了很久才到顶楼。沿着最上面的开口，安折来到了楼顶。

一场雨过后，外面的空气凉得可怕。

人造磁场那几天的消失、大气层的稀薄，早在还在灯塔时，他就听人类的科学家预测，今年的气候极端异常，冬天将提前至少三个月到来。

——而他生命的冬天也要来了。

在孢子成熟的那一刻，来自生命本能的指示闪现了一刹那，他才彻底得到了命运冥冥中的指示。

正如他自己从落地的那一刻起就再也没见到培养自己成熟的那株蘑菇，他也注定无法保护自己的孢子安全长大。

外面干旱，时刻刮着飓风，怪物环伺，即使在没有啮齿类怪物和节肢怪物的深渊，他也可能会被巨大的怪物无意中踩踏，或被打斗波及。在最后的时刻，他竟然只能选择相信陆沨。

因为他就要死了。

一株蘑菇的生命，原本就不是很长，他已经算是其中的佼佼者。每个人都有自己的使命，当他做完那件事情，就完成了活着的意义。对蘑菇来说，将孢子养育成熟就是唯一的使命。

冷风里，安折微微发抖，他抱住了自己的胳膊。无须感受，他的身体摇摇欲坠。他见过死去的蘑菇——当孢子飘落，它的菌盖就会逐渐破败、卷曲，继而干枯、萎谢，最后所有组织——菌杆、菌丝、土壤中的根——全部溶化成一摊漆黑的液体，然后被土壤中的其他东西分食殆尽。

现在，曾经目睹过无数次的那一过程，他也要开始经历了。他不知道这个过程有多久，但一定很快，在人类彻底灭亡之前。在离开的时候，他确实想和陆沨一起回到基地，无论接下来会遇到什么。

但是，就让陆沨以为他一直在野外活着吧，审判者亲身经历的死亡已经太多了。

楼顶上是个残破的花园，他抱膝坐在花坛后，对着东方，看着夜幕降临，又看着旭日升起。这个地方离基地不会太远——仅仅是一只蜜蜂飞行一天的路程。

事实正如他所料，阳光透过清晨的薄雾照在城市上方的时候，人类的装甲车停在小区前的广场上，这里的情形，陆汛想必已经告诉他们——他们带着足够的重武器，在一定程度上不怕怪物的袭击，是安全的。譬如那只巨大的飞鹰就盘旋在天空中，虎视眈眈地看着他们，然而不敢有进一步的动作。

灰云、飞鹰、绵延的废城、装甲车队，像是梦里才会出现的场景。风声又响了起来。

安折看着陆汛和西贝的身影从这栋楼里走出，与军队简单交涉后，他们上了车——安折隐约看见了博士的身影。车门关闭后，车队立刻发动，离开了这个破败的遗址。陆汛离开的时候，会不会从车窗里回头看着这座城市？他不会知道了，他该回的地方是深渊。他要回到那个山洞，找到那具白骨，这一切从那里开始，也会在那里完结。

面对注定消亡的一切，陆汛有陆汛的命运，他也有他的命运。

都结束了。

第 40 章

他一生中最值得怀念的几天。

· ·

装甲车。

"恭喜回来，我们会在十五个小时车程后回到基地。"

陆沨道："基地怎么样了？"

"畸变情况引起了大范围的恐慌和混乱，一部分精密仪器不能用了，好在人造磁极能正常运转。"

"畸变是在磁极失灵的情况下出现的吗？"

"是。"

陆沨道："这几天我和幸存者在一个磁铁矿矿洞里居住，那里并没有出现畸变情况。"

"因为磁场，磁场能在一定程度上抵挡畸变。"博士道，"当时灯塔陷入一片混乱时，我们抱着最后一丝希望与地下城基地交换这些年来所有的研究成果，却什么都没有得到，他们的一切研究也都基于生物基因。"

"然后，我再次违规访问了与研究所的通信频道。"

陆沨微挑眉。

"共同讨论后，结合一些线索，譬如畸变出现的时间点，我们认为这一切或许与磁场有关，于是临时提高了人造磁极的强度。"博士道，"暂时有效，这才争取到一点苟延残喘的时间。"

博士靠在车内座椅上："但根据预测，畸变会逐渐增强，然后在三个月内战胜我们。"

　　顿了顿，望着远方灰雾泛起的天际、盘旋着的褐色飞鹰，他道："不过，能得知从古到今人类为生存所付出的一切努力都是徒劳无功，成为人类彻底灭亡这一事件的见证者，其实也是一种难以想象的殊荣。"

　　他又看回陆汛："实话说，你比我想象中要心平气和一点。"

　　"怎么，被打击到了？"他又说，"不知道安折那东西是什么物种，滑不溜手，连基地那么严密的防守都能跑出来，抓不到是正常的事情。就算抓到也留不住，你不要太放在心上。"

　　陆汛没有说话。

　　他伸出了手。

　　一团柔软的雪白色小东西从他衣袖里滚出来。

　　他望着它。

　　奇异地，一种柔软的思绪漫上他的心头。他好像回到了某些片刻，安折安静地待在他身边。到了晚上，他们睡在一起，安折起先总是背对着他，可是睡着睡着，总会翻个身，轻轻靠在他胸前。到了早上，醒来后，连安折自己都不知道为什么会这样——那时候他会蹙一下纤细漂亮的眉，再转回去。然后他从背后抱着他。

　　那竟然是他一生中最值得怀念的几天。

　　雪白柔软的菌丝亲昵地缠着他的手指。

　　博士愣住了："你拿回来了？你竟然能拿回来？"

　　陆汛："嗯。"

　　"那安折呢？"博士语速极快，问，"你把他杀了？"

　　孢子好像被这个人突然变大的声音吓到了，缩了缩，钻回陆汛的衣袖里。

　　但是过一会儿，它又在他的领口出现，亲昵地蹭了蹭他的脖颈。

　　陆汛淡淡道："他离开了。"

　　"你怎么舍得把他放走？他到底是什么？"博士睁大眼睛，道，"他……

他能保护自己吗？"

陆汛的手指触碰着孢子柔软的菌丝，没有回答，晦暗的天光下，他的侧脸是个寂静寥落的剪影。

博士打量他，却突然蹙起眉头："你的枪呢？"

*

楼顶。

看着车队消失在远方天际，安折活动了一下僵硬的身体，从花坛后站了起来。昨天的大雨在坛里积满了水，此时一些细丝状的生物正在水中扭动，是昨天新生的。

但是天放晴后，积水很快会被烤干，短暂的新生后，它们就会直面永恒的死亡。

所有生物都是这样。

他的孢子会比这些朝生暮死的生物活得长久一些吗？他希望是这样。

安折耐心等待着机会。在飞鹰落地栖息的时候，他爬上了它的脊背——飞鹰并没有理会他，或许是他太轻，也太没有营养了。安折在它宽敞的脊背上找了一个地方待着，真正覆盖这只鹰体表的不是羽毛，而是鳞片，鳞片与鳞片的缝隙生长着一些相互缠绕的半透明的触须。这只鹰在城市里四处觅食，当它吞食一株与肉的质地类似的藤蔓，又与一个长有蝙蝠翅膀的巨大怪物搏斗半小时后，它落败了，离开了这个地方。

安折对着北极星和地图标定它飞行的方向，发现轨迹有所偏离后，他悄悄溜走，扎根于土壤，吸取了一夜的营养后，犹豫很久，他从背包里拿出了一把通体漆黑的枪和十几发子弹。

这把枪是陆汛的，但在陆汛离开后他才在背包里发现了这东西——上校经常理所当然地使用他的所有物，包括背包，安折猜测，这导致他把枪落下了。

他成功用枪声引来了一个长着蝶翅的怪物作为交通工具。

三天后，他又落地了。在寻找下一个乘坐目标的时候，安折遭遇了一只极其丑陋的长着蜈蚣一样身体的怪物，这个怪物具有很多蚂蚁类节肢怪物的特征，它以蘑菇为食。安折想逃，但他的身体已经很差了。差一点被彻底吃掉的时候，陆沨的枪保护了他，他误打误撞地打中了这个怪物柔软的腹部，趁它短暂停顿的时候滚进了一条混浊的溪流，逃出生天。

天冷了，怕冷的那些动物开始往南走。当然，它们在这个过程中也相互捕食。有时候，放眼一望无际的平原，没有一丝生灵的踪迹，只能遇见一两个极其巨大的胜利者。有时候，群居的生物像一道黑色的洪流，正向南方迁徙，安折混迹其中，顺流而下。

十天后，他终于得到了一只一往无前往正南方去的飞鸟。又过了二十多天，在飞鸟柔软的脊背上，他看到地平线上出现一道狭长巨大的暗影，像这个世界的一道伤疤。

据人类说，深渊的核心是大灾难时代一场八级地震造成的一条狭长断裂带，这个地方辐射极端异常，因而孕育了无数可怕的怪物。以这条核心的断裂带往外扩展，深渊的北面是密林遍布、长满各式各样蘑菇、无数怪物蛰伏着的广阔平原，南面则是一条连绵起伏的巨大高地与山脉带。

飞鸟来到深渊的边缘，它飞累了，找了一棵巨大的枯木，栖息在树枝上休息。

树枝忽然震颤起来，飞鸟的翎羽乍起，振动翼翅，尖叫一声——

——枯木上不知何时出现了密密麻麻的黑色藤蔓，已经牢牢缠住了飞鸟的足——"扑啦啦"的振翅声里，这只雪白的飞鸟被拽着，来到枝丫密集的树的中心，它优美的脖颈高高扬起，尖而长的喙伸向灰色的天空，一个奋力挣扎的姿态。但藤蔓缠上了它的脖颈，那柔韧的藤蔓下一刻裂开，一个长有尖锐獠牙的口器咬断了它的脖颈。

一泼血"噗"的一声溅出来，这只身长五六米的飞鸟的身体断成两截，细小的羽毛和绒羽散了一地。

安折抱着他的背包，和羽毛一起落在地上。他站起来，踩在黑水横流的腐烂地面上，踉跄了几步，然后他抬头看着这只鸟被上万条藤蔓分食殆尽。

藤蔓餍足地散去。

密林、林间的藤蔓和巨大的蘑菇一起遮住了天光，也遮住了打斗的声响。

这就是深渊，一个吃人不吐骨头的地方。这里没有啮齿类或节肢动物，因为它们本身太过弱小。而那些比它们强大百倍的生物也并非战无不胜——深渊的土壤因为被血肉浸透而富有营养，这或许是蘑菇群得以繁茂的原因。

安折深一脚浅一脚地走进这个地方。苔藓、枯枝、落叶遍布的地面，因为过于柔软近于沼泽，生物在上面走动，不会发出声响。

他清楚地感觉到，深渊的气氛变了。往常，杀戮的打斗时时刻刻都在发生，强大的怪物常常漫步在密林中巡视领地，但他今天一路走下来，竟然只撞见一条沉默穿梭的蟒蛇。

它们好像都蛰伏起来了。

但安折无心关注怪物们的来去。

他怔怔望着这个一望无际连阳光都照不进的地方。

他左手边是一株十米高的暗红色蘑菇，它盘踞在数个巨大的石块上，伞盖上不断流下带着血腥气的黏液，硕大的身体似乎有呼吸，在空中一起一伏。

安折将手指贴在它的菌柄上，感受着它被黏液包裹的纹路。

他以前从没见过这样的蘑菇。

他眼中忽然布满恐惧的神色，放眼望向其他地方。这一刻，他的瞳孔放大，遍体生寒，整个人发着抖。

他不认得了。

——他不认得了。

下一刻，他的呼吸剧烈起伏，拔腿跌跌撞撞在密林间奔跑。这是深渊，浸满血液的土壤，黑水流淌的沼泽，暗中窥伺的怪物——深渊还是深渊，可不再是他记忆中熟悉的地方了。

深渊那么大，到底怎样才能找到原来住的地方？

他努力回想，只能想起那些富有特色的蘑菇，那时候，他靠它们来记忆路线。

于是他一直走，一刻不停地寻找，用双腿，用菌丝。过了白天，就到了夜晚，过了夜晚，又到早上，可是每一片平原都似曾相识，每一个山洞都空空如也。

没有线索，没有任何熟悉的地方，他不记得自己目睹了多少次日落，又在无人的山洞中失望了多少次。

不知过了多久，他走不动了，他的菌丝早已不像当初那样柔软又灵活，它们在溶化，在断裂，他人类的身体也随着生命的消耗变得无比孱弱。

在一个寂静的湖畔，一根枯藤绊倒了他。

尖锐的石块划破了他的手掌、他的膝盖，他跪在地上，将脸埋在手掌间，浑身颤抖。

他找不到了，那个山洞，他找不到了。

蘑菇的生命只有一个季节，旧的死了，新的又长出来，深渊的面貌就随着蘑菇的代际更替而时刻变化着。当初那条道路，他死死记住的那条路，再也没有影子了。

他在蘑菇和枯木的环抱下绝望地望向天空，他不知道，他不知道事情会这么——这么残忍。

陆飒说得没错，他根本不知道这个世界有多大。

他不可能找到，除非他的生命有永恒那么长。可他是个蘑菇，他朝生暮死。

他注定死在寻找那个山洞的路上。

世界上没有任何东西是永恒的。
连最初的誓言都不是。

咸涩的眼泪淌过他脸上被荆棘划破的细小伤口，疼痛密密泛起，但远远盖不住内心的绝望与崩溃。他喘了一口气，怔怔望着一旁寂静的水潭。

他恍惚了。
那水中仿佛有一种声音，一种难以形容的频率呼唤他离去，整个世界迷离虚幻。

跳下去，跳下去，一切都结束了。
快乐的、痛苦的，都不要了。

他在那种声音的呼唤和蛊惑下，步步往湖边去，水面那样清澈，映出了他的倒影，他和安泽长得那么像，当水波模糊了轮廓，好像就是安泽在那里呼唤他。
怎样一无所知地出生，就怎样一无所知地死去。
在深渊，在这个……悲哀的地方。

仿佛触动了记忆中的一道开关，一道声音忽然在他耳边响起。那是他自己的声音。

"在这悲哀的山巅。"那声音轻轻道，"请用你的眼泪诅咒我、祝福我。"
"……不要温和地走入那个良夜。"
"不要温和地走入那个良夜，"他问，"是什么意思？"
林佐，那位伊甸园的老师，他回答："不要温和地接受灭亡。"

短暂的停顿后，又变了。

"我虽行过死荫的幽谷，也不怕遭害，因为你与我同在。"他给一个人轻声念着诗，那天，他们一起走了很长的一段路，并且不知道前面会遇见什么。

那天，在野外，带着他在黑夜中、在旷古的风声中走路的那个人，那时在想什么？

面对终将消亡的、诡谲的命运，那个人心中也有和他一样的绝望吗？他是怎样走下去的？

他……

安折低下头，发现自己不知道什么时候又把那枚审判者的徽章拿在手中，徽章的棱角刺痛了他原本就鲜血淋漓的手。

虚幻的恍惚刹那间退去，他猛地后退了几步。

他想："我刚才在干什么？"

脚踝处传来剧痛，那块刚刚割破他手掌的石头又撞到了他的脚踝。

他弯腰想把平地上突兀伫立的这块锋利的灰石头搬开，不要让它再绊倒其他生物，却突然发现了一件事。

这块石头上有一块漆黑的炭痕，像是用烧焦的树枝写下的——画了一个歪歪扭扭的难看的箭头，指向东南方。

他陷入思考，以他有限的知识，深渊里没有会画箭头的生物。

而这种奇怪的灰石头，他在深渊里的其他地方好像也见过一两次，但他全心扑在寻找山洞上，没有注意。

他环顾四周，最后选择往箭头指示的方向去。他走了很久，又一块灰色石头突兀地出现在平地上，半截被埋在土里，半截露出来，露出来的部分有一个箭头。

安折继续走，不仅灰色石头会有标记，有时候，树干或白骨上也有标记——五天过后，他发现自己一直在往深渊的南面——接近高地的地方——走去。高地的环境干燥恶劣，很少有怪物会过去。

但就在同一天，他找不到别的石头了。

他茫然地站在一棵树下，努力环视四周——怀疑自己是否走错了路。

突然。

一个小石子打在他肩上。

"迷路了？"一道带笑的男声在他身后响起。

安折转身，他竟然又听到了人类的声音。

一个身材高挑修长、五官俊美的黑发男人站在树旁，右手拿着一块灰色的石头，对他眨了眨眼睛，道："路标在我这里，还没放下。"

望着他，安折缓缓蹙起眉。

"唐岚？"他喊出了一个名字。

"你认得我？"那个男人笑意中带着些散漫不羁的味道，打量着他，"我没在基地见过你。"

"我也没见过你。"再次确认了这人的外貌，安折道，"我认识哈伯德。"

"哈伯德"三个字落下的那一刻，漫不经心的笑意突然就从那人脸上消失了。

第 41 章
"听说过融合派吗？"
....

"哈伯德。"唐岚喃喃重复了一遍这个名字，"他……"

他像是失语了，直到十几秒过后，才重新开口，声音也微微沙哑：
"……他还好吗？"

安折回忆起关于哈伯德的那些画面。

虫潮肆虐外城，第 6 区被炸毁的时候，哈伯德正在城外出任务，这是一个无比英明的举动，他不仅避过了外城的灭顶之灾，还避免了被陆泂以"非法窃取审判者信息罪"逮捕。后来，他带队平安归来，受到了主城的欢迎。再后来，这位传奇的佣兵队长还是遇见了陆泂，他和陆上校一起乘坐 PL1109赴地下城基地救援。在矿洞里时，他和陆泂偶尔会聊天，根据陆泂的叙述，哈伯德和陆泂完成了救援任务，一起平安归来。

他说："他很好。"

唐岚微垂下眼，他似乎笑了一下。他没有问别的，一句都没有，只是道："那就好。"

安折看着唐岚。

第一次知道这个人，是在肖老板的店里，他看见了一个制作精美，几乎是真人的人偶。肖老板说，那是哈伯德花费大半身家订制的——哈伯德是整个外城最传奇的佣兵队队长，这人则是与他有过命交情的副队，在一次探险后再没回来，连一个尸块都没找到。

那个人偶旁是标注各项数据的标签，第一行是他的名字——唐岚。

现在活生生的唐岚却站在安折面前，他浑身上下安然无恙，不像受过任何伤——他竟然在这危机四伏的深渊中活下来了，还活得那么好。

"你活下来了。"安折道，"你不回去吗？"

唐岚眼里隐约带着一丝无奈的笑意。

"我回不去了。"他道。

说着，他将手中那块标着记号的石头埋进土壤里。

"我有地图，可以回去的。"安折道，"……你需要吗？"

"不需要了。"唐岚道，"你不是人了吧？"

安折："……"

只见唐岚笑了笑，又拿出一把寒光闪闪的匕首，在旁边的树干上刻下箭头，边刻边道："知道我在干什么吗？"

安折："不知道。"

"被感染以后，大多数人很不幸，完全变成了怪物。但也有另外万分之一的人比较走运，有时候，还像个人。"唐岚说，"我在给那些走运的人指路——我当初就是这样被指了路。"

安折没说话，他发现自己有一种特殊的本领，能辨认出一个想讲故事的人。

不过，唐岚的故事很短。

"那天我和哈伯德起了一点争执，他想继续深入，我觉得该回去了，总之，很不愉快。当晚我没再和他见面，按规矩在另一辆车上守夜。

"深渊里什么东西都有。夜里 12 点的时候，一个惹不起的怪物发现了我们。我没见过那么危险的东西。"唐岚刻完标号，收起匕首，他的声音也像他这个人一样清朗又利落，"我给他们示警，然后往另一个方向引走了那玩意儿。后来，我就死了，应该死得很惨。"

"但是不知道为什么，我好像又醒了，还变成了很厉害的东西。我和怪物融合了，但还清醒着。"他把玩着匕首，对安折道，"你呢？"

安折思索措辞。

　　就在这时，唐岚猛地转头，他的目光利箭一般射向密林的正中心——窸窸窣窣的声音从那边传来。

　　他低声对安折道："走！"

　　话音落下的那一刻，一个巨大的黑影从林中蹿了出来！

　　安折的手臂被抓住，唐岚用不容分说的力道将他扛在背上。下一刻，巨大的破空声响起，一双巨大的黑色薄膜翼翅从他背上生生展开！

　　安折猛地离地了，后面，那个山一样的怪物的爪子扑下来，但唐岚幽灵一样飞起的速度比它更快，几乎是刹那间就离开了这座密林。

　　安折往下看，地面上的一切随着他们的升高越来越远，越来越小，而南方高大的山脉越来越近。

　　迎面而来的风里，他问唐岚："我们去哪里？"

　　高空的风越来越大，吹散了声音，唐岚大声问了他一句话：

　　"听说过融合派吗？"

　　话音落下，他载着安折越飞越高，逐渐接近最高的山巅，当离苍穹越来越近的时候，那片高地被夕阳映成赤金色，高地顶端的白色建筑在天空与山顶的交界处逐渐浮现。

　　首先映入安折眼帘的是两座外表光滑的圆柱状白塔，它们分据两端，中间有线路相连。两座白塔之间是建筑的主体——一栋椭圆形的三层矮楼，两侧是辅楼与零散的其他建筑。主楼前的空地上散布着种种奇形怪状的装置，楼后是一块平坦的土地，伫立着十几座高大的风力发电塔，雪白的三叶风轮正在呼啸的风中快速转动。

　　一株巨大的墨绿色藤蔓分成十几股，将整个建筑群围了起来，它的枝丫搭在围栏和白塔上。当唐岚带着安折落地的时候，一根藤蔓游过来，在他们身上各嗅了一下，然后散开了。

　　唐岚背上巨大的黑色翅膀缓缓收进他的身体里——收回的时候唐岚的身体微微颤抖，拳头握紧，脸上露出痛苦的神色。安折眼睛一眨不眨地看着他，直到他再次睁开眼睛。

乍一对视，唐岚的眼中一片漆黑，是一种非人的神采，但好在三秒钟后就恢复了原样。

"转换过程有点混乱，不太好受，"唐岚道，"不过我已经很幸运了。"

他看向那根藤蔓："这家伙就没法再变成人了。"

安折看向藤蔓："它有人类意识吗？"

"有一些。"

唐岚抬腿走上前，安折跟着他，山巅的烈风刮起了他们的衣服，他们逐渐走近最中央略显陈旧的白楼。

傍晚6点，夕晖最亮的时刻。

天空的西南方，云霞翻涌，一轮巨大的红日燃烧着下沉，金红的光泽照亮了洞开的大门，一个人影站在最中央。

人类的岁数大小，安折其实分不太清楚，他只知道那人至少和肖老板一样大，人类六七十岁的年纪。但他并未因年长而呈现出任何苍老佝偻的姿态。走近了，安折看见他穿着严谨挺拔的黑色西装，银灰的衬衫领下精心打着领结，雪白的头发整齐向后梳起，那因岁月的流逝而显得越发冷静慈和的面容上，有一双温和的灰蓝色眼睛。

那双眼睛让安折觉得他已经看遍世间的一切风波和变化。

"先生。"站在他面前，唐岚的声音很恭敬，"我带新成员回来了。"

那人微笑着看着安折，那双灰蓝色眼睛让人不由自主地生出亲近之心。安折仰头看着他，他则对安折伸出了右手。

微微迟疑一下，安折用略微生疏的姿势与他握手，对方的掌心温暖干燥，握手动作温和有力。

"欢迎加入高地研究所，我们冒昧地自称为人类第五基地。"那人道，"我是波利·琼。"

"你可以喊我波利或者琼，怎样都可以。"波利·琼道。他措辞礼貌，语气和蔼，灰蓝色的眼睛像温和的海洋，像人类故事里那种最好的长辈。

安折说出了自己的名字。

"你很年轻，来自北方基地？"波利·琼道。

安折点了点头。

"你是怎样变成现在这样的？"

波利·琼带着安折缓缓走入白楼内，边走边问。

地板很光滑，显然有人精心打理，唐岚上前，伸出手臂想要搀扶波利，但他摆了摆手。

"我……"视野中传来波动，安折缓缓看向四周。

这栋白楼内部是一个宽阔的大厅，它一共三层，但这三层的中央部分不像普通建筑那样层层隔断，而是打通的。螺旋状楼梯层层盘旋向上，从大厅往上看，能直接见到半透明的穹顶。此时，2楼与3楼的围栏上，一些生物缓缓聚过来，从上面默默俯视着他，眼神好奇。

那些生物加起来大约有四十个，大多数具有人的特征，或者说能算是人形的——其中三分之一和人类的外表一模一样；三分之一在人形的基础上多了一些其他生物的特征，譬如2楼的一位先生，他脸上满是灰黑色的绒毛，而3楼的一个人头发像卷曲的细小藤蔓，正在细微地蠕动；剩下的那三分之一——完全像外面的怪物或者一些奇形怪状的东西，比如2楼的栏杆上挂着的一摊烂肉。

"他们不会伤害你。"波利·琼道，"假如其中有人丧失意志，失控发狂，其他人会控制他。"

事实也像他说的那样，安折与那些变形的人类对上目光，那并非兽类特有的冷酷双眼，他能看懂其中的意思——好奇或者打量，不含凶恶的意味。

"我们都是感染者，或者说异种，但是侥幸保留了自己的一部分意志。波利先生把我们聚到了一起。"唐岚拍了拍他的肩膀，说，"我们会努力控制自己不去自相残杀，然后一起对抗外面的怪物，这里也没有审判庭，你可以放心住下。"

就听波利·琼轻轻咳了几下，然后道："研究所的成员没有等级的划分，我们彼此照顾，强大者保护弱小者。欢迎你加入这个家园。"

安折缓缓收回目光。

"谢谢。"他轻声道。

唐岚询问他怎样变成了异种。

犹豫一会儿，安折道："我跟着朋友的佣兵队出去……"

这里是异种一起生活的地方，他知道。但他仍然和这里的人们不同，他们是被怪物感染的人类，而他自己本身就是个蘑菇，他不得不隐瞒自己最真实的身份。于是他说出了安泽的生平，来到野外，受伤，然后——

"醒来后，就变成这样了。"结合唐岚的故事，他编造了一个这样的谎言。

"身上有异于人类的地方吗？"

"没有。"

"那你得到的应该是某种彻底的多态类变异，"波利温和地打量着他，问，"你知道自己与什么东西融合了吗？或者，你能控制自己的转变吗？"

安折想了想，还是摇头。

"这不常见，"波利道，"你怎样在深渊活下来的？"

安折如实答道："没有东西攻击我。"

波利沉吟了一下，就当安折以为自己要被严厉刁难的时候，他道："也可以解释。"

安折问："为什么？"

"深渊里的生物，以及另外一些强大的物种，似乎具有另一种感官。它们有时候不通过外表来判断其他怪物的种族归属，一只强大的多态类怪物把自己变成一只耗子，但其他怪物仍然能感知到它强大的攻击力，便远远地避开。"

顿了顿，波利·琼继续道："如果它们确实对你不感兴趣，这证明你融合了某种强大的基因，或者并不在它们的食谱内。"

他说："你很特殊。"

安折低声道："我不知道。"

他确实不知道。深渊里的蘑菇和深渊里的动物一样危险，要么含有剧毒，要么周身弥漫着能让动物发狂的幻觉迷雾，在毒蘑菇的丛林里能诞生他这种弱小无害的蘑菇已经是一种奇迹——他甚至拥有了自己独立的意识。

波利道："研究所的所有成员变异情况都不一样。如果你愿意的话，我或许对你做一些研究，我不会采取会伤害到你的实验方式。"

安折答应了，他没有什么不可以答应的。

接着，波利·琼又问了他一些问题，他并没有进一步询问他变异的过程，而是问他在野外过得怎么样、有没有吃苦、有没有害怕的动物、基因改变后有没有产生新习性——他好像只是作为一个长辈，纯粹地关心他。但安折认清自己非人的身份后，对人类的研究人员仍然感到惧怕，他不敢对波利生出亲近之心，只是如实一一回答。

他也初步了解了研究所的状况。研究所的一楼是大厅、实验室和仪器房，2层居住的是动物性变异的人类，3层居住的是植物性变异的人类，人们分工不同，有的协助波利先生记录实验数据，有的负责维护设备，有的负责在后面的土地上种土豆，还有的负责外出打猎——这部分人被那些极其凶猛的怪物感染，实力强大，譬如唐岚。在打猎之余，他们会在各处放下路标，除了人类，没有别的生物能读懂路标，路标所标明的方向是流落在外的异种回家的路。放置路标的范围不限于深渊。

唐岚说这个地方和融合派有关，但这里的人们并非特意融合的产物，而是在野外遇害然后侥幸保留了人类意识，循着路标来到研究所的异种——博士说，这是万分之一的可能。

新成员的加入是值得庆贺的事情，研究所为安折特意准备了一次欢迎宴——主食是土豆腊肉汤，由一个矮小的男性树木异种掌勺制作。

"喜欢喝土豆汤吗？"这个男人舀了汤，递给安折，他声音略微嘶哑，像粗粝的树皮摩擦的声响。

安折伸手捧住这碗热腾腾的汤，他吹了吹，温暖的白雾蒙住了他的脸。

"喜欢。"他道，"谢谢您。"

"那明天也做这个。"男人看着他，"你多大了？"

安折道："十九岁。"

"那该喊我叔叔。我儿子和你差不多大，他住 7 区，你住哪里？"

安折说："6 区。"

男人说："我五年没见过他了，他叫白叶，你认识吗？"

安折轻轻摇了摇头。

"希望他过得好一点。"他们的对话到此为止。

开饭的时候，研究所的人们围成一圈坐下，位置不分主次。波利·琼坐在他们中间，大家都对他很亲近。

——他们对安折同样亲近，一顿饭的时间里，至少十个人主动和安折搭话。他们中有的是外城的佣兵，有的是基地的军人，他们好奇他产生变异的过程，询问基地的近况，或询问他有没有见过他们旧日的亲人或朋友。安折并没有告诉他们外城已经被废弃的事实，只是回答"没见过""不认识"，他有一种怅惘的感受，同样是杳无音讯，这样的回答好像比真正的答案更能安慰人类的内心。

一顿饭结束后，唐岚带安折去了一个空房间。

一个身上长着羽毛的年轻人给房间送来了一床被子。

"昨天刚晒过的，"他主动帮忙铺床，说，"晚上冷，你记得关窗户。"

"谢谢。"安折道，就像今天那个给他舀饭的叔叔一样，这个年轻男孩的善意也让他感激又有点无所适从。

铺完床，男孩从衣服里拿出来一个红彤彤的果子，笑了笑："给你吃。"

说完，他又掏出一份裹好的肉干："这个是大家送给你的。"

安折接过来，肉干很沉，他不知道研究所的生活水平怎么样，但是在这个时代，无论在哪里，这么多肉干都是很珍贵的东西。

"谢谢你们，"他说，"太多了，我吃不完的。"

"慢慢吃。"站在他身后的唐岚似乎笑了笑，伸手给他理了理衣领。

"新来的人，我们都会送礼物的。我一年前找到这里，大家也对我很好。"那个年轻男孩说，"在野外当异种太苦了，要躲怪物，要自己找东西吃。记得自己是人，想家，又不敢回基地。来到研究所就好啦。"

他边说边冲安折笑了笑。

安折也回笑了一下。

房间里没有风，很暖和，天花板上的灯管亮着通透的光。安折捧着肉干，回想自己在深渊的密林沼泽里跋涉的这一个月，竟然像做梦一样。

"别哭哈。"男孩道，"以后就有家了。"

他的语气那么笃定又温暖，仿佛对这个研究所有无限的依赖。

——这是安折在人类基地没有见到过的东西。

他问："这里一直这样吗？"

"啊？"男孩起先愣了愣，随即就反应过来，笑道，"你马上就会习惯啦。"

他话音落下的一刻，却陡然顿住了。

——走廊上忽然传来一声剧烈的尖号。

随即就是东西打碎的声音。

唐岚拧眉，大步往外走去。

尖号声仍然在继续，打斗声传了出来。

男孩猛地瑟缩了一下，他抓住安折的胳膊，似乎寻求保护，嘴上却道："别怕，有人变怪物了，唐哥能打过的。"

他们通过打开的门往外看，一个人形怪物在中央的空地上打滚，密密麻麻的触角和疙瘩在他背上鼓起来，他脸上的五官扭曲变形，变成一团灰色的水肿物，四肢疯狂地向外攻击，另一个人身体的一部分则化成藤蔓和他打斗，唐岚加入其中，没过多长时间，他被制服了。

"关起来吧。"唐岚道。

——那个东西被带下去了，唐岚也回到了房间里。

"我们现在有人的意识，但说不准什么时候就没有了。"男孩小声道，"所以我很珍惜能当人的时候。"

这时窗外传来声响，安折往下看，见主楼前的空地上一台大型仪器亮了亮。

"波利先生这几天好像都在做这个。"男孩说，"看起来和以前的研究都不一样。"

安折望着那里，机械与机械间亮起刺目的红光，他问："这是什么？"

唐岚没说话，他望着窗外。在山巅，极光和星空变得那么低，又那么清晰，好像一伸手就能碰到。

房间里，一片寂静。

良久，唐岚忽然开口。

"波利先生是融合派的科学家。"唐岚轻声道，"融合派相信，总有一天，他们能找到人类与怪物基因和平融合的方法，人不会变成只有本能的怪物，而是既能拥有强大的身体，又能适应现在恶劣的环境。"

"就像这样。"他给安折看他的胳膊，那上面隐隐有一些黑色的鳞片："人类的身体确实太脆弱了。"

"后来，还没研究成功，融合派的实验品就跑了，那个巨型水蛭感染了基地的水源，整个基地的人类因为这个死了一半——基地从此以后再也不允许进行任何类似的实验了，融合派的科学家也成了基地的罪人。"他缓缓说，"但是，别的研究也毫无成果，只有融合听起来还有那么一丝希望。于是融合派的科学家叛逃了，他们离开基地，想找到能继续实验的地方。

"他们要研究融合，就必须做活体实验，一旦做了实验，又会制造出那些获取了人类思维却又不是人的智慧怪物。基地不会允许这种事发生，于是一直派军队拦截追杀。到最后，他们终于找到了这个地方。"唐岚仰头望着一望无垠的星空，"高地研究所是个遗址，本来是很多年前研究人造磁极的地方。这个地方在深渊后面，地势又高，装甲车开不过来，还有很多现成的设备，一些设备能对周围造成磁场干扰，让军队的飞机和雷达失效。研究所这才安顿下来，他们一边收留异种，一边研究，一直延续到现在。"

安折问："现在找到融合的办法了吗？"

唐岚摇了摇头。

"找不到规律。"他说，"一开始他们认为和意志有关，后来认为和外来基因的种类有关，但是都不对。意志薄弱的人可以稀里糊涂地醒过来，污染能力弱的植物能吞噬人的意志，被非常强大的怪物感染后也不一定会丧失意志，保留意志的原因只是幸运。再后来磁极失效，全面污染，又证明这可能和基因彻底没关系，金子和铁也能相互污染，一个铁原子在显微镜下莫名其妙地变成了一个我们没法理解的东西。先生说，之前的研究全都是错的，要寻找新的解析方式。"

相同的论调安折也听纪博士提起过，他道："基地也是这样想的。"

唐岚很久没说话。

"安折，"他突然喊了他的名字，道，"你能感受到一种波动吗？"

安折点头，他一直能感受到。

"变成异种后，很多人都能感受到，"唐岚轻声道，"而且它越来越强了。"

清晨，安折在床上睁开眼睛。他头痛欲裂，梦里全是野外震荡着鼓膜的号叫声，兽爪踩过淤泥的啪嗒声，哭声——不知道是谁的哭声。丛林里，幽幽折射出兽类眼睛的荧光，他发疯一样逃避着什么，寻找着什么，可是永远逃不了，永远找不到。那巨大虚无的波动仍然如影随形地缠绕着他，它好像在这个世界的每一个角落，连树叶尖端的露水都是它的化身。

安折用手臂努力撑着自己的身体，坐起来很费力，他的骨头好像生了锈，不仅无法灵活行动，还变得又薄又脆，每动弹一下，他都要怀疑下一刻自己就会永远停止，于是他知道，自己离无法抗拒的死亡又近了一步。

安折拥着被子又在床上坐了很久，才感觉身体恢复了一些。他茫然望着这个温暖的房间——昨天发生的事情还像梦一样，今天才稍微有了实感，他来到了一个另一种意义上的人类世界，这里的人们对他很好——但他离开陆汛的本意，就是不想让陆汛目睹自己的死亡。

那这里这些对他友善的人呢？

安折鼻子有些酸，他感到愧疚，但他还没来得及做出进一步的选择，门就被敲响了。

是昨天那个男孩，他拿着一个盛装早饭的托盘，托盘上是冒着热气的搪瓷杯子和碗。

"早上你没醒，我们没喊你。"男孩道，"树叔又煮了土豆汤，你要喝哦。"

安折道了一声"谢谢"。

说着，男孩把托盘放在桌上。安折低头看着这碗浓郁的汤，小块的土豆在汤里沉沉浮浮，它和腊肉丝一起散发出某种宽和的香气，那香气混在白雾里，袅袅地散往整个房间。

——鬼使神差地，他没有再生出离开的念头。

研究所的生活并不像基地那样有条不紊，人们没有固定的任务和职位，但他们有自发的分工。研究所收留了他，他知道自己得给出回报，他想努力做点什么，研究所的人们也都很欢迎。

最开始，他会出去，和那个男孩一起在比较安全的区域采集能够食用的植物根茎。后来，他的身体承受不住扑面而来的冷风，他只能留在基地帮忙种植或煮饭。再后来，他连这样的工作都不能胜任了。研究所的人们都认为他身患某种无法确认的疾病——这是常见的事情，在这个世界上，什么疾病都有可能发生，甚至整个世界都是病入膏肓的。

一天，波利来看他。安折从那天开始跟着波利·琼在主楼西侧的白楼里住下了。他的身体虽然逐渐孱弱，神智却仍然清楚，足以做一个合格的助手。波利的实验室里还有一个沉默的印度男人当助手，他擅长维修各类设备，名叫柯德。

这是个森严的实验室，四面都是机器，机器上连接着显示屏，最大的一个——它的光缆线路从实验室延伸到地下，与外面一台名叫"辛普森笼"的设备相连。

辛普森笼的主要部件是四座五米高的机械塔，就像研究所外部那两座白塔的缩小版，而那两座白塔的形状——安折看了很久，确认它们与基地那个巨大的人造磁极有诸多相似之处。他随即想到高地研究所本就是人造磁极最初研发的地方。

四座塔组成一个十几米长、二十几米宽的矩形，当辛普森笼启动时，它们围成的整个立方矩形的空间都会被一种灼热的类似高频激光的红色光芒所充斥，像一片猩红的火海。研究所的所有人都知道不能走入开启的辛普森笼，否则会死得很难看。

从实验室的手册里，安折得知，辛普森笼是人类科学鼎盛时高能物理领域最尖端的杰作，它直接促成了人造磁极的成功。

"直到现在，我们也不知道地磁产生的原因。有人猜测是因为地球液态核内熔铁的流动，有人认为是地幔中电层的旋转，但都没有足够有力的佐证。我们不知道它产生的原因，所以也无法得知它消失的原因，这超出了我们认知的界限。同样，我们也无法复现电磁场，除非制造出一块半个地球那么大的磁石。"波利这样解释，"但在我们所掌握的物理规律中有一条，磁是由电产生的，电荷的运动产生磁场。

"辛普森笼的贡献之一是它能够呈现基本粒子之间的波动力场，从而解析它们相互作用的方式，进而复现一些现象。于是我们获得了人造磁极的灵感——你缺乏物理知识，我没有办法解释得更加深刻。简单来说，两个人造磁极发射特殊频率的脉冲波，引起太阳风中带电粒子的共振，就像我们拿着一个喇叭告诉它们'请往那边走'。于是粒子的共振与运动产生磁场，地球从而被保护起来。"

安折点头，他听懂了，但也仅限于听懂了。他的工作并不需要他掌握高深的物理知识，只需要看好仪器。

有时候，波利在外面校正辛普森笼的频率，另一个助手跟着他，白楼里只有安折一个。他坐在那里，窗外是低沉的夜空。机器发出单调的嗡鸣，连接辛普森笼的谱仪绘制出复杂的曲线，不知道在记录什么。

那些曲线是嘈杂的，纠结成一团，没有任何规律，他没来由地想起伊甸园里的司南在纸上涂下的那些混沌恐怖的线条。闭上眼，他感受着那种虚无的波动越来越剧烈，感受着生命一天又一天的流逝，他会害怕，但有时候他又觉得自己正在逐渐接近永恒。

波利回来了，他开始分析那些混乱的曲线，安折努力拎起一旁的暖壶，给他倒了一杯热水。

"您在做什么？"他终于开口问。

"我想找到那个东西。"波利说。

望着屏幕，安折问："……是什么东西？"

"导致这个世界发生变化的东西。"

"它一定无处不在，如果它在这个世界上，那一定也会在辛普森笼里。"他道。

安折微微蹙眉。

"一个月前，我也认为感染变异的原因要从生物体上寻找，直到畸变发生，才察觉问题的根源在于这个世界的物理规律。因此我重启了辛普森笼。"波利拿起手边的一只指南针，"我们永远看不见磁场，但指南针的方向能告诉我们它存在。世界上其他看不见的东西也是这样，我们的认知太过浅薄，只能追寻它们投射在世界上的那些表象。

"看这里。"波利标亮了一条平稳的曲线，"世界上的一切都在相互作用，相互作用的痕迹里有很多信息，像这条线，它和指南针一样，都代表磁场。

"我们假设这个世界正在发生的变化是因为某个巨大的东西正在逐渐降临……但磁场能在一定程度上抵抗它——既然磁场能抵抗它，那它一定有与类似磁场的呈现方式。"波利灰蓝色的眼睛着迷地望着一团乱麻的屏幕，"它很宏大，超出了我们的认知，它改变的是这个世界的本质，但它就在这里面。我想，一定存在一个特定的接收频率，能看到它投射在真实世界上的影子。"

安折问："然后呢？"

波利缓缓摇头："我们首先要知道它是什么，才能去思考应对它的方法。"

但是，真的能找到吗？

安折迷惘地望着屏幕。

仿佛知道他在想什么，波利开口。

"虽然很渺茫，但——"他的话只说到一半，轻轻叹了口气，"毕竟我们以前也创造过许多对人类来说难以想象的杰作。"

安折读出了他语气中的波动，重复了他后面那句话："对人类来说难以想象的杰作。"

然后，他看见波利眼里闪烁的那点光芒渐渐暗淡下去。

波利·琼望着窗外无边的旷野、灰霾遍布的天空，四面八方传来野兽的号叫，声音里有奇异的波动，人类的声谱无法解读。

"仅仅对于人类来说。"他轻声道，"在被打碎之前，我们曾经认为自己领悟了这个世界的全貌。"

那一刻，安折在他眼里看到了跨越万古的孤独。

第 42 章

"那你比安折还要让我失望。"

"堂堂审判者上校，竟然只能被软禁在我的实验室里。"纪博士抱着一沓资料放在桌上，讥笑道，"需要我给你带饭吗？"

在原本属于纪博士的软椅上坐着的并非博士本人，而是一身黑色制服的审判者，他以一个漫不经心的姿态抱着臂，修长的双腿交叉，胸前缺了一枚银色的徽章，但制服本身银色的垂穗填补了色彩的空白，使他的衣着和外表依然无可挑剔。

霜冷的眼瞳扫过银白的实验室："你以为我愿意待在这里？"

"建议你对我好一点，我的要求不高，恢复到我们小时候友情的百分之一就可以了。"纪博士道，"你得认清形势，审判庭自身难保，如果连我——你在这个基地唯一的朋友——都不再收留你，你立刻会被外面的人撕碎。我听说统战中心连续召开了三场会议，主题为是否应当废除《审判者法案》中审判者越过一切权力杀人的资格。"

说到这里，他俏皮地眨了眨眼："你选择从野外回来，后悔了吗？"

他意欲挑起这人情绪的波动，但没得逞，陆沨的神情与听到这句话前相比并未发生任何改变。

——自从无接触的基因感染与无生命物质之间的成分交换被发现，基地就陷入了惶惶不可终日的氛围，或许下一刻磁极就会被畸变打败，他们会变成怪物，变成器物，或与这座钢铁的基地融为一体。这八千人是军队和灯塔的精英及领袖、现存人类中最优越的种群，正因为智商上的优越，他们更能够预感到这场必定到来的末日的恐怖。濒临死亡的基地维持着一种紧绷的和平，像结着一层薄冰的湖面，看似固若金汤，但其实只要投下一颗石子就会引起整体的轰塌、崩落。

事情的起因是十天前的一场枪杀。

"如果是其他人，也就算了，你……"博士看着对自己任何话都无动于衷的审判者，咬了咬牙。

被杀死的那个人是灯塔一位德高望重的科学家，他在计算弹道和改良炮弹上做出了杰出的贡献——因此是军工领域的泰山北斗。理所当然，整个领域的研究者都是爱戴他的后辈，军方的人也对他敬重有加。

十天前，陆汛带着瑟兰在统战中心的走廊上与这位学者打了照面，他们甚至相互点头示意问好。

然而就在错身而过的那一瞬间，陆汛拔出了瑟兰别在腰间的枪，他的枪法从来精准，扣动扳机的动作迅速又果决，子弹正中那位炮弹专家的后脑勺，血浆像烟花一样炸开，一具尸首轰然倒地。

这件事几乎惊动了整个基地。

死者的学生和朋友遍布基地，他们声称死者生前神志敏捷，举止有礼，性情温和，完全没有任何感染的迹象，要求审判庭给出说法。

但活人已经死去，基因检测仪器也因为在两个月前的物质融合浪潮中被破坏了核心部件，彻底停摆，找不到任何足以佐证审判者判断的依据。对此，审判者唯一的申明是，他完全依照审判细则办事。

许多陈年旧事都被翻出来，要求审判庭公布审判细则的呼声在这段时间内达到了顶峰。然而，限于《审判者法案》赋予审判庭的权力，他们没办法把陆汛送上军事法庭——于是对《法案》的争议也达到了顶峰。一位名叫柯林的年轻人——他自称为原外城反审判运动的先锋人物，在那场让主城只存活八千人的灾难中，他因为本身就是在伊甸园上班的老师而逃过一劫。此时此刻，这位一腔热血的年轻人再次喊出了过去响彻外城的那些口号，同时极力抨击基地军方其余制度对人性的无情践踏，他迅速拥有了一大批忠实的拥趸。

对此，统战中心在长久的沉默后，选择一力镇压。然而，基地现存的人类以灯塔与伊甸园的成员为主，兵力有限，而且没法下狠手，此时此刻只要死去一个人，人类就减少了八千分之一。一场暴动发生在一个混乱的八千人社会中，似乎是一件无法解决的难题。

就在这样的风口浪尖，一份过往罕为人知的数据从灯塔内部流传出来，被散发到各处。

那是多年前"融合派"的绝密档案，人们对这一派系的存在讳莫如深，可他们确实具有毋庸置疑的科研能力。在长达十年的实验和观测中，他们估测出一个概率——受到基因感染的活人，有万分之一的可能在获得怪物特征的同时保留一定程度的人类意识，六千五百分之一的可能在完全化身为怪物后的三年内再次恢复一定程度的人类意识。

雪上加霜的是，这份数据另附有一份语气客观的备注，万分之一与六千五百分之一只是理论上的估测，现实中真正的概率或许稍高一些。

这份数据泄露的当天，整个基地哗然了。

对此，柯林撰写了一篇长文章，题目为《审判庭一百年——不能证实的罪孽》。

同时，一个疯狂的士兵潜伏在审判庭外，对审判者开了一枪。据说他所敬爱的长官和战友都死在审判者的枪下，但可惜，无论在哪个方面，审判者都是比他优秀百倍的军人，那枚子弹根本没能打中他。但这一举动激励了其他人，一时间，审判庭成为各种意义上的众矢之的。

——直到纪伯兰博士向灯塔递交了一个申请。

纪博士提出，来自深渊的孢子样本史无前例地呈现出感染和被感染、畸变与被畸变上的惰性，如果能研究清楚其中的机理，并将它应用在人体上，人类或许也能获得这一可贵的特征。然而，这颗奇异的具有活性的孢子对审判庭的陆上校呈现出一种超乎寻常的亲近，当它与上校接触时，生长速度和细胞活性都会有所提高。

所以，陆上校必须配合这一研究项目，基地也必须保证陆上校的人身安全，这可能是人类最后的希望所在。

于是某位陆姓上校才出现在纪博士的实验室内。

"预计的三个月就要到了，虽然缺乏确切的证据，但人类的命运正在倒计时。"纪博士在陆沨旁边坐下，道，"主城原来从不在意审判者制度，但现在他们也像曾经的外城一样即将直面审判了。你得明白，一旦磁极被畸变战胜，所有人都有被感染的风险，所有人都将面临审判，都有可能死在你的枪下。审判庭虽然现在什么都没有做，但已经成了他们精神上的仇敌。全面畸变终将到来，他们希望自己能做那万分之一或者六千五百分之一，扳倒你能让他们活得久一点，这和你本身的所作所为没什么关系，怕死是生物的本能。"

说到这里，他微蹙起眉头，轻声道："这么多年来，无论审判庭被逼得多紧，都没有泄露过关于审判细则的一个字，我相信你们一定有不得不这样做的理由。但其实我一直想问你另一个问题：融合派的那个数据，你以前……到底知不知道？"

陆沨的目光越过他，看向绿色的培养液中漂浮着的孢子。

因为他在房间里，所以孢子的菌丝放松地舒展着，它长大了一些，核心部分有人的手掌那么大了。

"有成果吗？"他淡淡问。

"很遗憾，没有。它和安折那个该死的小东西一样是个骗子。现在它唯一的作用就是充当你的挡箭牌，并且不知道能挡到什么时候。"纪博士看向陆沨的眼睛。

那双眼睛——绿色的眼睛，北方基地是以亚洲人为主，其他人种混居的地方，黑色的瞳孔固然寻常，其他色彩——诸如蓝色与褐色——也并不少见，但这霜冷的绿色实在过于特殊，有时候他会有种错觉，这是某种毫无感情的无机质，就像此人惯常的目光一样。

好像不论杀死多少人，不论被别人怎样看待，他都不为所动。不需要理解，更不需要原谅，他向来就是这样高高在上。

一种无力的懊恼泛上纪博士的心头。

"我不该关心你，更不该尝试安慰你，你根本不在意。"他深吸一口气，摊开了手，道，"每次我试图说服自己你是个好人，你都用行动告诉我，在冷漠无情这件事上，你真是……真是他妈的天赋异禀。"

他审视着陆汛那张脸——这人的五官精美，浓烈得好像个被雕琢的人偶，可惜材质却是万年不化的冻冰。外面的形势紧张到纪博士害怕下一刻就会有人砸破实验室的门向审判者开枪，可从他本人的神情中却看不出一丝内心的痛苦折磨，甚至，相反，这人微垂的眼睫有种肃穆的从容，像一只幽灵般的黑蝴蝶停在神庙庄严的窗棂上。

《审判者法案》尚未确定废除，陆汛在电子系统中的权限依然很高，此时此刻，他旁边的电脑屏幕仍然播放着基地人流密集处的实时监控录像，以确认无人感染。

纪博士自暴自弃，不惜再次出言讽刺："我真好奇，到了被基地所有人一起送上绞刑架的那天，你会是什么表情。"

说完，他死死盯着陆汛的眼睛，试图捕捉他情绪的波动，可惜陆汛并未被这凶狠的目光吸引注意力，他一直在看的是那团孢子，或是整个培养仪，又或者是虚空中的什么东西。

"谢谢，"那冷淡的嗓音道，"我应得的。"

纪博士放在桌面上的拳头松开又攥紧，最终他颓然靠在椅背上，道："我就该把你推出去，你早就疯了。"

"我很清醒。"陆汛终于将目光转回他身上，"实验室有什么我能帮忙的吗？"

"看好你的这朵小真菌，让它长快点，"纪博士道，"如果可以的话，帮我留意下研究所的通信频道。"

*

审判者被软禁在灯塔，但这场轰轰烈烈的暴乱并未以双方相互妥协而告终，相反，愈演愈烈。

人们停止工作以向基地示威，他们集体示威的地点在人造磁极装置的门口。

根据似是而非的流言，基地的决策者们勃然大怒。但在这个一切混乱的时候，他们已经不再拥有绝对的控制权。他们最终做出了一个极大的让步——暂时解除审判庭的杀人权，审判庭成员仍然例行巡查，但巡查时发现疑似感染者并不立刻将其击毙，而是押入基地另一端的军事训练营，做分散囚禁观察。其次，审判者本人不予配枪，仍然待在灯塔实验室配合研究，不得外出——很难说这是基地对审判者的保护还是防备。

基地的气氛终于有所缓和，毕竟他们的主要矛头指向的就是陆沨本人——陆上校作为这一代的审判者，其独断专行和嗜杀成性的程度令所有人叹为观止，假如审判庭一年处死五千人，那么四千五百人都倒在他的枪下——其余五百人能够被其他审判官处死是因为审判者那时因为不可抗力不在审判庭。

短暂的平静后，人们开始斥责灯塔多日来没有取得任何值得一提的进展，而负责这一项目的纪伯兰博士是陆沨的旧友。"人类最后的希望"显然是一句掩人耳目的谎言，是一场单方面的包庇，他们要求灯塔必须拿出足够服众的成果，否则就交出陆沨。

"他们仗着人类群体不能再失去哪怕一个生命，什么都做得出来。"纪博士给自己倒了一杯水，"他们的说辞漏洞百出，但这是他们发泄恐惧的唯一办法。"

说着，他将水杯送到唇边，可他的手在颤抖，水从杯中迸溅出来，落在桌面上。纪博士勉强喝了一口，但他脸上随即露出痛苦的神情，他弓下腰，不断地干呕。

"我也活在极大的……极大的恐惧中。我想吐。"他颤声道，"寒流已经入侵，冬天要来了。怪物最疯狂、最需要营养的时候到了。"

"我们都知道人类在怪物眼中就是一块流着油的肥肉，即使在基地的全盛时期也不断有怪物试图发起攻击，你猜……"纪博士笑了笑，低声道，"它们什么时候会发现人类基地已经脆弱到了现在这个地步？什么时候会集结起来攻陷人类基地？……就像它们之前成群攻陷地下城基地那样。"

陆渢道："你先冷静下来。"

"你以为所有人都像你一样缺乏感情吗？人类的本质在于能够共情，恐慌在人群中是呈指数速度蔓延的，在这种时候你能保持冷静反而佐证了你不近人情到了怎样一种……一种可怕的程度。"纪博士深深喘了几口气，刻薄的语言有时候能使人放松，他看起来终于好了一点，"请你把你的这一性质感染给我，当你没法坚持工作下去的时候，你都在想什么？"

陆渢漫不经心地看着他："人类利益高于一切。"

纪博士无奈地笑了起来。

笑完，他深吸一口气，似乎终于冷静下来，来到盛放孢了的大型培养皿前。

"他们竟然认为一朵白色的小真菌能够拯救全人类，这是我听过最可笑的一句话。事实上，那朵真菌的成分和我们用来煮蘑菇汤的东西没有任何不同。"纪博士字正腔圆地复述外面人的言辞，他像一个严肃的老师正在批评成绩不及格的学生，"听到了吗？如果再这样下去，他们迟早会把你煮成一碗蘑菇汤。你必须主动展示出你的与众不同之处。"

雪白的菌丝在营养液里抖了抖，孢子慢吞吞地漂向陆渢的方向，它紧紧贴着玻璃内壁，仿佛这样就能更加贴近陆渢。

陆渢低声道："别吓它。"

"它听得懂，我打赌它听得懂。这些天来我们喂了它无数种怪物提取液，它都吃掉了。安折是个多态类变异的小怪物，他的孢子一定也是。"纪博士道，"如果它没有自己的意识和智力，绝对不会每天晚上都要越狱出去和你睡在一起。"

"所以你的进展呢？"陆汛微蹙起眉。

"它吃掉了那么多怪物的基因，但它还是那个孢子，它是绝对稳态的。那些基因提取液绝不是消失了，我猜测，它能够主观控制形态的转换，像安折能变成人类一样。"纪博士道，"如果人类也具有这种性质，我们就不会惧怕畸变。"

"你们想用它感染人类？"陆汛道，"不怕被感染者全部被蘑菇的意识占据吗？"

"目前还没到考虑这个问题的地步，"纪博士将额头抵在玻璃上，"……关键是这个该死的小东西根本不会感染别人，它和安折一样让我失望。"

在他说这话的时候，孢子已经又主动浮上了营养液的水面，缓缓向上攀爬，然后从培养皿的盖子与主体的缝隙中流了出来，往下自由落体，被陆汛的手接住——它懒洋洋地趴在陆汛手上，像个无忧无虑的……小家伙。

种种行径表明，在某种程度上，它确实是一个有主观意识的生物。

"它能移动，可以思考，但它连神经系统都没有。"纪博士道，"你知道这意味着什么吗？我是个生物学家，畸变现象让物理学家的认知体系坍塌，这个孢子的存在让我的认知体系毁灭。"

审判者并没有兴趣也没有必要关注一个生物学家的认知怎样被毁掉，他将这柔软的一团菌丝握在手里，道："安折怎样让你失望了？"

"他也没有任何值得一提的感染性，"纪博士强打精神，叹了口气，"你们这么亲密的关系——你竟然还是个人，没有任何被感染的迹象，你的意志也没有被他影响而变得善良哪怕一星半点，他和他的孢子一样感染不了人。"

陆汛淡淡地看着他，似乎在思索什么，当纪博士以为他要说出什么有价值的话时，上校开口道："我和他并没有很亲密。"

纪博士直勾勾看向他："那你比安折还要让我失望。"

*

安折是从一个安逸的梦里醒来的。

梦里他没有眼睛，没有耳朵，没有一切人类用来感知的器官，他好像回到了很久很久以前，深深埋在柔软潮湿的土壤里的时候。但那并不是土壤，他好像待在陆汍的身边不远处，他离上校的呼吸那样近，比与死亡的距离还要近。

睁开眼睛后，他望着灰色的天花板发呆——他一直在努力让自己不要想起北方基地的人和事，他能感觉到记忆的流逝，诗人、博士、柯林，他几乎已经忘了他们的模样和为人，那座城市里发生的一切渐渐远去，可陆汍却越来越频繁地出现在他的梦中。

有时候他睁开眼，恍惚间觉得这个人就在他身边。窗户边挂着的深绿藤叶还没来得及枯谢就被白霜盖了一层，冻成了晶莹剔透的颜色，像陆汍的眼睛在看着他。

但外界的冰冷很快重新包裹了他。

窗外，铅灰色云层低沉沉地压着山顶，山巅坚硬的地面上结着松花一样的白霜。冬天来了。

高地研究所的人们依旧对他多加关照。十天前他收到了一条毛线织的围巾和一副兔毛手套，每天，他裹在这些温暖的东西里面离开主楼，去白楼里波利的实验室待着。

辛普森笼耗电量巨大，而风力发电机的功率有限，每天，它只能开启两小时。其余的时间里，波利会做一些其他事情。有时候，他会教安折一些物理和生物学知识，譬如万事万物都由分子和原子组成，原子又可以拆分为电子、质子与中子，然而这远远不是尽头，组成这个世界的物质基础究竟是什么，没有人看得到。

"盲人要感知这个世界，只能伸手去触摸事物，但他感受到的显然不是这个事物的全貌，我们对世界的了解也像盲人一样浅尝辄止，注定只能看到表象。我们有很多假想，但是无法验证它是否正确。"波利这样说。

说这话的时候，实验室的窗户被山巅呼啸的北风吹开了，那个褐色皮肤的印度男人起身去关窗，波利•琼伸手将安折的围巾向上拉了一下。

围巾裹住了安折的整个脖子，他被埋在柔软温暖的布料里，他问波利："您不冷吗？"

"年纪大了，很多地方都迟钝了。"波利•琼那双温和的灰蓝色眼睛看着他，安折能从他眼里看到自己的倒影，裹成白色的一团。但他没看多久就低头咳嗽起来，外面那么冷，他的肺里却像烧着一团火，胀疼着。

波利一下一下地顺着他的背，把桌上的热水递到他面前。

"还有抗生素吗？"他对那个名叫朗姆的印度男人道。

"还有一些。"

咳嗽完，安折发着抖把药吃下去，房间里点起了炭炉，但他还是觉得很冷。

"我找不到你发病的原因。"波利用手指把他额边细密的冷汗揩去，他灰蓝色的眼中有显而易见的痛苦，低声道，"这里也没有先进的仪器……抱歉。"

安折摇头："没关系的。"

波利说，人类对世界的认识永远是浅尝辄止，有时候他也觉得自己对人类的认知只是表象。当他回到深渊里的时候，从未期望过会受到人类这样的款待。

譬如波利，他并非医疗方面的专家，却因为安折身体的日渐衰弱，开始阅读数据库里的那些医学文献，朗姆也会帮忙检索。

有时候安折会因为他们的善意而感到愧疚，因为他并非人类，这些善待好像是他披着一张人皮偷窃来的。他开始害怕自己死去的那天暴露出原型。

他曾经告诉波利，可以不必这样费心，那时候波利用手背试着他额头的温度，轻声道："你就像我的孩子。"

波利不在的时候，他旁敲侧击问过朗姆，波利先生为什么会这样善待他。

朗姆说，先生爱这里的每个人。

"我来研究所之前，半边身体都坏掉发霉了，意识也不清醒，"朗姆卷起他的裤腿，他健壮的小腿上全是狰狞的伤疤和蚯蚓一样的凸起，这个一贯寡言的男人说了很长的一句话，"先生不分昼夜，救治了我半年，我以前也不相信世界上会有这样的人。"

他又说："我以前不是好人，当佣兵的时候害过队友，现在我从外面救回了三个同胞，算是赎罪了。当好人的感觉不赖，当人也比当怪物好。研究所里很多人都像我这样，没有人不尊敬先生。"

安折清楚地记得自己那时候忽然没来由地想起了陆汛——一个莫名其妙的联想，他在想陆汛现在怎么样了。随即，他晃了晃脑袋，把那个与波利截然相反的家伙的侧影从脑海里赶出去了。

朗姆是个业余的音乐爱好者，他无事可做的时候会对着一本破旧的曲谱练习吹口琴，有时候也教安折吹，那声音悦耳动听。但朗姆说，人类有过比口琴美妙千万倍的乐器，它们合奏能演奏出无比宏阔震撼的交响乐曲。

说到这里的时候，波利也来到他们身边，打趣道："朗姆如果出生在一百年前，一定是个杰出的音乐家。"

一贯沉默寡言的朗姆笑了笑，这时他会拿出一台破旧的收音机，将磁带翻一面，按下播放按钮，激烈或和缓的节奏会从那台生锈的机器里发出。那是无数种乐器一同发出的声音，它们各有自己的音色与旋律，这些音色与旋律组合在一起，变成另一种波澜壮阔的声音。乐曲在这个烧着炭火的实验室里流淌、回荡。白楼下，一个左边胳膊变成兽爪的人朝这边招了招手，朗姆把收音机挂在外面的栏杆上，把声音调大了。

轻快流畅的乐声透过结了冰花的窗玻璃传过来，磁带里播放的乐曲前有报幕，这是贝多芬的《春日奏鸣曲》。安折托腮听着，深渊的春天也很美，但他大概看不到了。

——他就是在这个时候收到来自北方基地的短讯的。

那个长久沉寂的通信频道的红光闪了闪——通信列表上只有一个无名对象。

安折把通信界面调出来，那个无名对象发来的短讯只有寥寥两行。

冬季已到。

怪物行为有异，注意安全。

安折把字放大，回头望向波利："先生。"

"北方基地纪博士的消息，"波利道，"这些年只有他一直秘密和我联系。"

"纪博士"这三个字让安折恍惚了一下，他问："……要回复吗？"

"回复。"波利温声道，"你替我回吧。"

*

北方基地。

通信频道亮起，来自高地研究所的短讯回复。

已收到。

谢谢提醒，请基地务必也注意安全。

纪博士从通信屏幕前路过。

"陆上校，啧，"他声音扬起，"难以想象审判者会做出这种事情，你居然还是个好心人。"

陆沨目光淡淡，看着屏幕上的文字。

"对面是谁？"他问。

"你绝对想不到的人。"纪博士道，"波利·琼。"

第43章

"因为您品德高尚，光明磊落。"

来自北方基地的预警言简意赅。

波利道："他们也发现了。"

安折望向外面。

高地研究所处在最高的山巅，往下看，深渊一览无余。巨大的断裂带像大地灰白色的皮肤上一道狰狞的伤口，层层叠叠此起彼伏的密林与沼泽是这道伤口的血浆与脓液。远方——遥远的东岸是海，或者巨大的湖，总之，一眼望不到头。万籁俱寂的时候，风声中夹杂低语，雾气中隐约有宏大的涛声。

总之，它就像一个静静盘踞在地面上的怪物。

这不是安折所熟悉的深渊，他之前也有所体会。以往的深渊是一个充满鲜血与劫掠的地方，从未有过这样平静的时刻。

遥远的天际出现一个黑影，黑影越来越大，越来越近，最后停在白楼的上空。

唰的一声，唐岚收拢翼翅，直接落在外面的走廊上，推开了实验室的门。

"我回来了，先生。"他说完，又转向朗姆，道："最近有敌袭吗？"

朗姆道："没有。"

波利·琼抬起头，从上到下打量他一遍，似乎在确认他的状态是否正常。如果做这个动作的人是陆沨，安折会觉得他在对这个人进行审判以决定枪杀还是放过，但是波利那双温和的灰蓝色眼睛看着唐岚，他确定这只是一个慈祥的长辈关切唐岚是否在外面受了伤。

果然，波利道："在外面遇到危险了吗？"

"有危险，但没受伤。"唐岚道，"我对那里比较有经验。"

波利道："你一直很让我放心。"

唐岚笑了笑，他的眉眼锋利漂亮，隐隐有肃杀冷冽的凶气。安折想起哈伯德是最出色的佣兵队头领，那他的副队必然也非等闲之辈。

波利·琼道："外面怎么样？"

"和您预料的差不多。"唐岚回答道，"它们平衡了。"

说着，他从抽屉里扯出一条数据线，将手中的微型相机和电脑相连，上百张图片被加载出来，投放到一旁的大屏幕上。

乍看上去，那些图片里空无一物，只有深渊特有的难以形容的奇异景观，好像只是猎奇的游人拍摄的风景画。然而仔细看去，却不由得屏住呼吸。

最显眼的一张是俯拍的一片巨大的湖泊，它结冰了，霜白的冰面冻住了湖面褐色的水藻、漂浮的残枝和落叶。然而，就在这空空荡荡的冰面之下，却透出一个不规则的巨大黑影——是水生生物的脊背，它就那样静静待在水下，影子像一张抽象画。

就在这个湖泊的岸边，密林的枯枝上全部缠绕着大团灰红色的藤蔓。下一张照片是对藤蔓的特写，它的外表光滑得像蚯蚓，皮下有放射状的星形纹路，密密麻麻的黑色血管仿佛正在一下又一下地鼓动。安折立刻意识到这并不是个普通的植物，整片丛林的藤蔓都是同一个触手形的怪物。

"这里只拍了一张，它发现我了。"唐岚道。

波利拿遥控器一张一张翻看照片。

"它们经历了三个月的残杀期，现在存活的都是大型怪物，零碎的小生物完全看不见了。"唐岚道，"我和它们打了几架。先生，我确定现在整个研究所只有我的实力足够从它们手里逃出来。但我完全没办法和它们正面打斗。而且，深渊的怪物大多数都是多态类的，我也不确定它们现在到底多可怕。"

"我知道了。"波利缓缓颔首，灰蓝色的眼睛里流露出凝重的神情，"假如基因是一种资源，它们已经完成了深渊内部的整合。现在，怪物彼此之间也已经达到了实力的平衡，它们的智商在整合过程中也得到了大幅度提升，明白争斗可能带来两败俱伤的结果。如果这个猜测没错，现在应该已经有部分怪物开始离开深渊，向外捕猎。人类必定也是它们捕猎的目标之一，只是它们暂时没有注意到，我们得随时防御怪物的集体进攻。"

"确实是这样。"唐岚道，"但是有一点和您的猜测不同。"

波利问："你发现了什么？"

唐岚操控电脑，调到一张图片上。难以想象这是怎样丑陋的一幅景象——安折并没有成体系的审美，但他确定这张图片可以用"丑陋"来形容，因为它在最大限度上冲击了人的感官。两个软体动物表面密密麻麻地生长着人类的语言能够形容与不能够形容的所有器官，伸出流淌着黏液的触角相互接触。下一张图片上，它们的触角分开。再下一张图片上，其中一个往另一个方向远去了。

"相同的情况观察到了六例，怪物并不是像您最初的预测那样各自占据领地，开始僵持。它们在深渊里走动，互相试探，然后分开。"唐岚的声音也变得凝重、低沉，"我怀疑最坏的情况出现了，先生。它们像是在交流——我不知道它们交流的内容。每当它们之间发生接触的时候，我都能感受到它们身上的那种波动会变强。"

他继续道："我怀疑它们在互相感知，试探对方身上是否有自己需要的基因。"

"很有可能。"波利道，"对于'波动'，你是研究所里感官最敏锐的一个。"

"最近我对它的感知越来越敏感，"唐岚的脸色微微苍白，"空气里到处都是，每个怪物身上都有，有时候我会觉得就连地上的石头都在震动。我越来越难维持思考，我本来不该回来得这么早，可我感觉我自身的波动正在融入它们。先生，我……我的精神有点不正常。"

波利握住了他的手，他的声音平静："别怕。"

"一百年前，生物基因序列最稳定的时代，原本就有一部分物种对磁场的变化格外敏感。你恰好和这种生物融合了。"他这样说。

"但那不是磁场，我能感觉到，磁场是另外一种波动。"唐岚闭上眼，他半跪下来，额头抵着波利的手背，声音沙哑，"先生，您是不是已经明白了什么？我说这些话的时候，您没有感到任何意外。"

"但您不会告诉我们，因为真相是我们无法承受的。"他说，"但我真的……"

他的声音越来越生涩沙哑，最后无以为继。

"别怕，别怕……孩子，"波利的右手缓缓握住唐岚的肩膀，他的声音像温柔广袤的海洋，"我会保护你们到我生命的最后一刻。"

唐岚抬起头，他直视波利·琼，像是许下庄重的誓言："我们也会保护您和研究所到最后一刻。"

"我从未对你们提出要求，但是，假如到了研究所不复存在的那天，"波利缓缓道，"我请求你们不要投身到异种和怪物的洪流中，而是往北方去，去保护人类基地。"

唐岚："但是审判者会击毙一切异种，基地永远不会接纳我们。"

波利望着外面苍茫的暮色。

"但是到了最后时刻，我还是愿意最大限度相信人类的仁慈和宽容。"他道。

唐岚牵了牵嘴角，他仰望着波利·琼："那是因为您品德高尚，光明磊落。"

波利微笑着摇了摇头。

　　　　　　　　　　　*

　　唐岚走后，辛普森笼的电力储蓄也达到了临界值，白楼下宽阔的平台上亮起刺目的猩红光芒，热浪扑面而来，如果不是清楚这是机器制造出来用于捕捉基本粒子振动频率和相互作用轨迹的高能量场，安折几乎要以为楼下是熊熊燃烧的火海。

　　实验室的大屏幕是辛普森笼的终端和操作台，但由于设计的缺陷，要调整辛普森笼的参数，有时候得下楼手动调整某些精密装置的拉杆。

　　大屏幕上，那些线条仍然杂乱无章，不过它们并不是一成不变的，每当波利调整一次参数，那些纠缠的线条就会从一种杂乱变成另一种杂乱——最终还是乱成一团。

　　但波利仍然一次又一次分析线条、计算函数、调节参数、改变接收频率。变幻不定的线条就这样在屏幕上跳动。

　　乐声打断了安折的思绪，走廊上的老式磁带录音机播放着跌宕起伏的《命运交响曲》，朗姆站在窗边，他面前支着一本五线谱。他对着曲谱吹奏口琴，模仿交响曲的旋律。不知过了多久，他停了下来。

　　"你懂音乐吗？"他道。

　　安折摇头。

　　朗姆指了指录音机："听完一首，你能知道怎么吹出来吗？"

　　安折略微加大了摇头的频率。那样复杂的交响乐曲，他能领略到其中万分之一的起伏已经是极限，更别说把它重现了。

　　"得有乐谱。"朗姆把五线谱翻了一页，低声道。

　　说着"乐谱"，他的目光却看向实验室中央的屏幕。

　　仿佛虚空中一道琴弦被轻轻拨动，纷乱复杂的思绪刹那间洞彻、通明。蓦然间，安折微微睁大了眼睛。

　　"波动就是一首交响曲。"安折道，"先生想解出它的乐谱。然后……然后就能做很多事情。"

朗姆黝黑的目光深深看着他，道："你比我聪明。"

安折也望向屏幕，从这些线条中能够分析得出畸变灾难的秘密吗？他目光迷惘。

又或许，这永无止境的混乱已经是另一种意义上的真相。

一种难言的沉默笼罩了实验室。安折低下头，人类的命运渺茫得像那团线条，这一切或许和蘑菇无关，但他有时候也会感到难以呼吸。

难以解释个中缘由，对着与北方基地的通信频道，他的手指放在键盘上。

手指的动作已经不灵活了，就像他的菌丝再也没办法伸展动作一样，敲击按键的时候，指尖会难以抑制地颤抖。

没有光纤和基站，通信成本很高，像人类十几世纪的远洋电报通信那样，必须节省用词。

他发出："基地情况如何？"

仿佛是荒谬的巧合，几乎是同一时间，通信频道亮了亮，一条同样的信息从北方基地发来。

"研究所状况怎样？"

北方基地为了人类基因的纯洁性能够付出一切，他们痛恨怪物，审判庭对异种绝不包容，似乎只有纪博士这个善良的科学家才会包容融合派的存在，并关心这里的状况。

安折回复："一切都好。"

粉饰太平似乎是人类特有的技能，他学会了。

几秒后，对方回复："基地也是。"

对着通信界面，安折沉吟许久，他缓缓敲下一句："审判者是否安好？"

想了想，他按下退格键，又删改了几下。

就在他删改的空当，北方基地发来消息。

"研究所近期是否发现新型变异个体？"

安折稍作思索，回复一句："尚未。"

回复完，他把修改后的那句话发出。

——"审判庭是否安好？"

对方回复："审判庭运转正常。"

安折放轻松了一些。

"祝好。"他礼貌地发送结束语："晚安。"

对方的回复也只有寥寥两字。

"晚安。"

看着那两个字，安折将手指从键盘上移开，他拿出那枚银色徽章，他的身体衰弱的速度在加快，已经到了最后的时刻。手指骨节僵硬，他努力将那枚徽章握在手中。

楼梯传来响动，波利上楼了，但他没有回房，而是沉默地站在走廊栏杆旁，背对着这里。

安折起身推开门，来到波利身边。乐声停了，楼下辛普森笼在熊熊燃烧，夜色扑面而来，遥远黑暗的天际传来悠长的号叫。

波利道："不在里面待着吗？"

安折摇了摇头，他想着唐岚先前说过的话。

"先生，"他道，"您已经明白了什么吗？"

波利看着他。

"有时候，我觉得你的接受能力比所有人都要强，"波利道，"你很特别，好像比所有人都脆弱，又好像什么都不怕。"

安折微微垂下眼。

他道："嗯。"

"但我还没有得到最终的答案，"波利伸手将安折大衣的第一排扣子扣紧，"愿意听我讲个很简单的故事吗？"

安折道："愿意。"

"是很久以前一位科学家的假想。"寒风里，波利的声音温和。

"假如今天，你穿越时空，来到一年后，在那里，你又穿越时空回到一年前，来到这里，"波利道，"那么现在我面前就会有两个一模一样的你。"

安折想了想，道："嗯。"

"你知道构成物质的一个单位是原子，原子里有电子，世界上没有两片相同的树叶，但所有电子都一模一样。这样的话，你怎样分辨两个电子是两个不同的个体？"

安折想了想，道："它们在不同的位置。"

"但空间并不是位置的度量，时间也不是。这两样东西只对四维的人类才有意义。在更高维度上，时间和空间也只是一张白纸上的横坐标和纵坐标，就像这样。"波利从口袋里拿出一根粉笔，在他们面前的栏杆上画下一个点，道，"一个电子在时间和空间里自由移动，左方是后，右方是前，现在它穿越时间，向前走了一秒。"

说着，他的笔往前画出一道向右下方的斜线，标点："穿越时间后，它在这里。"

"然后，它又穿越时间，向后走了一秒，停在这里。"粉笔往左下方画线，标点。

现在栏杆上有三个点和两条线了，它们组成了一个开口向左的锐角，左边的两个点在一条与横坐标垂直的线上。波利画出了这条垂直线："我们的时间在这一秒。这时候我们看到了什么？"

安折想了很久。

最终，他道："两个电子。"

"是的，我们看到了两个一模一样的电子。但它们其实本质上是一个，只不过在同样的时间内出现在两个地点。"波利又在它们旁边点下无数繁星一样的电子，"不精确地估测，我们的地球有 10 的 51 次方个一模一样的电子，组成了我们能看到的物质，你又怎样证明这不是同一个电子在时间轴上反复震荡穿梭亿万次的结果？

"同样的道理，你又该怎样证明，我们所看到的整个宇宙的存在不是一个或几个基本粒子在时空里舞蹈的成果？"

安折蹙起眉，他没法证明。

他用有限的认知艰难地消化这句话。

"所以我和先生都是同一个电子吗？"

波利温和地笑了笑，他伸手搂住安折单薄的肩膀，像长辈搂住一个天真年幼的孩子。

"这只是人类对世界本质的无数种猜想中的一种，并不是真相，又或者和真相南辕北辙，只是我们难以验证。"他道，"我举出这个例子只是想说明，我们的身体、思想和意志短暂的存在，整个地球的存在，在更宏大的度量上，比一个电子还要渺小。"

安折望着远方，他只是一株结构简单的蘑菇，没有科学家的头脑，没有那样丰富的知识和超越维度高瞻远瞩的思想，理解不了这样的体系，只知道这个世界真实地摆在他眼前，他轻声道："但是我们都是真的。"

话音落下，他脸上的表情忽然空白了一秒，眉头蹙起来，肺腑剧痛。

他死死抓着栏杆，身体剧烈颤抖，吐出一大口鲜血，向前倒去。

波利的手臂颤抖，他接住了安折无力滑落的身体，把他抱在怀里。

"朗姆！"他大声朝实验室的方向喊道，声音焦急。

安折知道波利又想要救治他，或者寻找他的病因，用温度、抗生素、除颤仪……那些东西。

他又吐了一口血，波利伸手，用衣袖给他拭去。

血液染红了雪白的衬衣袖角。安折看着波利，勉强笑了笑。

"不用了。"他的手指缓缓抓住波利的手臂，喘息了几下，轻声道，"……真的不用了。"

波利死死抓住他："再坚持一下。"

"我……"安折看着他的眼睛，他好像看见了无边无际的大海和天空。

他其实还好，还没有到最衰弱的时刻，至少他还能动，思绪也清明。

但他终会死去，不是今天，就是明天——他大可以就这样死去。波利是这个世界上最好的长辈，他把他当作心爱的孩子，对他那么好……在生命的最后，他可以带着这样一份温柔的爱意死去，这是这个时代的其他人根本不敢奢望得到的东西。但若是他这样死了，波利就将接受他无缘无故地病死，他找不到病因，他无能为力。安折知道，对人类的科学家来说，这样无法解出的难题、无法解释的真相是最深刻的郁结。

他也可以带着一个怪物的身份死去——他不怕波利厌恶他，波利给他的已经足够了。

"对不起……对不起，"他看着波利，做出那个决定后，他轻松了许多，身体的疼痛不算什么，他再次道，"对不起，波利。"

波利凝望着他。

"我……"安折笑了笑，他咳嗽了几声，眼泪滑落下来，和血液的温度一模一样。他艰难地喘着气，对波利道："我……骗你了，我不是被怪物感染的人。我本来就是怪物，我不是人，我只是……只是吃掉了一个人的基因，我只是……看起来像人。"

波利似乎愣怔了一秒，下一刻，他的灰蓝色眼睛里呈现出更加温柔的悲伤："不管你是什么，再坚持一下，好吗？"

安折摇摇头。

"我没有病。"他道，"我的寿命……只有这么长，改不了的……不要救了。"

话音落下，波利抱紧了他。他们彼此对视，陷入悲哀的沉默。

比起疾病和伤痛，物种既定的寿命是更加无法抗拒的东西。从诞生那一刻起就注定了结束，谁都迈不过那道门槛，那道由上帝设下的门槛——如果真的有上帝存在的话。

就在这令人无法言语的沉默中，寒风呼啸着，在风声里，安折听见波利说了一句话。

——话音落在耳畔的那一刻，他的心脏陡然颤动了一下。这句话那么熟悉，熟悉到他好像回到了三个月前的那个夜晚，面对着陆沨，那天的风也很大。

波利·琼说："手里是什么？"

对着他，安折再也没有什么可以隐瞒的东西，他缓缓张开了自己的手掌。

手心静静躺着一枚银色的徽章，这是那位审判者身份的信物。

波利的目光落在徽章上，安折发誓，他在那双灰蓝的眼睛里看到了某种旷远的悲伤。

接着，波利·琼伸手从自己上衣的贴身口袋里取出了一件东西，握在掌心。

安折微微睁大了眼睛。

那也是一枚银色的徽章。

——几乎一模一样的徽章。

"你……"安折愣住了，"你是……审判者？"

"曾经是。"波利轻声道，"我是一个叛逃者。"

第44章

极光照彻深渊。

························

> 我愿为人类安全拿起武器。
>
> 我将公正审判每一位同胞。
>
> 虽然错误，仍然正确。

波利缓缓念出了这段话。

"审判庭誓言。"他道。

安折愣了愣，他曾经听过这段誓言的最后一句话。

吐出那两口血之后，他的身体竟然变得轻盈起来，感官也逐渐迟钝，冬日的烈风吹在脸上，却不再让他寒冷、颤抖，那是一种虚无缥缈的空灵，仿佛下一刻他就会消散在风中。他重新支撑住了自己的身体，靠着栏杆，低头看向那两枚徽章。

正六边形的徽章上雕刻着图案，审判庭的标记是两个交叉的棱状十字星，像地图上指示方向的图标。指示正北、正南、正西、正东的十字星稍大，南方的星角向下拉长，呈现一个与十字架类似的形状。东北、东南、西南、西北偏向的十字星稍小，隐在正向十字星下。

安折曾经不止一次地注视这棱角分明的形状，那暗银冷沉的质地、尖锐的星角、平直的线条无一不透露出摄人心魄的肃杀与公正。

波利的手指摩挲着十字星的表面，他或许也不止一次地描摹过它的形状，徽章的图案已经有了深深的磨损痕迹。

"它的图稿是我的一位同事画下的。"呼啸的寒风里，波利望向遥远的夜空，"我们希望十字星为人类指向正确的方向。"

"您……不是融合派的科学家吗？"他低声道。

"我是。"波利道。

他的语气很轻，像一声叹息："我是融合派的负责者，也是审判庭的创始人。融合派就是审判庭的前身。"

安折忽然想起在审判庭那条长长的走廊里，每一代审判者的肖像与生卒年月一字排开，尽头的相框却被取下，姓名与生卒年月也被刮去，只留下一个模糊的字母"P"。那是第一任审判者的记录，却不知道出于什么原因被后来人抹去。

北方基地是人种混居的地方，他不知道"波利"这两个字到底是哪种语言的音译，但依稀能用字母拼出"polly"这个近似的单词。

可是在他的印象里，融合派和审判庭的信念截然不同，一个希望人类与怪物安全融合，另一个却毫不留情地杀灭所有试图进入基地的融合异种。这两者完全是天壤之别，他疑惑到了不知道该从何问起的地步。波利道："那是一次偶然的事件。"

安折听过很多人讲述基地的历史，那些平静的叙述像光芒有限的灯火，他提着灯照亮黑暗房间的每个角落，从而得以拼凑出这个房间的全貌。

"感染后能否保持意志，似乎只取决于概率。但我们仍然相信自然界中的一切都有迹可循，只是我们的能力有限，还没有窥见其中的规律。我们的研究一直在进行，在那个领域越来越深入，也越来越疯狂。"说到这里的时候，波利微微闭上眼睛，神色中浮现隐约的痛苦，"一个实验体的身体出于无法解释的原因分裂成了两半，却有统一的意识。其中一半逃出了实验室，另一半留在观察室里。因为它看起来一直待在那里，所以我们没有及时发现异常——逃出的那一半造成了惨烈至极的灾祸。"

安折知道那场灾祸———一只水蛭污染了整个外城的水源。

"外城全面暴露，基地必须甄别异种和人类，将异种及时清除。融合派是这场灾难的罪魁祸首，然而，研究感染与变异，最熟悉怪物、异种与人类差别的，也是我们。"波利道。

刹那间，安折明白了，审判庭在最初原本就不是军方的机构，它隶属灯塔。

"实验项目全部中止，样本被销毁，实验体被击毙，但基地还是给了融合派赎罪的机会。我们连夜成立审判庭，制定审判细则，对全城实行审判。那十天，我们杀死了基地的一半人口。"波利缓缓道，"感染被控制住，人类基因的纯洁性得到保全。再后来，审判制度就这样延续下来了。弗吉尼亚基地遇到的灭顶之灾更佐证了它的正确性。"

"我做了十年融合派、四年审判者。"波利缓缓说出这句话，他脸上出现似笑非笑的神情，那笑意却更像无声的恸哭，"我的初衷是让每个人都能得到平静的生活，却每天都在屠杀同胞。这十四年的每一天，我的罪孽都更加深重。"

安折道："但你也保护了基地。"

"并不是。"波利道，"我每天都在滥杀无辜。"

安折为他辩解："您制定了细则，按照规则做事，不会滥杀无辜。"

波利的回答惊雷一般落下。

"没有审判细则。"他淡淡道。

安折的表情空白了一秒，他难以消化这句话的内容，艰难道："没有……吗？"

"确切来说，没有百分之百判定异种的细则。"波利的声音像叹息，"我们用毕生的研究成果制定了审判规则，从各个方面——外表、动作与思维，通过生物对外界信息的不同反射来判定它的种类，但无法保证它绝对正确，事实上，细则只能判断出百分之八十的异种。剩下的百分之二十，只能依赖经验与直觉，以及……扩大处决范围，宁可错杀，不能放过。

"真正的审判细则的第一条铁律就是，无论在什么情况下，永远不能对外界披露。我们并不真正按照细则办事，审判庭为了绝对的安全，永远留出了误杀的空间。"波利的声音渐渐低沉，"当我驻守在外城门，每当我处决一个生命，它有百分之八十的可能是一个真正的异种，百分之二十是明知它极大可能是真正的人类，却为了保险起见，直接射杀。而在那百分之八十的异种中，又有万分之一的可能拥有人类意志，六千五百分之一的可能在多年后再次恢复人类意志。"

他的嗓音渐哑："我至今难以回忆那四年。"

安折想象着那样的场景，他想象自己也变成一位审判官。

他说："所以您离开了基地？"

"我无法与内心的痛苦抗衡。在人类与异种的战争中，我没能坚持到最后。"波利仰望夜空，长久的沉默后，他道，"起先，我因为杀害同胞而痛苦。后来，连异种的死亡都让我难以忍受，我与它们相处得太久，知道每个怪物都是有感官的生命。我手上沾满鲜血，是有罪之人。后来我与几个同僚叛逃出基地，来到高地研究所继续融合派的研究，我们接纳异种。我一生都在为自己赎罪。到现在，已经过了一百年。"

一百年。

安折望着波利，神情微微疑惑。

似乎明白他的疑惑，波利微笑一下："我活得太久了。"

"在野外，最无法避免的事情是感染。"波利卷起了自己的袖角，他右臂的皮肤上有一片黑色的杂乱纹路，"我被研究所的一位成员误伤而感染，在失去意识前我离开了他们。"

"但是，或许因为感染我的那个人是清醒的，又或者概率眷顾了我，我醒来了。"说到这里，波利笑了笑，"我以为只过去了几秒，其实已经过去了几十年，我的意识好像在片刻间穿越了时空。你猜，我在哪里？"

安折摇了摇头。

"我还在研究所。"波利道，"他们找回了我，即使那时候我是个无意识的怪物，他们也没有放弃我。我曾经保护过他们，于是他们也保护我。人类之间的情感就是这样，你付出了什么，就会得到什么。在这个时代，人类之间的信任是比生命还珍贵的东西，但我得到了。"

安折看着波利眼中温和宁静的神情，他直到这时才理解波利与研究所成员间为什么会有那么深的感情。

"我不后悔当初离开了基地，但我也永远无法原谅自己的逃避与无能。"最后，波利道。

安折说："因为您品德高尚。"

想了想，他又道："因为您太仁慈了。"

波利深爱每一个人，所以他才会那样痛苦。如果在和平的年代，他一定是个连蚂蚁都不舍得碾死的人——这样的人却要对同胞举起枪。

"仁慈……仁慈是人类最显著的弱点。"波利道，"对自身的仁慈是私欲的起点，对他人的仁慈是信念动摇的起因，我做不到彻底冷漠无情，注定不是一个合格的审判者。"

话音落下，他们沉默了很久。

想着波利的话，安折却微微蹙起了眉头，他想起了一个人。

"但是，有一位审判官对我说过一句话，"安折轻轻道，"审判者信念的来源，不是冷漠无情，而是仁慈。不是对个体的人，而是对人类整体命运的仁慈。如果坚定不移地相信人类利益高于一切，就不会动摇。"

波利看着他，轻轻说了一句话："怎样才能坚定不移地相信？"

"假如不是对每个人都怀有仁慈之心，"他一字一句道，"又怎么能坚定不移地为人类整体的利益付出一生？"

安折愣住了。

他垂在身侧的手指微微颤抖起来，他终于知道为什么每次面对波利，他总能想起与波利截然不同的陆沨。

波利闭上眼睛，声音沙哑："这就是审判者所有痛苦的起因。"

"放弃人性，无限度滥杀无辜，最终被基地处决，或保持清醒，最后因无法承受的痛苦而陷入疯狂，这是审判者仅有的两种归宿。"波利缓缓道，"《法案》制定完成的那一刻，就注定了他们都不得善终。"

安折无法形容自己那一刻的感受，他难以呼吸，望向手中的十字星徽章。

"如果……如果有一位审判者，"他说，"很多年来，他一直清醒，一直守在城门口，他的判断从没有失误……"

他忽然明白了什么，声音颤抖："没有人不恨他，因为别的审判官每年只杀几十个人，他却杀了上千个那么多。其实……其实不是因为他格外喜欢开枪，是因为由他开枪，才能最大限度地减少误杀。"

他明白了，他终于明白了。他打了个冷战，问波利："他会是个什么样的人？"

波利的回答简单得超出他的想象。

"他是个孤独的人。"他说。

有什么东西轰然落下，巨石滚落，击打着安折的内心。

他长久不能言语，直到波利问："你在想什么？"

"我……"安折眼前雾气泛起，"我在想……在想……"

他在想陆沨。

他曾经以为陆沨冷漠无情，也曾经承认陆沨信念坚定。他知道，为了那虚无缥缈的人类命运，陆上校能付出自己的一生。他也知道陆沨会痛苦，会孤独，可直到今天他才知道这个人面对的到底是怎样一个根植于内心的不可想象的庞然大物。

他曾经说他懂得陆汛，可是直到这一刻——他与陆汛远隔千里，并且永远不会再见面的一刻——他才完全懂得了陆汛。

"我知道你说的那位审判者是谁，唐岚向我提起过很多次。如果可以，我真想见到他。"波利道。

"他……"安折将徽章死死握在手心，眼泪终于落了下来，道，"他做了七年审判者，也杀了很多人……所有人都恨他。"

"但他对我很好，"他笑了笑，却眼眶发烫，鼻尖通红，"其实他对所有人都很好。"

"你说自己是一个彻头彻尾的怪物，"波利道，"但作为审判者，我并未发现你与人类的区别，那位审判者呢？"

"他不能确定。"安折的手指微微颤抖，他望着远方连绵的群山，"第一次见面的时候，他放过了我。"

"先生，"他道，"如果审判者放过了一个异种第一次，是不是就会放过第二次？"

波利只是温和地望着他。

"他也放过了我第二次，他放过了我很多次。"安折道，"后来，他知道我是个异种了。"

"可是……"他想说什么，却什么都说不出来，他的心脏被一只手死死握住，他想摆脱这种无法逃开的禁锢，可是不能。

"对不起……"他确认自己完全没办法说出一句完整的话，断断续续道，"我……一想到他，就……想哭。"

波利把他抱进怀里："别哭，孩子。"

"活下去，"他道，"你还会再遇见他。"

"我不会遇见他了，"安折抓着波利的胳膊，像在情绪的惊涛骇浪上抓住最后一根救命稻草，他没办法让自己的眼睛不再流眼泪，最后只能颤抖着闭上它，额头抵着波利的肩膀，"我宁愿……宁愿从来没见过他。"

"为什么？"

安折什么都说不出来。

"在我这里，你什么都可以说，孩子。"波利轻声道，"不必欺骗我，也不必欺骗你自己。"

安折的喉头哽了哽，他哭得更厉害。他不理解人类的亲缘关系，但面对波利，他好像又理解了。他像面对着和蔼的父亲、慈爱的神父又或者宽容的上帝，他跪在耶和华的神殿里，可以像任何一个凡俗的世人那样剖白一切——但其实不是对着其他任何人或神，是对着他自己。

"我……"他张了张嘴，浑身都因为剧烈的疼痛而颤抖，脑海里一片空白，他终于越过情绪的藩篱，脱口而出，"我想见他……"

"我想见他。"他几乎是自暴自弃地重复着这句话，"我想见他，先生，我想见他。我不后悔离开他，可我……我好后悔。"

"我知道……我知道。"波利的手掌轻轻拍着他的脊背，安慰他道。

"您不知道……"安折道，他的话自相矛盾，他的情绪被撕成碎片，悲哀像海洋一样淹没了他的灵魂，如果这无处不在的思念的苦痛将他生生杀死，他也不会感到任何意外。

"我比你多活了好几十年，孩子。"波利道，"你的年纪还小，不知道的事情太多。"

"我……"安折茫然抬头，他无法反驳，也无意争辩，确实有什么东西在他胸口郁积，抓不住也看不清，可他无法形容。

他的目光越过波利的肩膀，看向一望无际的夜空，喃喃道："我不知道……什么？"

怦怦。

短暂的沉默里，安折听见了自己的心跳声，他忽然有一种预感，波利接下来要说的话，或许会改变他的一生。

他听见了波利的呼吸声。

"你不知道，"寂静里，波利道，"你想念他。"

安折睁大了眼睛。

天际，极光变幻，深绿的光芒像翻滚不定的海潮，从南面走到北面，消散而后重生。

他剧烈颤抖起来。

强烈的直觉像流星轰击地表一样重击了他的灵魂，光芒把这世界的一切映得雪亮。他其实不知道那三个字到底有怎样的含义，可他知道那是对的。

他完全呆住了，连悲伤都忘记了，怔怔望着远方的极光。直到波利放开了他，用手绢将他脸上的眼泪轻轻擦干。

"可我为什么会这样？"他喃喃道。

未等到回答，他又被卷入另一个更加迫切的疑问。

"那……那他也会想念我吗？"他几乎是祈求般看向波利，"他也会想我吗？我只是个……是个异种。"

"他对你说过什么吗？"

安折摇头，他们之间的相处短暂得可怕。他道："但他抱过我。"

但他并不清楚那个拥抱的含义，那一天，言语的力量过于苍白，他们只能那样。

"你还活着。"波利道，"是他放你离开了吗？"

"是我离开了他。他一直是个合格的审判者，我知道他不会放过我。"安折缓缓道，"我那时候只想离开他，找个地方死掉。不过他的枪落在了我的背包里，我才能回到深渊。"

"他的枪落在了你的背包里？"波利重复着这句话。

安折轻轻"嗯"了一声，他眼中浮现一点虚飘飘的笑意："他的东西喜欢乱放在我这里。"

波利·琼的手缓缓抚摸着他的头发。

"你得知道，傻孩子，"波利说，"审判者的枪械从来不会离身，这是几十年前就立下的铁律。"

安折与他静静对视，最后，他死死咬住了自己的嘴唇。

"我不知道，"他说，"我真的不知道。"

"无论出于什么原因，"波利告诉他，"他一定也很想你。"

"审判者会喜欢异种吗？"

"我不知道，"波利道，"但我也和许多异种一起生活了几十年——如果你认为我仍然有资格被称为审判者的话。"

望着那双仿佛知晓一切的灰蓝色眼睛，安折想，波利一定知道陆沨之所以会保护他的原因，可他不敢去问了，波利不说，一定有他的原因。

重重的影像在他眼前浮现：城门里，一个失去丈夫的女人嘶哑着诅咒他不得好死；供给站的广场上，子弹向后打穿杜赛的头颅，她却朝着他向前倒去。无数剪影在他眼前浮现：那些声嘶力竭的呼喊，战战兢兢的惧怕，渗入骨髓的爱慕。无数个黑影升起来，它们涌到一起，向上伸出手，用爱，用恨，用彼此都心知肚明的仇恨和恐惧堆积起来，把他推到寒风呼啸的高山之巅，让他俯视这成群的生灵。

没有人接近他，没有人了解他，爱慕他的人宁愿用全副身家定做一个虚假的人偶，也不会主动对他说哪怕一句话。

至于……至于审判者的垂怜和偏爱，那是没有人敢去奢望的东西，那是怎样一种毛骨悚然的恐惧和难以想象的殊荣？

他身为与人类截然对立的异种，却隐隐期望得到那东西。而他竟然得到过。

至少，在陆沨将枪放进他背包的那一刻，在亿万年的时光里，曾经有过那样一秒钟——在那一秒钟，审判者把手枪留给了一个异种，他背叛了一生的信念来保护他。

然后，就像孩子们课本上的童话故事那样，零点的钟声敲响，有人回到深渊，有人回到基地。

像一场渐渐止歇的沙尘暴，钟声里，尘埃落定，安折的心跳一点一点回到寻常的频率，他获得了难以想象的馈赠，但他反而彻底平静了。

他觉得足够了，一切都足够了。

"如果有一天，人类安全了，您见到了他。"他对波利道，"请您……请您不要告诉他我来过这里。"

波利道："没有人能对审判者说谎。"

"那您说，我来过，又走了。"安折道，"我走远了，我可能在世界上任何一个地方。"

波利用温柔而悲伤的目光看着他。

"我真希望上帝能眷顾你们。"他道。

安折却缓缓摇了摇头。

"但是我不能想他，他也不能想我。"安折轻轻地说出这句话。

"除非……除非到了人类沦陷那一天。但是我希望永远不要有那一天。"在这一刻，坦然的平静笼罩着他。

极光与云层的缝隙里生出无数半透明的白色冰屑，它们飘落下来，静默的山色与夜色因为这纷飞的一切活了过来，下雪了。

安折伸出手，六角的雪花落在他的手指上，那美丽的形状在皮肤的温度下渐渐消失，收拢成一颗晶莹剔透的水珠。

"我和你们只认识了三个月。"他道，"但是，这就是我的一辈子了。"

风声更响了，成千上万片雪花吹进灰色的走廊，像春风扬起柳絮。安折仰头看，他以为遗忘的过往都在眼前展开，飘散成闪光的碎片。

惊涛骇浪平息，波浪与暗潮一同停止涌动，说不上悲伤，也谈不上高兴，他只觉得这场雪很美。

他一生的喜悦与悲伤、相遇与离别，与这世上一切有形之物的诞生与死亡一样，都是一片稍纵即逝的雪花。

"冷吗？"
"不冷了。"

他记住了那片雪花的形状，也就在那一秒钟得到了永恒。
极光照彻深渊。

实验室里，忽然传来玻璃打碎的声音。

第 45 章
"这就是上帝要展现给我们的吗？"

极光猛地闪烁一下。

哗啦。

玻璃迸溅的声音撕开了寂静的夜色，安折转头往实验室望去。

波利也看向那边的窗户："朗姆？"

雾气附着在窗玻璃上，里面一片模糊，只能看见虚晃的人影。

"先生！"朗姆的声音少有这样激动的时候，一只手拍着窗户，哐当当几声响，窗闸被拉开，他的声音也清晰了，但带着颤，"屏幕，屏幕……"

波利看向屋内，大屏幕上还像刚才那样跳动着杂乱的线条。

但朗姆道："刚才——"

安折咳嗽了几声，道："我还好。"

确认他仍然维持着清醒，波利大步往实验室里走去。安折悄悄咽了一口血，也跟上。他的身体处于一种奇异的状态，衰弱到了极点，也疼到了极点，但偏偏因为到了那个界限，倒像是放空了。

实验室里，朗姆摔碎了一只装有抗生素颗粒的玻璃瓶，玻璃碎片亮晶晶地散落在地上，到处都是，但现在没有人有心思去清扫。

波利来到大屏幕前，线条像成团扭动的蠕虫一样波动着，他道："怎么了？"

朗姆的嘴唇翕动，道："清楚……刚才清楚了。"

安折难以形容那一瞬间波利的神情，像种种太过激烈的情绪混杂在一起，反而变成空白。波利的手微微颤抖，右手放在仪器的操纵杆上："你确定吗？"

朗姆的眼神似有犹豫，或是在努力回想——波利死死凝望着他，三秒后，他道："我确定。"

波利·琼看着屏幕，安折站在他身后。科技巅峰时期的人类用于研究人造磁极的实验机构——即使因为年久失修已经损失了太多的设备，但它仍然是一个合格运转的物理实验室。屏息的寂静之间，只见波利拉着操纵杆将波动线条往回调。

他道："大概在哪个时间段？"

朗姆道："就在刚刚。"

他沉默了一会儿，斟酌措辞，道："就一眨眼。"

波利深吸一口气，将仪器记录的时间调回三分钟前，开始在小屏幕上一帧一帧回放。

——那跳动着、蠕动着的黑色线条，深浅不一，有的是成形的曲线，有的是像星星一样离散的黑点。它们就那样相互纠缠着，像命运一样。每一帧，它们的形态都有所变化，但这种变化是不规律的。在实验室待了将近半个月，安折已经知道，辛普森笼所捕捉的是基本粒子间相互作用的频率——波利总是用"频率"来形容它。

但是这种频率的复杂和纷乱超出了人类现有的科学知识所能处理的范畴，波利努力寻找一种接受和处理的方式，让它们明晰起来，就像一个人听到一首曲子，试图为它写出曲谱，又或者不断调整收音机的频率以期待接收到清晰的信号。但长久以来，这项工作毫无进展，面对那些纷乱的线条，波利曾经说，他就像凡人想要聆听到上帝的旨意，又像一只蚂蚁试图解读人类的语言。

安折看着仍旧不断跃动的大屏幕，时而将担忧的目光转向波利，他发现朗姆也是这样。在这场旷日持久的实验里，已经失败太多次了，如果不能复现朗姆口中"清楚了"的那一刻，他宁愿波利从没有得到过这个消息。

一帧，又一帧。壁炉里的火焰熊熊燃烧着，不时发出木柴崩裂的"噼啪"声，这声音在寂静的实验室里格外惊心动魄。

一帧幽灵一样的映像就这样突兀地在屏幕上跳了出来。

连安折都不由得屏住了呼吸。

灰黑的底色上，所有线条突然都消失了——随之出现的是无数密密匝匝、半透明、渐变隐在背景里的暗淡白点，人类的语言难以形容那是怎样的一种形状，它们好像没有任何规律，在某些地方聚合在一起，又在某些地方散开，图形的中央没有白点散落，周围却聚拢了火山口一样的一圈，那灰黑的不规则圆形像只不祥又险恶的眼睛。它就像——就像人类在文明时代拍摄了一张无比恢宏的星云照片，然后转化成毫无生机的黑白色。

"是，是这张，"朗姆道，"是机器坏了吗？"

"不……"波利缓缓摇头，或许是神经过分紧绷，他的瞳孔微微放大，"不会平白无故出现这样的图案，一定有什么事情发生了。"

唐岚推开实验室门的时候眼下有淡淡的黑青，他显然有些萎靡。

"先生，"他道，"找我有什么事吗？"

波利道："你睡了？很抱歉把你叫醒了。"

唐岚摇了摇头："朗姆喊我的时候我已经醒了。"

波利："睡得不好吗？"

"我刚想来找您。"唐岚道，"波动突然放大了——有一秒，我感受到了很尖锐的噪音，然后我醒了。"

波利："现在呢？"

"现在还好。"

波利很久没有说话，直到唐岚问："怎么了，先生？"

"我们的方法没错，就在你感受到波动放大的时候，辛普森笼捕获的画面也出现了异常。"波利神情凝重。

唐岚拧眉："这不是好消息吗？"

"不。"波利道，"我想起一个问题。"

实验室里无人出声，只有波利的声音响起，他的目光从捕捉定格画面的小屏幕上移开，转到复杂线条涌动的大屏幕："我们想要捕获波动的频率，解析畸变产生的原因，但假如它现在展示的是地球的人造磁场与来自宇宙的未知波动的抗争过程呢？"

"我明白您的意思了。"唐岚霍然抬头，"磁场能抵御波动，但是辛普森笼同时接收的是它们两个的频率。它们是相互扰乱的。"

"是的。"波利道，"我一直在想，如果磁场能完全抵御波动，为什么地球上还会发生基因的感染？如果这两者一直僵持不下，那就可以说得通了，波动一直影响着地球，但磁场也在抵抗，使物质还未到彻底畸变的地步，二者的频率一直在纠缠不清。"

"这样的话……"唐岚蹙起眉头，"先生，如果您想用辛普森笼解析波动，就得等波动战胜磁场或者人造磁极不再工作。"

"没错。"波利缓缓道。

"但是一旦波动占了上风，物质就会发生畸变，辛普森笼的设备也会受影响。"

"不，"波利道，"有一种办法。"

所有人都看向波利，没有人出声，寂静的实验室里，只听波利继续道："高地研究所有自己的多个可移动独立磁极，能生成范围有限的小磁场，这是当年的研究成果。所以在一个月前人造磁极失灵的灾难中，我们才能活下来。"

"假如笼罩地球的人造磁场消失……我们调整独立磁极的位置，使它保护好辛普森笼的核心设备，同时又最大范围暴露接收区域——"波利灰蓝色的眼睛微微眯起，他看向楼下那片熊熊燃烧的火海。

唐岚道："那我们就能解析纯粹的波动频率。"

"没错，没错……"波利深深喘了一口气，他眼里刚刚燃起希望的火光，可是又在这一刻陡然熄灭，"但是——"

话未说完便戛然而止，房间里陡然安静下来，没有一个人出声。

终于，唐岚道："只有在畸变战胜人造磁场后……才能看到波动吗？"

他望向外面夜空，声音发涩。

波利在电脑前缓缓坐下，他面对与基地的通信频道，迟迟未动。

"在面临死亡的那一刻，才能窥见真相，"他喃喃道，"这就是上帝要展现给我们的吗？"

安折站在角落里，他静静地看着这一切发生。

波利的推测有理有据，假如这世界上只剩下那股奇异的波动，仪器就有可能展现出它的全貌。

事实上，这是可以操作的。波利现在面对通信频道，他或许在斟酌措辞，只要北方基地或地下城基地中的任意一个答应关闭人造磁极，真相就会展现在他们眼前。

但是，然后呢？失去磁场后的两个基地会怎么样？一个月前的那场灾难，把北方基地的存活人口直接削减到八千。

他难以想象波利现在面对着怎样的挣扎——这位仁慈的科学家最初离开基地，就是因为看不得少数人为了多数人牺牲。

但这个世界好像就是这样，它使求生者横死，仁慈者杀戮，求真者绝望。

面对着屏幕，波利缓缓闭上眼睛。

唐岚道："我来吧。"

"不。"波利道，"我们不能提出这样无理的要求。"

"基地有成形的应急系统，短时间内，只要做好准备，他们就能活下来的。"唐岚道。

"如果在短暂的人造磁极关闭期间，装置因为畸变而损坏，又该怎么办？寒冬期一旦失去磁场保护，环境比夏天更加恶劣。"波利道，"我可以用独立磁极模拟一个反向力场，在辛普森笼范围内与人造磁场相互抵消，创造出无磁空间。"

"我不懂您的专业知识。"唐岚说，"但人造磁场本身就是很复杂的频率，一定很难。"

"或许比起之前的工作简单很多。"

唐岚道："但最快的方法就是让基地短暂关停磁极。"

"你不能这样做。"

"我……"唐岚望着波利，"我知道您的研究是对的。您想探究这场灾难，已经研究几十年了。只要您能看到这股波动，就一定能找到应对的办法。您总是太过仁慈。"

"而且，我们只是发出请求，他们不一定同意，北方基地只信奉人类利益，而我们是异种。每年，他们甚至都要派军队尝试对我们进行清剿。"他把手放在键盘上，低声道，"这是我个人的举措，一切……一切后果与先生您无关。"

波利只是那样注视着他，像注视一个任性的孩子。

略显苍白的指尖停在键盘上。

一秒，两秒。

悬停的指尖静默地停在按键上空。

三秒，四秒。

他忽然发出一声颤抖的气音。

"对不起。"颤抖的手指颓然落下，在输入栏留下一串不成型的乱码，他像面对着什么可怕之物，连连后退两步，眼眶微微发红，"我做不到。"

像是早料到这样的结果，波利轻轻摇了摇头，道："傻孩子。"

唐岚眼底泛出血色。

安折靠着壁炉看着这一切，人类所面临的抉择往往艰难，内心的痛苦有时会超过身体的疼痛。波利先前说的那句话没错，仁慈是人类最显著的弱点。在残酷的世界的重压下，唐岚会痛苦，而波利会痛苦百倍。于是他久久望着波利，等他从内心的痛苦中做出选择，命运这样无常，在他卸任审判者的几十年后，仍然要面临这样两难的抉择。

就在这沉默的僵持中，外面的极光又闪了一下。

朗姆反射般看向大屏幕，安折跟着看过去，那幽灵般的图像又出现在屏幕上，这次停留得更久，足足三秒才消失，诡异的散点图烙在安折的视网膜上。

与此同时，唐岚伸手按住了自己的太阳穴。

"我又听到了。"他道。

这意味着什么？

连安折都知道，这意味着来自宇宙的未知波动突然间加强了。原来，它并不像人类预测的那样是循序渐进的——它完全可以突飞猛进地攀升。

五秒钟的寂静后，极光又是猛地一闪，像一只巨大之物的心脏骤然收缩，整个世界陷入完全的黑暗。

实验室的屏幕上，密密麻麻的光点晃成一片。

"它要到了。"唐岚闭上眼，抬起手，将脸埋在掌中，声音沙哑，"它要到了，我听见了。很快，马上就要超过磁场强度了。先生，您不用纠结了。畸变已经来了，挡不住的。"

"我们……我们……"他低下头，"我们……是为了什么啊？"

话音落下，他闷闷笑了起来，那笑声是那样的——那样的绝望，他喉咙里大概含着血，安折想。

就在刚才他们还在为是否请求基地关闭磁极而接受人性的拷问，还在仇恨非要与他们作对的这个残酷的世界和残酷的命运，还沉浮于内心的痛苦——他们以为自己还有抉择的余地，但下一刻，他们就知道方才的挣扎和仇恨可笑到了何种地步。那根本是无意义的抗争——当然，人类本身的所有意义也都是无意义的。

这个世界什么都不在乎。它不残忍也不残酷，只是不在乎，不在乎他们的快乐，当然也不在乎他们的痛苦。

它似乎只是在发生一场理所当然的变动，只是缓缓前行。它当然无意让人类知晓真正的原因，没有必要。真正执着于追根究底的只有人类自己。

人类会毁灭，生灵会死亡，地球会坍塌。

但它不在乎。

安折茫然望着外面的天空。

间歇的闪动过后，四野之上，极光开始疯狂震颤起来，绿色的光芒以恐怖的速度四散成耀目的流星，一场盛大的流星雨燃烧而后消失，残芒划过整片漆黑的夜空。

"嘀——"实验室里，机器长鸣。安折猝然抬头，看见大屏幕上一片纷纷扬扬的雪花。

波利的右手紧紧抓住座椅扶手，沙哑的声音显出苍老："开独立磁极——"

与他的声音同时响起的还有一种令人毛骨悚然的齐声号叫，每一道声音都难以用任何人类语言的拟声词形容，它们一同震荡着刺穿了鼓膜。是窗外、山下、深渊里——怪物们发出超越常理的号叫。

"扑啦啦——"

巨大的振翅声自密林中响起，似是成千上万个鸟群腾空而起。

它们在深渊中潜伏已久，相互试探，各自僵持。

而在这人造磁场终将崩溃之际，这些可怖的怪物却突然一同开始活动。

——为什么？

不知道。

第一道黑影掠过高地研究所的上空。

波利来到辛普森笼的操作台前。

"先生。"唐岚低声问，"还来得及吗？"

波利道："来不及了。"

"那还要继续吗？"

短暂的静默。

"人类的愿景就像水里的月亮。"他忽然怔怔道，"看起来触手可及，其实一碰到水面就碎了。"

"当我们以为碎掉的月亮也有意义，伸手把它捞起来，却发现手心里只有一捧水。更荒谬的是，不过半分钟，就连那些水也从指缝间流走了。"

他望着那些纷繁的光点，像看着一场遥远的梦境："可是，假如再给我一次机会，让我仍然站在水边，我还愿意去捞吗？"

安折有点迟疑地问："您还愿意吗？"

波利·琼眼底发红，目光颤抖，声音哽咽，最终闭上双眼："我愿意。"

唐岚从口袋里拿出一部黑色对讲机。

他望着眼前虚无的一切，垂下黯然的眼，淡淡道："准备防御。"

第 46 章

"陆上校确认死亡。"

···································

"在想什么？"纪博士走到陆沨身后。陆沨站在实验室的窗前，前面是灯火通明的伊甸园与双子塔。

走近了，他才发现上校并非漫无目的地发呆——这人正把玩着通信器，还亮着的屏幕停留在联系人界面，他瞥见一个陌生的名字。

"哈伯德——这是谁？"纪博士站到了他身边，挑挑眉，"你还有我不知道的朋友？"

陆沨没有回答，纪博士并不追根究底。在这位上校面前，提问却得不到回答是常态。

说这话时，那只雪白的小孢子从陆沨的衣领里钻了出来，似乎小心翼翼地打量了一下纪博士，然后迅速钻回去藏起来了。

"它真小。"纪博士笑眯眯道。

陆沨将它揪了出来，放在掌心。原本已经长到巴掌大的孢子，现在只有一颗枣核般的大小了，它拼命把自己藏进陆沨的手里，像是怕极了纪博士。

"今天不切你。"纪博士道，"你已经变得太小了，乖，多吃一点营养液，长大点我再切。"

陆沨冷冷地看了纪博士一眼。

纪博士抱臂，悠悠道："又切不到你身上，这么凶干什么？"

这些天来，基地已经认识到用现有的生物技术完全无法解析这只孢子之所以具有惰性的缘由，他们退而求其次，又或者说只能破罐子破摔，将所有研究人员集中在另一个方向上。今天，他们终于研究出了制造菌丝提取液的方法。提取液得到稀释后，基地打算将它淋在重要设备的表面——他们用这种朴素的方法，期望惰性的孢子产生惰性的提取液，惰性的提取液生成保护层，或者干脆把惰性传染给设备，总之，使得设备不再惧怕感染。毕竟，畸变开始后，连玻璃和木头都能相互感染，既然这样，提取液也能感染别的物质。

　　——他们甚至立刻用飞机给地下城基地送去了二十升稀释液。

　　对此，灯塔的高层自嘲道："科学已经失效，我们竟然开始打算使用不知所云的巫术。"然而他们只能这样做，因为一切科学似乎都失效了，谁都不知道该寄希望于什么东西。

　　纪博士伸出手："给我玩一下。"

　　他当然什么都没有得到，陆泷连看都没有看他一眼。

　　但纪博士仍然盯着孢子露出的那一点白色菌丝，道："明天又能制造一升提取液，不少了。基地要求我们首先保证人造磁极的关键装置被保护。"

　　陆泷卷起手指，孢子连一点菌丝都露不出来了。

　　"别这样。"纪博士道，"虽然你们感情很好，倒也不至于像护儿子一样对待。陆上校，你有没有发现，自从你从野外回来，感情上就不那么缺失了。"

　　陆泷仍然一言不发，房间里只有纪博士喋喋不休，他在紧张的情况下总是会变得话多，一个月来，他说话的次数直线上升。

　　直到三分钟后，陆泷开口："什么时候开始用提取液？"

　　"灯塔还在讨论，因为我们无法排除一种可能——畸变开始后，所有物质一视同仁，开始融合，那时，最有可能的结果是它没有起任何作用，最好的结果是它把惰性传递给了我们。而最坏的状况是，它把我们的所有设备都变成了一团失去任何功能的蘑菇。"

　　陆泷冷冷的嗓音终于响起，像覆了一层霜："有这种可能的话，为什么还要使用？"

　　"你们审判庭喜欢扼杀一切坏的可能，但现在情况不一样了。你知道，无论我们干什么，情况都不会比现在更糟糕。再开一次会议，灯塔就能确定到底要不要使用它。"

"惰性到底是什么？"陆飒道。

"不感染。"

孢子从陆飒手里钻了出来，沿着制服的布料嗖嗖嗖爬到陆飒远离博士的那一边肩章下。

陆飒微微侧身，这细微的一个动作，露出了窗台上一样东西的踪影。

一只小液瓶，上面贴着一个标签，标签上用手写体标注"混合–III"。液瓶旁边是一支空的注射筒。

纪博士的目光凛了凛。

"混合类异种的提取液，你拿它做什么？"他道，"不要乱动实验室的东西，很危险的。"

陆飒看向他，说的却是与他们现在的话题看不出任何关联的一句话："在地下城基地的时候，没有磁场，无接触感染和畸变正在发生。"

纪博士一时之间没有接上他的思路，只点了点头。

"和我一起进入地下城援助的很多士兵都感染了，但我没有。"陆飒道。

纪博士像是明白了他想说什么，不说话了，静静看着他。

"如果孢子呈现惰性，那安折也会呈现惰性。"陆飒道。

纪博士点头。

"但他能在蘑菇和人类的形态间转变，而且在人类形态下，基因检测无异常。"他淡淡道，"所以，如果我已经被他感染，获得惰性，你也无法从任何方面看出。"

"是，我承认。我们一开始也想过这一点。"纪博士道，"但有什么意义呢？正因为我们根本检测不到这种感染，所以才会采用大范围喷洒提取液这个策略。水落才会石出，直到全面畸变到来的那一天，我们才能知道提取液能不能保护人类。"

"但也面临着全部变成菌类的风险。"陆飒道。

"所以呢？"纪博士看着他，像是有种不祥的预感，他的语气变得咄咄逼人起来。

"用怪物提取液感染我，如果半小时缓冲期后我仍然是人类，那就证明安折已经把惰性感染给了我，并且没有任何不良反应。提取液可以应用。"

纪博士看着他，神情中没有一丝一毫的意外，仿佛早就猜出这个人会说出这样一番话。他看着陆飒，目光逐渐变冷变沉，他摇了摇头，道："为什么是你？"

"我和他在一起的时间很长，地下城基地出事后无差别感染的畸变时间内，我也和他待在一起过。"陆飒淡淡道，"如果他能感染别人，那么最有可能被感染的是我。"

"是我。"纪博士冷笑一声，他直视着陆飒，逼近他，嗓音提高了，"地下城出事后你只陪他待了一会儿就走了，一直和他在一起的是我，我们睡在同一个房间。他乖得像只小猫，我和他形影不离，我和他有很多你不会愿意知道的亲密接触——如果你能被他感染，我为什么不能？"

"你还有很多任务，"陆飒并未因为他的话语而被挑起任何情绪，他道，"不能冒险。"

"你明知道这是冒险，对不对？"纪博士气急了，喘了几口气，高声对他道，"我不能冒险，你就可以冒险了吗？牺牲自己对你来说就是这么值得纪念的事情？"

陆飒没说话，纪博士从窗台上一把将小液瓶抢了过来，瓶口已经被打开了，他恶狠狠地将针尖插进去，注射柄向上提，迅速将针筒注满。

"你非要做实验的话，那只能是我来。"他握着针管，湛蓝的眼睛里结满寒冰，语速极快，"你做的事情已经够多了，你得他妈的给我活着。"

陆飒并未阻止他的任何举动，他只是静静看着，那双冷绿的眼睛像一潭波澜不起的湖泊。

他伸手，撩起自己的衣袖。

手腕的静脉上，一个血点，代表已经被注射过什么。

"半小时后，如果我没事，你们就可以使用提取液。"

纪博士站在原地，胸脯急促地起伏，他瞪视着陆汛。

"你这个……你这个……"他的眼眶因愤怒而变红，语声像玻璃摩擦那样嘶哑、尖厉，"你这个无可救药的……自残病患者。"

"失去一个科学家，基地不会有事，失去一个审判者呢？你难道没想过吗？"

陆汛不置可否。

就在这时，刺耳的通信器声音响了。纪博士气还没喘匀就将通信接起，短短三秒的接听后，他的脸色就变了。

"我立刻过去。"他对那边道。

挂断电话后，他脸色凝重："又观测到微小畸变了，基地把磁场强度升到了最强，磁场防线崩溃的时刻马上就要到了，我去开应急会议，大概半小时。你待在这里，哪儿都别去，除非大家都开始疏散。"

说罢，他匆匆往门边走去。

"等等。"陆汛叫住了他。纪博士停下脚步，他余怒未消，没有转头。

背后，陆汛问："安折和抱子一样不会被畸变影响吗？"

"就算人类都死了，他也会活着。"

"谢谢。"

纪博士摔门出去了。

陆汛仍站在那里，回身看向窗外。极光天幕下，灰黑色的城市是一片绵延的丛林。极光变幻，在建筑上投下诡谲莫测的灰绿光影。

就在这一刻，一声尖锐的兽类嘶号在城市里响起。

——那个方向是城市的内部，军方基地。那划破天际的一声嘶号只是开始，片刻之后，更多兽类的吼声从那里爆出。

军方基地的应急灯猝然亮起，却又很快熄灭了。与此同时，尖锐的鸣笛声和爆炸声响起来，随后是笼罩整个基地的高频疏散警报。

但陆汛的目光只是在那个地方短暂停留。随后，他望向基地外无边的旷野。

仿佛是"扑啦啦"一声响，一个巨大的蝙蝠状有翼怪物从远方山脉向半空中飞起来，随后，铺天盖地的黑影从那里升起，是它的成千上万个同类。

通信器亮了。

陆汛在通话界面敲下几个字，是这间实验室的标号。

几秒钟过后，一条来自哈伯德的消息弹了出来。

"收到，半小时后到。"

磁场的全面崩溃就发生在这半个小时内。

基地外，四野之上，怪物突然从天空、陆地现身。它们像是蛰伏已久，终于等到了这个时机，潮水一样向基地涌来。

走廊的应急灯疯狂闪烁，纪博士从会议室里出来，匆匆跑向实验室，他身后跟着两名军人。

"博士，请尽快跟我们撤离。"

"军方没办法保护整个基地，目前无人机已经观察到怪物潮正向这里推进，我们最终只能将人造磁极作为唯一保卫阵地。"

"我得带个东西。"纪博士快速道，"给我五分钟。陆上校也在实验室。"

"请立刻跟我们撤离。"胸前别有统战中心徽标的军人加重了语气，道，"特殊指令，人员集中避难至磁极中心后，陆上校的在场会进一步加重人群的混乱，引发不必要的争端，因此，可以考虑——"

"闭嘴！"

紧急警报以更高的频率响了起来，刺耳的蜂鸣声与红光连成一片，这是最高等级的战时警报，提醒人们立即向安全方向撤离。走廊里一片兵荒马乱，远处旷野上怪物的号叫声清晰可闻，身穿白大褂的实验人员和士兵乱成一团。

实验室的门近了。

纪博士眼中却忽然出现不能置信的神色。

——实验室的门是大开的，他临走前被冲昏了头脑，忘记锁门了。

他大步迈进里面，却看见一个右臂绑有黑色布条的士兵端着狙击枪，瞄准站在窗台前的一个人影。

他瞳孔骤缩——右臂的黑布是反审判运动的标志。

通信器亮了亮，但他已经顾不上了，大声喊道："陆沨！"

与这声音一同响起的是一声枪响。

窗边的人影晃了晃，一个沉闷的声响，倒在地上。

纪博士不可置信地睁大了眼睛，嘴唇颤抖："不……"

"不许动！"持枪士兵很快被随他而来的两名军人控制住。纪博士则大步走了过去，他什么都顾不得了，往那里去的途中撞倒了实验设备，试管碎裂，碎片溅了一地。他绕过一个反应柜，哆嗦着半跪在陆沨倒下的身体前："陆沨？陆沨？"

那具身体的双目还未合拢，四肢一动不动，纪博士伸手摸向那个焦黑的枪口。

他的通信器又闪了一下。看了一眼来信者，纪博士方才还浑身颤抖，此时却眼神冷漠。

那边的一名军人给枪击者上了手铐，抬脚朝这边走来。

"不用过来了。"纪博士的声音在实验室里冷冷响起，"陆上校确认死亡。"

军靴踏地声顿住。

"我们很遗憾。"

脸色苍白的纪博士幅度极小地笑了笑。

"我没有很意外，"他道，"对于审判者的死法。"

*

PL1109，机舱。

哈伯德靠在机舱壁上，他和陆沨不能算是很好的朋友。

——但似乎也算得上有过命的交情。

"把那玩意儿从你家隔壁弄出来费了不少功夫，不过你竟然还留着这种东西。"

"做得不错。"陆沨道，"据肖·斯科特当时的证词，具体资料由你提供。"

哈伯德笑了笑，没再继续这个话题。

"被软禁的滋味怎样？"他道。

陆沨："还好。"

说罢，他扫了一眼机舱内的其他人。

旁边一名军官道："我们都是从地下城基地一起回来的，陆上校，我们保证不会向军方告发你。"

"不用感谢他们。"哈伯德擦拭着手里的枪，"只不过是怪物围城，我们又要参与战斗了，在地下城你对敌经验丰富，大家有目共睹，不介意再和你合作一次，对我们双方都很划算。"

那名军官说："前提是上校仍然愿意为基地服务。"

陆沨微微勾了勾唇。

"开始检查装备吧。"他道。

一旁，哈伯德正在擦拭他的军械——那是一把银色的半自动枪，通体银色，他的手指停留在枪托上——那里有一片划痕，模糊地刻了一串字母"Tang"。

他的目光就停留在这串字母上。

旁边那名军官道："这是谁？"

"一个朋友。"哈伯德道，"认识三十三年了。"

"真长。"

哈伯德望着那些字母，良久，他笑了笑："有点可惜。"

"为什么？"

"一起出生，最后没能死在一起。"

"哪有那么好的事情？"

"是啊。"

陆汛抱臂看着他们交谈。他眼睫半合，看不出任何情绪，而其他人自然也不指望审判者能与他们感同身受。

直到哈伯德发现了一件事。

"你的枪呢？"他道。

陆汛道："送人了。"

哈伯德笑了笑，他好像什么都明白。比起军方的制式供给，这位佣兵队长显然身家颇丰，他拿出一把黑色手枪递给陆汛，被接过去的那一瞬间，他低声道："会活着的。"

"谢谢。"

✦ 第 47 章

当你温和地走入那个良夜。

引擎轰鸣，PL1109 缓缓腾空。

与它一起升空的还有整个战机编队，它们组成了基地的空中战斗力量。

广阔的平原上，怪物像潮水一样向基地涌来。

透过舷窗，陆沨看向基地的西北方。

怪物发出的号叫声里，最近的一处并不在外面，而是基地内部——军方基地所在的地方。

那时他们要求废除审判庭生杀予夺的权力，将疑似变异者转移到军方营地看管，反审判运动的主持者柯林为了彰显这一举动的正确性与高尚，与其余几个核心成员自愿成为他们的观察者与看守者。

——于是在畸变到来时，那里成为怪物爆发的第一个地方。太远了，看不清，想必是血肉飞溅的景象。

但没有人顾得上那里，由人类变异而成的异种只不过是怪物中最弱小的一类。

一只浑身黏液的怪物——面目狰狞的章鱼，有双子塔那么高，触手缠上双子塔的建筑——塔里，灯光疯狂明灭，触手刺破玻璃，尖锐的利齿吞吃人类，尖叫声响成一片。即使在空中也能听见。

巨大的声响后，连接双子塔的玻璃廊桥轰然坍塌，和建筑残片一起掉下来的是几个黑色的人形，他们被怪物满是獠牙的巨口接住，建筑倒塌的声响盖过了骨骼与血肉被咀嚼的声音。

"炸吗？"

"炸。"

已经顾不得会造成怎样严重的后果，只能轰炸，如果放任它们继续攻击，人类最后的避难处也会化作废墟。

大当量的铀弹抛掷而下，蘑菇云里，怪物的身体碎成无数段，砸落在地，双子塔高耸入云的两座塔身缓缓倾斜，相撞，坍塌。

尘埃弥漫。

疯狂的攻击和反抗持续了一个小时。

然后，他们不能再轰炸了。

除去人造磁极的所在地，基地的其他地方要么已经被怪物占领，要么被夷为平地。或者先被怪物占领，而后被夷为平地——浓雾一样的烟尘里只剩下废墟。

怪物的目标只有活人。

此时它们全部瞄准磁场中心的入口，那是人类最后的战时营地，为了保护磁极，那里的防护是最高规格，铜墙铁壁。

于是那些巨大、丑陋、难以形容的物种，密密麻麻，将磁场中心牢牢围住，它们撞击，进入。

空中编队无法再投下一颗炮弹，因为他们配备的轻式炮弹已经消耗殆尽，此时此刻剩下的只有少量重型热核武器。

如果他们要杀灭磁场中心外围巨大的怪物，那么热核武器的余波会将整个人造磁极夷为平地，即使控制杀伤范围，没有伤害到磁极，热核武器巨大的破坏力也会直接毁坏基地的电力供应系统，加速磁场中心人们的死亡。

此时，陆地战斗人员全部牺牲。

磁场中心内部情况未知。

除去临时转移至磁场中心的一千余人，基地无人生存。

而空中编队束手无策。

更加令人后背生寒的是，现在是畸变的时代，畸变意味着物质从根本上产生变化，或许在下一秒，飞机就会失事，磁极就会损坏，又或者无接触感染在磁场中心那一千人身上发生，磁极从内部被攻破。

比起死亡更残酷的是，目睹这座城市彻底沦亡。

飞机编队静静悬停在上空，像整个基地死亡后，飘散而出的幽灵。

通信响了。

是来自磁场中心临时指挥处的消息。

"这里是磁场中心，军方正在死守入口。火力消耗二分之一，不考虑其他意外事件的情况下，预计防守时间三小时。

"虽然不知道为什么基地会成为怪物攻击的目标，但目前的情况不是我们所能应付的，也不是空中编队所能应对的。

"请空中编队立即结束战斗任务，否则只会给基地防御带来负担。

"另外，检测到大量飞行类怪物正在向基地方向移动。为保存人类有生力量，请空中编队立即飞离基地，找到安全的地方降落。

"虽然不知道你们能存活多久，但请你们活下去。

"请空中编队立即撤离基地。"

飞机编队久久悬停。

"重复一遍命令，请空中编队立即撤离基地。"

"基地祝福你们。"

通信结束。

频道里，寂静无声。机舱里，只能听见人们压抑绷紧的呼吸声，军官们死死注视着下方化作废墟的土地，很难形容他们眼中的神情是仇恨还是绝望，又或者是一些与灰烬类似的东西。

终于，编队内的通信频道里传来另一架飞机驾驶员的声音。

"PJ143 呼叫 PL1109。"
"撤离去哪里？"

PL1109 的军官看向陆汎。

"陆上校的野外经验比较丰富。"他说。
言下之意，由陆汎决定撤离去哪里。

陆汎接过通信端。
"7 号高原，军方六星避难营地，有维生设施。
"中央盆地西北部 313 号峡谷无强致命怪物，有水源。
"战机燃油足够情况下，可以考虑地下城基地。"
他用平淡的语气说出这三个地点，然后道："请自行选择。"

"PJ179 询问 PL1109 去向。"
陆汎顿了顿。
目光扫过舱室内的人们。

"深渊。"他道，"前往援助高地研究所。"

"融合派的地方？"一名军官猝然抬起头来，"那是异种的地盘。"
"我知道。"陆汎道。

同样的询问声在频道里响起来。

"援救敌方？"
"异种自治区域是否更加危险？"
"请问原因。"

"我个人的决定。高地研究所是基地外唯一现存人类聚居地。"陆汛嗓音淡淡，"请自行选择去向。"

PL1109 的机长对此并未提出异议，短暂的犹豫后，他操作驾驶装置，发动机轰鸣，战机朝南面缓缓掉头。

通信频道再次传来声音。

"请问……您是？"
"审判庭，陆汛。"

一片寂静。

PL1109 向高空爬升，翼灯亮起，在苍茫的夜色里驶向深渊方向。

基地上空，悬停的编队里，第一架战机跟随 PL1109 驶向南方。

第二架。

第三架。

翼灯和尾灯在夜色下汇成一道流淌的光河。

直至那里只剩两架。

"PJ254 与 PJ113 决定原地待命，与基地共存亡。"
"祝你们胜利。"

PL1109 机长回话："祝我们有光明的未来。"

"保重。"

*

深渊，高地研究所。

磁场失效后，屏幕上的图像就变了。

混乱的一切都消失，只剩下满屏幕均匀分布的噪点。并不能说它有规律或者没有规律，因为过于混乱反而显出一种难以形容的整齐。

波利就那样凝望着屏幕，他明明只是望着屏幕——安折却觉得他透过屏幕，望向一个巨大的无法形容之物。

他想起了一个小时前唐岚对波利说的话。那时唐岚问："先生，您是不是已经明白了什么，只是不愿告诉我们，因为真相可能是我们无法面对的。"

此时此刻，面对波利这样的目光，同样的念头也在他心头升起。

"您明白什么了吗？"他问。

沉默后，波利道："或许并不确切，但是，是频率。"

"频率？"

"原子、电子、光子，物质由基本粒子构成，那么基本粒子由什么组成？由弦。弦是二维空间里的一条能量线。当它们随着特定的频率开始振动时，才变成了我们时空里的粒子。

"辛普森笼是高能物理领域的杰作，人们最初用它来验证弦理论是否正确。现在它或许的确是对的。"

安折低声道："我听不懂。"

"没关系，我打个比方。"波利道，"当你拿起一把小提琴，拨动不同的琴弦，琴弦因为拨动而振动，不同的振动发出不同的声音。我们把遍布宇宙的那些能量单位称为弦，弦的各种振动频率产生不同的粒子，组成了我们的世界。

"我们所在的世界的物理规律在之前之所以稳定，是因为我们的弦一直演奏着一首不变的乐曲。所以电子就是电子，原子就是原子，物理公式一直是那些公式。而现在——"

安折微微睁大了眼睛，借由这个比喻，他明白了波利想要说的。

"最为恐怖的事情，不是这个理论是正确的，而是……现在，到了换曲子的时候。"波利道，"宇宙的琴弦，要用另一种方式弹奏了。又或者，宇宙的频率本来就是混乱的，人类只不过是在短暂的稳定中诞生，当稳定的时代结束，一切又要回到混乱中去。"

这个世界最底层的构成——那些物理规律——是一场按谱演奏的交响曲。现在旧的曲子已经谢幕，新的前奏即将响起。

从来没有一成不变的规律，只有永恒的混乱的恐怖。

安折怔怔看向窗外。

灰白的光芒缓缓在天际亮起。

好像入夜才过了三四个小时，晨曦却开始升起。

"一切规律都在坍塌，物质从根本的性质开始畸变，你，我，地球，太阳，银河。自转在加快。"波利道。

安折道："最后会怎样？"

"我不知道。"波利缓缓摇头，"生物和非生物会混为一体，所有有形之物都在变化，时间和空间全部弯曲，所有东西都会变成另一种我们无法理解的模样，只有一点是确定的。"

安折等待他的回答。

"我们都会死。"声音落下。

安折再次剧烈地咳嗽起来，他好像要把身体里所有的血都咳出来，身体的衰弱比物质的畸变更快，他抱膝蜷在靠近壁炉的一把椅子上，他竟然还活着，他好像注定要在生命的最后时刻目睹人类的灭绝。

唐岚出去了。研究所中都是半人半怪物的异种，他们之中有的具有强大的战斗力，有的只是普通的动物与植物，甚至比人类的躯体还要迟缓、笨拙。

环绕整个研究所的那条巨大的藤蔓，每条分支都竖了起来，枝叶如同汗毛倒竖，一个攻击性十足的姿态。

窸窸窣窣的黑影从深渊往上爬，像黑色的潮水漫了上来，只会爬行的怪物速度稍慢，而飞行类怪物已经盘旋着飞上高山之巅，向下俯冲。为什么在磁极被波动战胜之后，它们才集结起来攻击人类基地？这个时机有什么特殊之处吗？还是只是因为人类身躯弱小，易于捕食呢？

不应该的。

波利喃喃自语："它们想从这里获得什么？"

一旁的对讲机里，传来呼呼的风声和唐岚的声音："半个深渊的怪物都在往外走，半个深渊的怪物都在往这边来，先上来的是飞行类怪物。"

"我们没法顶住，先生，怎么办？"

高地研究所有自己的少量武器储备，一声炮响，一只飞鸟坠落在辛普森笼正中央。

辛普森笼的光芒太亮了，安折得以清清楚楚地看见这一幕——它的翅膀尖先接触到那深红的激光与烈焰，刹那间化为闪光的粉末，它扬起脖子，似乎想要尖叫出声，然而身体由于重力的作用飞速下坠，整个跌入火海。

——然后，它的身体在刹那间完全粉碎，闪光的尘埃在辛普森笼中弥漫开来，像一场春天的沙尘暴，像木柴在壁炉里燃烧时"噼啪"一声爆出的火星。

一个生命就这样消失，从形体到灵魂。

安折瑟缩了一下，他艰难地喘了几口气，这未必不是一种干脆利落的死法，好过他现在被时光一点一点地凌迟。

波利把他扶起来，喂他喝了一口葡萄糖水，可是那温热的液体流在他的食管里也像一种刀割般的酷刑。

他靠在波利身上。

"辛普森笼是强力场和高能粒子流，它的能量太大了。"

安折点了点头，看过那只飞鸟的死状，他才明白为什么波利严令禁止研究所的人们接近辛普森笼。

就在这时，一直盯着屏幕看的朗姆忽然出声："先生。"

安折朝那个方向看去。

——只见屏幕之上，无序的噪点和混乱的曲线里，忽然出现几条清晰的白色线条。它们以一种奇异但有规律的方式交缠，缓缓旋转。

与此同时，辛普森笼里火星熄灭，飞鸟在世界上最后的痕迹也消失得无影无踪。

屏幕上，线条缓缓消失。

波利·琼猝然站起身来，他的瞳孔剧缩，声音带颤，喃喃道："这是……这是……"

"我想想——"波利扑到操作台前，边飞速敲击着那些按钮，边快速道，"要把其他怪物都引到辛普森笼里面。"

他这样说了，也这样做了。研究所的人们配备着十几个简易的通信器来相互交流，以唐岚为首的异种暂时把外界的怪物阻隔在一百米外，波利指挥那些无战斗力的人转移到白楼里面——辛普森笼的后面。

212

怪物所瞄准的正是研究所里的人们，这样做以后，它们进攻的目标显然朝这里转移了。

这时候波利通知唐岚放出一个豁口，一只难以形容的长着星状触手却可以飞行的怪物直直俯冲下来。但是辛普森笼的烈焰盖住了白楼的门口，它想要冲向白楼，必须径直穿过烈焰。

它毫不犹豫地选择了一个受到火海影响最小的角度，滑翔向下。

屏幕上，忽然又出现数条清晰的曲线。

它们相互交缠，像鸭子在湖上游泳时脚蹼在水面留下的长条波纹，那样清晰。

波利死死望着那几条曲线。

当怪物的身体消失殆尽，曲线也就随之消失，重新变成无规律的雪白噪点。

"以前也有怪物或异种被辛普森笼焚烧，那时候曲线非常混乱，看来，也是因为磁场的影响。"他道，"所以，这几条曲线就代表了这个怪物自身的频率。如果有不同的怪物进来——"

话音未落，一声沉闷的声响，地面上用枪械狙杀怪物的人击中了一只体形稍小的怪物，它也落进了辛普森笼。

同样的闪光粉尘扬了起来，大屏幕上，几条与之前的生物截然不同然而仍然清晰可见的线条出现了。

波利的呼吸急促起来。

"在基本粒子组成的世界，每个生物都有自己的频率，每种物质——每种元素也有自己的频率。"他道，"它们在稳定的波动里彼此独立，在混乱的波动里相互感染。"

他看着屏幕上跳动的曲线和计算得出的参数，脸上的神情可以用疯狂来形容："辛普森笼捕捉到的频率可以用磁场发生器复现，当初，我们正是这样模拟出了地磁。如果我们将捕捉到的怪物频率发送，那么人造磁场范围内的生物就会被这种频率感染。"

他怔怔道："在最后的时刻，上帝终于让我看见了真相的一角，我应该感谢他吗？"

他像是得到什么神灵的谕示，或灵光一现的启发。

"性质，物种本身的分类是否也是一串能够用参数表达的数字？我们在高维或者低维的世界里是否也能用只言片语来概括？

"我们研究地磁的波动，因此得到了代表保护与对抗的频率，得以在这个时代苟延残喘一百多年，其实我们早已经接触到一部分真相。"

他一遍又一遍地在纸上写写画画。安折静静望着波利的背影，即使在死亡即将到来的时刻，真相对人类来说也是那么重要。对他来说，却是没有什么意义的。人类用种种复杂的理论来表示这个世界，可在他眼里，世界就是世界，没有那么多可解析与解释的东西，只是一个复杂的表象。

波利却仍在说着。

"一种频率的波动覆盖另一种频率的波动。波动彼此之间有强弱之分，世界上存在能覆盖一切的最强的波动，也存在一直被覆盖的弱小的波动。人类本身的波动较弱，因此容易被其他生物感染而失去意识。"

他望向外面纷至沓来的怪物，灰蓝色的眼睛里呈现出一种近乎神经质的神情，安折知道这代表他那颗科学家的大脑正在以疯狂的速度转动，处理和得到的信息都太多了，以至于只能靠快速的口述来厘清思路。只听波利喃喃道："它们想得到什么？获得那个最强大的频率吗？或者感应到了磁场发生器能发射特定的波动？"

"或者，或者……"他的眼睛睁大了，"那，是否存在一个绝对稳定的频率？"

他猛地抓住手边的一张纸："纪伯兰曾经告诉我，北方基地找到了一个呈现绝对惰性的样本——"

他拿起了通信设备。

安折静静看着这一幕。

波利说的话，其实有很多他都不懂。

可他又懂了一些。

在很久以前，他是怎样拥有了自己的意识？他不记得了，那一定是一个巧合之下的变异，在这场宏大的波动里，一个微末的涟漪。

于是有了他。

于是有了他的命运。

后来他见到了安泽。

人类的命运也像一支变迁不定的乐曲。

微微咳了一声，他从椅子上站起，假如不去在意，肉体的疼痛其实不值一提。

波利听到了他起来的声音，即使在方才情绪那样激动的时刻，他仍然用温和的语调对他道："别起来，这里不用帮忙，你好好休息。"

但他随即又全神贯注投入他的研究与发现了。

安折拿起一张纸，用笔在上面写下几个字，折起来，递给朗姆，然后朝门边走去。朗姆张了张嘴，但他轻轻做了一个噤声的手势。

站在门外，隔着半透明的玻璃门，安折温柔而悲伤地看着里面的波利。

咔嗒一声，他将门从外面锁上了。

声响惊醒了沉浸于研究的波利，他抬头往这边看。

安折转身走下楼梯，他的脚步微微不稳，五脏六腑像被烈焰灼烧。

最终，他穿过白楼一楼的人们，走下楼前的台阶，来到辛普森笼的灼灼烈焰前。

他本不该在此。

他是深渊的一员，那些正在向人类发起进攻的才是他的同类。

现在情况却相反，他与人类站到了一起，他们承认他，也善待他。

火光猎猎卷起，炙烤着他的面庞，他弓下腰，又咳了几口血出来。

一个异种原本不该站在这里。

我因为加入人类的群体而感到了快乐或痛苦吗？

一株蘑菇的萎谢需要时间，菌丝的溶化过程缓慢，他无数次闭上眼睛，都感到下一秒不会再睁开，可还是睁开了。

是什么把他留到了这个时候？概率吗？波利说概率就是命运。

那，就当作是命运让他来到这里吧！

保护研究所的藤蔓"砰"的一声倒地，唐岚的半边翅膀流着血，跌跌撞撞升到半空中，与俯冲向下的巨鹰搏斗，尖利的喙穿透了他的肩膀，一蓬血喷了出来。他甚至没有呻吟出声，一手按住血流如注的伤口，另一只手化成闪着寒光的利爪刺向巨鹰的眼睛。

血液淅沥沥地滴在地上。

人类拥有区别于其他生物的快乐和痛苦，又是否后悔了呢？

安折笑了笑，朝辛普森笼又近了一步，火舌舔着他的脸庞，灼热得好像一个滚烫的夏天。

白楼上传来哐当当拍打玻璃的声音，他没有回头看。

与辛普森笼一起燃烧的是东方的地平线，巨大的太阳向上升起，恢宏的金红色光泽映亮了半边天际，研究所的战斗还在持续着，号叫声、爆破声、鲜血、晨曦、火光混在一起。

给他煮过土豆汤的树叔被怪物从地上抓起又抛下，他的身体重重砸在地面上，目光凝固，眼眶里流出鲜血。

鲜血涂满的地面上，到处都是死亡。

世间一切在他眼中变成了慢动作，安折再往前一步。

"别……"树叔嘶哑的声音发出一个字，他撕心裂肺地咳了几声，"别自杀……"

一个生物的本能就是活着，一个物种的本能就是延续。

人类从未温和地走入那个良夜。

而面对辛普森笼，安折也终于感受到那种来自死亡的恐慌。他看向树叔，轻声问，又像是在问他自己："可是你们还能活下去吗？"

树叔的意识已经不清醒了，他缓缓摇了摇头，然后望向远方的天际。

他的目光忽然顿住了，两秒钟的沉寂后，忽然"嗬嗬"喘息几声，露出激动的神情。

一种不同于怪物号叫的低沉嗡鸣声在天边响起，安折猝然抬头。

远方，金灿灿的地平线上，一队整齐排列的黑影平滑地向这边飞来，末端在云层中拖曳出长长的尾羽。

"飞……飞机。"安折听见树叔道。

他知道那是飞机。抬头看着那熟悉的形状，安折忽然感到一种真心实意的高兴。

他们并没有给北方基地发送任何求援信号，北方基地的战机编队却前来支援研究所。就在不久前，波利叮嘱唐岚，到了研究所不复存在的那一天，请他们不计前嫌去帮助基地。但现在，是基地不计前嫌前来帮助研究所了。

——在一切都注定终结的时刻。

波利说得对，他的种族卑鄙又高尚，你可以用最大的恶意去揣测人类的行为，也最大限度相信人类的仁慈和宽容。

可是人造磁极已经失效，基地又会怎样？

陆汎会怎样？还是说基地已经不复存在了？他会在哪里？他知道陆汎会为基地付出一切，直到基地不再需要他的那一天。

一行眼泪从安折眼里滑下来，他的爱恨在这个宏大的末日里好像不值一提，陆汎有陆汎的使命，他也有他的命运。

他再向前一步。

轰隆。

微型核弹由PL1109的弹射孔中释放出来，一声巨响，隔断了下面的怪物上涌的路径。山巅——这样一座山巅注定会成为众矢之的，但也注定易守难攻。

"舱门打开。"平静的声音冷冷响起。

"滑翔翼准备。"

"有点故障，稍等。"飞行技师道。

战机正在俯冲，舱门发出机械开启的嘎吱声。

陆汎接过士兵递来的滑翔翼。

"你要下去吗？"哈伯德道。

陆汎："嗯。"

"援助地下城的时候，是为了人类利益。"哈伯德看着他，"现在呢？

审判庭来帮助异种吗？"

陆汛只是看着这位佣兵队长也接过一片滑翔翼，开始调试，他淡淡道："你又是为什么？"

"不知道。"哈伯德低声道，"总觉得，不来会后悔。"

咔嗒一声。

机舱门弹开了。

"我的天。"飞行技师退后，"着火了？那是什么？"

狂风从外面灌进来，陆汛站在机舱口往下看。

忽然，他怔住了。

一片火海前，安折抬头，他看向北方基地的来客。

那一刻，仿佛时间为之静止。

他看见了他，他也看见了他。

安折剧烈地颤抖起来，他直直对上了陆汛的眼睛。

离别是蓄谋已久，相逢却如此出人意表。

可他没有想到会在这里见到陆汛，他知道陆汛也没想到会在这里见到他。

战机掀起的气浪猎猎刮着他的衣角，像是下意识的举动，他朝半空中缓缓伸出手。

那双久别的绿色眼睛就那样凝望着他。以杀灭异种为使命的审判者前来援助融合派的基地，一个怪物站在人类研究所的正中央。

从头到尾都是荒谬，可辉煌的曦光倾泻而下，他们在彼此眼里忽然遍身通明。

是的，陆汛就是这样的人。

安折弯起眼睫，朝着陆汛笑了起来，在有限的记忆中，他从未对陆汛露出这样的表情。

隔了那么远，但他看见那双绿色的眼睛里也缓缓泛起笑意——似乎有无限的温柔。

一声枪响，哈伯德朝空中的怪物开了一枪，战机朝研究所周围投掷铀弹，炮火连天，爆炸声与打斗声、号叫声一起混合成宏大的声响，汇入这场来自宇宙深处的交响曲。

而来自深渊的怪物源源不断地涌上来。

磁场消失后的沙暴即将到来。

最后一片人类领土正在沦陷。

人类，即将灭绝了。

他们久久对视，像是彼此间竖起最深刻的仇恨，又像一瞬间冰释前嫌。

这一天，他们会重新在一起，重新，自由地——

自由地——

安折缓缓闭上眼睛，身体前倾。

像一片离枝的落叶凋零在深秋。

在辛普森笼熊熊的烈火里，在朝阳缓缓升起，而人类的夕阳徐徐落下的时刻，他的身体化作纷飞的光尘，消解，飘飞，落幕。

实验室里，满是噪点的屏幕上，那些颤动的无规律点忽然聚拢，旋转，分析程序启动，三秒后，屏幕上浮现出数条缓缓交缠的频率曲线。

像命运。

望着屏幕上跳跃的参数，波利·琼将通信频道转接到北方基地与地下城基地相互联系的紧急频道，不知道他们能不能听到，他的声音在冷静中压抑着颤抖。

　　"这里是高地研究所。"
　　"请调整人造磁极发射频率。"

　　"A1 通道，2，5，2.7。"
　　"A2 通道，9.13，5，3，1。"
　　"D3 通道，4，0，7。"
　　"Runge 波，6 级。"
　　"Adams 特征，第 3 格。"
　　"配置完成，请启动。"

　　"重复一遍。"
　　"A1 通道，2，5，2.7。"
　　"A2 通道，9.13，5，3，1。"
　　"D3 通道……"
　　……

在他的背后，朗姆的手指近乎颤抖地完成这些参数，按下中央的圆钮。
高地研究所两端的白塔顶端发出刺目的光亮。
无形的寂静波动在两座白塔间涟漪一样辐射向外。

东部，西部，宏大的波动由两座人类磁极共同发出。

像新年的第一声钟响。
万籁俱寂。

第 48 章

"他只是个……小蘑菇。"

．．．．．．．．．．．．．．．．．．．．．．．．．．．．．．．．

"陆沨！"

哈伯德喊了一声，他看见陆沨的手指死死按住机舱门的边缘，直至流血、泛白。

微垂的眼睑和空无一物的眼神似乎在竭力掩饰主人的失态，然而微微颤抖的指节已经将一切真相暴露无遗。

在这漫天的火海面前，他声音沙哑，却仍然平静有力："准备进攻。"

出乎意料的是，这场进攻并不难。

怪物的攻击刹那间似乎放缓了许多，它们好像终于不再执着又疯狂地攻击人群，而只是在执行一场平凡的狩猎。

在这场平凡的狩猎中，有的怪物掉头往深渊的方向去了，有的继续进攻研究所，已经进入研究所内部的怪物被辛普森笼绞杀了大半，随即，辛普森笼电能耗尽，渐渐熄灭——但研究所开始反扑，有效地抵挡了它们的攻势。

至于外围的怪物，它们被 PL1109 的微型核弹与重型武器牢牢挡在防线之外——这里是荒郊野岭，除去山巅那个渺小的院落，不必投鼠忌器，就像那次在地下城基地上方的广袤平原一样，战机编队在这里真正发挥了它的作用。

内围怪物渐渐被杀灭殆尽。

重武器在研究所四周建立起一道无法逾越的烟尘弥漫的防线，深渊里的怪物自然具有值得一提的智商，它们斟酌些许，后面的怪物纷纷掉头，知难而退。

它们来的时候像海啸般突然汹涌，走的时候像潮汐般缓慢退却，这座悲哀的山巅上，两个小时后，一切归于寂静。

红色、白色，种种液体流遍研究所前的空地，正午，阳光最刺眼的时刻，血迹闪闪发光。

PL1109缓缓着陆。人类军官造访波利·琼所在的白楼。

他们似乎并未因为人类与异种的不同而对研究所心生嫌隙，热切地询问刚才到底发生了什么。高地研究所同样将他们视作同胞，解释完那个稳定的频率，波利·琼作为研究所的首领，感谢北方基地无私的支援。

"基地怎么样了？"他最后问。

然而，回应他的只有一片沉默。

在这片令人窒息的沉默中，紧急通信频道忽然传来声音。

"这里是北方基地。"纪博士的声音微带颤抖，"你们好，询问情况。"

"这里是高地研究所，你好。"波利·琼道，"怪物已退潮，幸存人数三十七。"

"北方基地……怪物正在退潮，"电流声里，纪博士的声音沙哑，"基地人员退守磁场中心核心实验室。幸存人数……三百四十二，重伤一百三十六。"

"空中打击无效，热核武器无法使用，轻型武器告急，兵员告急。"他重重喘着气，像在压抑着什么东西，"怪物不再疯狂攻击人类，但仍不放弃将现存人类作为捕食对象，我……我们仍在死守核心实验室防线……"

波利静默地注视一片空白的屏幕。

"你受伤了吗？"最后，他道。

　　纪博士的声音终于在公式化的语调里多了一丝情感的颤抖："我受伤了，波利先生。我们素未谋面，但……"

　　他没有说下去，一阵急促的喘息后，却换了话题："我为基地服务二十年，自诩才智过人，却没有帮助基地得到任何突破性成果，波利先生。"

　　"过去，我听北方基地的人们说你主持研发了基因检测仪器，现在他们说你提取了稳定性溶液，这或许是保证人造磁极在今天的畸变风暴中仍未出错的原因。"

　　"谢……谢谢。"另一端的纪博士道，"我们会防守磁极到最后一刻。但请你们也……做好磁场消失的准备……请……请多保重。"

　　接下来就只有混乱的呼吸声。

　　在断断续续的电流音里，隐隐约约传来杂音——指挥声，枪声，尖叫声，物品倾倒、墙壁轰塌声。

　　高地研究所内，一片静默。

　　终于有人问："那……还是要死吗？"

　　假如北方基地已经无力支撑，笼罩全球的磁场仍然逃不过消失的命运，PL1109编队带来了火力支援，却终究是有限的存在，高地研究所又能支撑几天？有了无穷无尽的牺牲，有了稳定的频率，还是没有生的希望。

　　人类的愿景，还是那轮水中的圆月。

　　没有人回答。

　　死一般的寂静里，空气是一团凝固的烂肉。

　　有人低低笑了几声，像刀子划在冷冻的烂肉上，裂开了一道嘲讽的口子。

　　然而就在这一片死寂中，嘶嘶的电流声忽然顿了一下，传来另一道陌生的声音。

"你们好。"对方发音生涩，只能勉强辨清字眼。

"很抱歉，仪器故障，一直未能成功发讯至紧急通信频道，这里是地下城基地指挥中心。"

空气为之一滞。

"这里是高地研究所。"波利回答道，"请问地下城基地状况如何？"

"地下城基地一切都好。"对方道，"两个月前怪物集体进攻基地后，基地关停地面大门，采取全封锁模式。今日地上平原被大量怪物包围，但因为地理优势，未被入侵。"

波利微微动容。

却听对方继续道："地下城基地感谢两个月前北方基地的无私援助，尤其感谢做出救援决定的陆汛上校。

"得知北方状况后，北方基地曾向我们提供的物资、武器、弹药装备，均已由运输机装载完毕，运输机编队于六小时前自地下城基地起飞，随行一千名轻装空降兵，预计半小时后抵达北方基地进行救援。"

他道："请北方基地坚持三十分钟。"

像是什么东西滑落的声音，声响过后，纪博士的声音很低，但很笃定。

"能够做到。"

*

通信频道里，波利·琼的声音响起。

"稳定频率已覆盖全球。"他道，"请不必担忧物质畸变。"

"地下城基地已收到，"地下城基地接线员的声音压抑着激动，道，

"虽然不知道您做了什么——感谢上帝，感谢您。"

消息不断传来。

"北方基地仍在防御。"似乎是别人拿过了纪博士的通话端口，一个年轻的声音道。

随即响起的是地下城基地的消息。

"运输机编队已降落。"

"请北方基地幸存者标明位置。"

"开始突围。"

——他们还是捞起了那轮水中的圆月。

太阳渐渐升起，在呼啸的寒风中，冬日阳光刺眼，不带有一丝温度。试管架上，玻璃闪闪发光。寂静的空气中似乎响着一下又一下的心跳声。

原住民、后来者，异种、军官——他们就那样守在通信频道前，等着，等地下城基地救援的消息，等北方基地的情况，连一直守护研究所的那株藤蔓也从窗户里伸进一条枝丫。

他们偶尔也窃窃私语。

"咱们死了多少人？"

"树叔死了，尸体就在楼下。"

"唐岚呢？"

"没看见。"

突围和反击开始了，通信频道里无人播报情况，所有人屏息等待。

就在这紧张的静默中，波利·琼从电脑前起身。

他的脚步因为年纪或是情绪的缘故有些蹒跚，吱呀一声，他推开门，首先凝望的是已经熄灭的辛普森笼——外面全是血液和尸体，辛普森笼的范围内却一片洁净。随即，他将目光转向前方。

实验室门外，一直半倚着墙壁的那个黑色人影也缓缓抬起头来。

——那是一双仿佛空无一物的眼瞳，几万年的冰层覆盖着绿色的汪洋。

只需打个照面，他们就知道了彼此的身份。

波利·琼灰蓝色的眼睛里满是哀伤。

"孩子。"他轻轻道。

陆汛没有回答他，他目光向下，看着波利·琼手中一直握着的一张白纸。

波利的手指微微颤抖，他将纸张平递向前，那上面是几行匆匆写下的字迹。安折的字迹说不上优美，点横撇捺都简简单单，清亮得像春天的湖泊。

> 　　波利，谢谢你的照顾。我就是北方基地那个惰性样本，我的频率或许对你们有帮助，如果还是没有的话，抱歉。
> 　　另：请一定记得我们的约定。

"他真的就是那个惰性样本吗？"波利·琼问。

"那个样本是他的一部分。"陆汛的手指接过那张雪白的纸条，他的声音微微沙哑，"你们约定了什么？"

"如果有一天，北方基地的审判者来到这里，"波利道，"……就说安折自由远去。"

陆汛眼眶里浮现血色。

他背后传来沉重的脚步声，是个肤色黝黑的印度男人。

——朗姆手中捧着安折的背包，默默递到陆汛眼前。

背包里，整整齐齐码着一些东西。

一本《基地月刊》，一枚银色十字星徽章，一把黑色手枪。

陆汛的手指抓住背包的边缘，他低下头，死死望着里面的东西，看不清神情。

"他被我们的人从深渊里捡回来……他是个好孩子，在这里过得很好。"看着他，波利轻声道，"我知道基地容不下他。你一直知道他在这里吗？"

陆汎的眼神终于从背包移向波利·琼。

"我不知道。"他道。

波利·琼眼神剧颤，痛苦地闭上了眼睛。

"我很抱歉。"他道。

意料之外的重逢即是最后一次诀别，世上原来还有这样冰冷的酷刑。

寒风凛冽，吹彻山巅。

长久的沉默后，陆汎道："他在哪里？"

"辛普森笼是高能量场和对撞机，任何物质进入里面，都会被高能粒子流轰击，消解成碎片。"波利哑声道，"我想，你看见了。"

背包坠地声响起，枪管抵上了波利的太阳穴。

陆汎冰冷的眼神逼视波利。

"他在哪里？"他一字一句地重复了一遍这个问题，所有情绪在那一刻爆发，冰凉的眼瞳里有隐约的疯狂，他像个已经被判处死刑的犯人，却要一遍又一遍确认刑期。

波利·琼唇边浮现一个悲怆的笑意，他慈爱的目光望向窗外无限高远的天空，他深知眼前这个人所需要的只是一个善意的谎言，纵使他们对一切心知肚明。

"他的频率被发送至全球，他会拯救畸变中的万物。"波利·琼道，"他就在你身边，他无处不在。"

陆汎只是那样看着他，他们就这样僵持，直到哐啷一声，陆汎手指颤抖着松开，手枪落地，"砰"的一声撞上走廊的铁质栏杆，激起绵长不绝的金属嗡鸣。

"抱歉。"陆汛声音沙哑，"我……"

他闭上眼，攥紧了拳头，没有再说下去。

"不必这样。"波利疼惜的目光看着他，道，"你可以对我开枪，可以随意发泄自己的情绪，孩子。"

"谢谢，"陆汛哑声道，"如果他还在，我会的。"

这是波利·琼所听过的最平静也最绝望的一句话。

他们就这样并肩站在深冬的走廊中，直至如血的夕阳染遍群山、深渊，直至实验室内通信频道的声音被调大。电流声里，响起激动的呼喊。

"退潮——退潮了！"

"兽潮正在分散。"

"突围成功了。"

频道里，胜利的欢呼声响起。庆祝胜利的只言片语里夹杂着零星的信息，譬如地下城基地的空降兵部队牺牲六百余人，譬如北方基地真正的幸存人数是一百零几，再譬如人们迫切询问为什么畸变不再发生，高地研究所究竟发现了什么。

悲哀和喜悦就这样缓缓重叠，绝望和希望相伴并生。一切都是幸运，一切都有代价。

无数人的牺牲，加上一个人的牺牲。

一行泪水从波利·琼眼角缓缓流下。

忽然，一团白色从陆汛的肩头飘下，随风落在波利的衣服上，伸出柔软的菌丝碰了碰他。

"这是什么？"波利拿起它，问。

"惰性样本。"陆汛道，"他最重要的东西。"

波利·琼自然知道陆汛所指的是谁，他们两人之间，只有一个"他"。

他凝视着那团菌丝，继而伸手触摸，菌丝轻轻缠上他的手指，波利轻声问："它为什么主动靠近了我？"

陆汛道："我不知道。"

"这是个无性孢子，真菌的繁殖体，"波利·琼目光微怔，"他从未对我们说过他的物种归属，所以，他是个——"

望着那团孢子，陆汛轻声道："他是个蘑菇。"

他声音沙哑，却像有无尽的怜惜和温柔："他只是个……小蘑菇。"

第 49 章
"他是审判我的人。"
....

距离最终一役，已经过去三年。

那一天，东部磁极与西部磁极一起发出绝对稳定的频率，自此，怪物不再执着于进攻人类基地，物质不再相互污染，人类在畸变中找到了不变。

后来，那个频率被称作"钟声"。

而发现"钟声"的高地研究所以及波利·琼先生，被永远载入了人类历史的里程碑。

高地研究所，白楼。

青绿的藤蔓爬满窗户和栏杆，一直守护研究所的那株变异藤蔓在一年前自然死去了，它的种子撒满研究所的土壤，并在今年春天发芽抽枝。远山覆盖着一层雪白的薄雾，雾气里是郁郁葱葱的青色。一切都很正常，一切都很平静，像 2020 年春季的某一天。

实验室外的走廊上，一张轮椅。

波利·琼坐在上面，旷古的风穿过深渊，爬上山巅，最后吹拂他满头的白发。

在他身旁，陆沨站着。

"2020 年，我十五岁，在大学念物理系。"一道苍老的声音响起，"后来，我经常梦见我回到那一年，站在讲台上，站在导师的办公室里，站在运动场中央。我大声告诉他们，地磁就要消失了，我们一定要提前做好防备。"

他顿了顿，唇角浮现一丝无奈的笑意："他们有时候信了，有时候不信，但每天早上我睁开眼睛，看见的还是这个糟糕的世界。

"所幸，现在的世界还是那么糟糕，甚至更坏，但至少不必数着日子等待灭绝。"

波利·琼低头，他手中拿着的是一份《基地联合日报》，封面上是日期和时间——2164 年 4 月。

灾难发生的一百三十四年后，人类好像终于融入了这个相互厮杀的世界。

很多人都会提起最后那场战争，北方基地选择救援高地研究所，否则，高地研究所不可能坚持到解析出稳定频率的时刻。地下城基地选择援助东部磁极，否则，磁极将会坍塌、沦陷，无从发出频率。这两个决定的做出都基于人类内心的仁慈，并且险之又险地取得了胜利。

而救援高地研究所的只有一个战机编队，救援北方基地的只有一千名空降兵。人类走向灭亡的最后一次挣扎，不是一场波澜壮阔的战争，而是一声低沉的呜咽。它的生存、进化、灭亡，在世界的变动里，虽自以为至关重要，却一次又一次自证无力与渺小。

是的，人类这一族群，在事实上灭亡了。

被"绝对稳定的频率"感染后，他们终于获得了恒久稳定的免疫。有时候，因为一个概率，他们甚至能够获取怪物的基因，获得那些强大的体征和形状，而意识仍然清醒。这可能是融合派的胜利——虽然所使用的并不是融合派的理论和方法。

与怪物基因和平融合后，人类自身的力量得到增强，不再那么依赖数量有限的武器和装备。他们开始用怪物的方式对抗怪物，用朴素的方法来攻击和防御。一部分人类选择离开基地，回归废城，或在野外组建小型聚居地。

总之，城市解体了。

全球幸存者不到五千，他们再也组织不出宏大的社会结构，或是军队这种东西。以东部磁极、西部磁极、高地研究所为中心，小型聚居地呈星形向外辐射。

而需要食物的外界怪物仍然对他们虎视眈眈，它们不再觊觎人类的基因，或者说活到现在的怪物大多数都已经获取了人类的基因，换一种角度，在那个覆盖全球的频率下，人类获得了稳定，怪物也获得了稳定。人类在智力上的优越早已终结，这是无法否认的事实。

钟声响起，人类活了下来，人类的时代宣告结束，他们好像开始作为一个普通的物种，艰难地活在这个世界上。

"有人说这是下落，我认为这是上升，"波利望着前方，道，"我们只是带着新的成就与认知，重走一遍当年人类祖先走过的路。"

白楼前的空地上，身穿白大褂的年轻科学家在仪器间穿梭。

忽然，一阵雀跃的喧哗声，中间一个年轻的小伙高高举起了一只盛满清水的烧杯。情形显而易见：通过对物质频率的采样和复现，他们成功地用蒸馏水的频率感染了别的物质，将烧杯里乌黑的浊水变成了一杯清澈的纯净水。

——很多东西都在被重新定义，新的理论体系初现端倪，不知道是否正确，但确实在缓缓前行。

"我至今不明白这些频率到底是什么，它代表一种物质的根本组成，还是只是一个指代物质性质的名词。"波利·琼的声音因为苍老而沙哑，"获取特定物质的频率，继而能改变现实世界，更是超出期望的偶然成就。

"我们仍然渺小，只是用简陋的手段获取了真实世界一个浮于表面的投影，但仅仅是一个投影，也足以暂时庇护人类自身。"

面对着无边的旷野，他喃喃自语："一百年，一千年后，我们会知道更多吗？"

陆汛将他的轮椅推到瀑布一样的青藤旁。在这万物复苏的春天，形状奇异的藤蔓上开着细密的白花，这些花朵形状不一，颜色有深有浅，却同时存在于一株藤蔓上。

"我是否过于乐观了？"波利笑了笑，"一百年后，是否还有人类存在，都是一个难题。"

生存依旧险峻，阴云仍然环绕。生育与繁衍问题仍然没有一个行之有效的解决方法。

波利·琼手中因为经常翻动已经毛边的《联合日报》停在了第三页，这一页报道了两件事情。

第一则报道，一位机缘巧合与鸟类融合的科学家以鸟类的形态诞下了一枚蛋，孵出的幼鸟却在一岁大的时候突然变成了人类的形态。第二则报道，一位来自地下城基地的有生育能力的女性宣称，当她的生命走到尽头，她愿意走入辛普森笼，献出自己的频率以供研究。

"我的生命即将走到尽头了。"他合上《联合日报》，道。

"一部分人终于活了下来。这么多年来，我一直在询问自己，我有没有赎完自己的罪。"他说，"但我仍然无法面对当年所做的一切，只能等待死后让上帝评判正误。"

陆沨道："您当年就是为此离开了基地？"

"是的，我终究无法面对自己的内心，无法认同审判庭的信念，"他看向陆沨，"我比不上你。"

"我没做过什么。"陆沨道。

波利摇了摇头。

浩荡春风吹过山巅，藤蔓花的清淡香气散在风里。

"你们直面了我当年无法面对的一切，而你坚持的时间最长，"他抬头，握住陆沨的手，"人类利益高于一切，感谢你们让基地与人造磁极坚持到了最后，这才是人类获得胜利的最终原因。"

陆沨道："谢谢。"

"我听说他们开始编纂《基地编年史》了。一百年后，人们会怎样评判审判庭？"波利望着东方发白的天际——那个黎明升起的地方，他的目光蕴含一种悠远的宁静，"有人会批判它，有人会赞扬它，唯一能够确定的是，所有人都会记得它。"

他继续道："更会记得你，孩子。"

陆飒的目光停留在一片雪白的丝绒状花瓣上。

阳光将它照成半透明的金色水晶。

"不用了。"他眼帘微合，嗓音平淡，仿佛波利·琼方才所说的一切都与他无关。

辉光也照亮了他黑色制服上暗银的纽扣与镶边，他身形挺拔，着装严谨，臻于完美的五官、异于常人的瞳色、冷清淡薄的神色无一不给过路者留下不可磨灭的印象，新生藤蔓缠绕着晨曦中的回廊，他就那样站在一片涌动的春色里，却又和这一切格格不入。

庭院里，走廊中，很多人都会悄悄转头打量他。最后一代审判者，他身上有太多未了结的仇恨与不解的谜团。北方基地众说纷纭，有人说他死于暗杀，有人说他饮弹自尽，唯独研究所的人知道，审判者永远留在了这里——却没有人知道缘由。

"看着我，孩子。"波利轻声道。

陆飒看向他。

那双灰蓝色的眼睛虽然混浊，但仍然明亮，那是太过澄明透彻的睿智、善良与悲哀，仿佛能看穿世间一切表象。

"有时候我觉得你解脱了，有时候却没有。"波利道，"三年过去了，一切都在往好的方向发展，你仍不能面对往事吗？"

"不。"

——答案却出乎意料。

陆汛直视他，语调平静，毫不犹豫："我没有罪。"

"没有一个审判者会说出这种话。"

"人类利益高于一切。"陆汛微微侧过身，无尽的晨晖里，一个背光的剪影，"我的信念从未动摇过。"

"你却活在痛苦中。"

"我曾经为审判痛苦过，"陆汛道，"现在，失去他是我唯一的痛苦。"

"我从未见过那样温和平静的孩子，"波利闭上眼睛，似乎沉湎于往事，"他从不可知之处来到人间，像是为了受难。但人间的苦难不会损伤他的任何本质。我时日无多，只想再见到一次活着的他。"

长久的沉默里，他们看向背后的实验室。

一墙之隔的那个地方，年轻的助手在忙碌记录着数据，他们比往日更繁忙一些，仿佛今天是什么特殊的日子。透过窗户望进去，雪白的地面上横放着一只透明的方形柜，像水晶棺。水晶棺里面盛放着淡绿色的营养液——在营养液里，雪白的菌丝肆意生长铺陈，相互缠绕，结成一只雪白的茧，隐隐约约像一个人体的形状。

它长得很快，从一颗枣核大的孢子，变成长而绵软的菌丝聚合体，也像那只忽然变成人类婴儿的幼鸟一样，在某一天，它呈现出了人的体态。

在无数个夜晚，陆汛俯身，透过层层叠叠的菌丝，看着那个熟悉的轮廓。

"那是他吗？"他问波利·琼。

"他是一只无性繁殖的蘑菇，本体和孢子毫无区别。我只能告诉你，基因毫无差别，频率永恒一致，它们在生物学意义上是同一个。"波利微微笑了一下，轻声说，"你们古老的传说中有凤凰在烈火中获得新生的故事，其实对于那些结构简单的生物来说，确实如此。死亡即是新生，它们有很多延续生命的途径，和哺乳动物不同。"

"……他会记得吗？"

"我不知道，"波利摇了摇头，"这取决于他自己。那是一个新的个体还是旧生命的延续？恐怕只有他醒来后我们才会知道。我也在研究这件事，还记得我向你提过，这或许是一种独特的生存策略。"

陆汛将目光移向遥远的天际，一贯冷淡平静的眼神："我希望他全部忘记。"

"为什么？"

"我和人类基地只给他带来过痛苦。"他道，"我希望他永远感受不到这些。"

波利摇了摇头："你又怎么知道这个世界对他来说是什么样子？"

陆汛的嗓音轻轻落下："所以我接受一切结果。"

波利没有说话，在一片沉默里，实验室里忽然发出仪器"嘀嘀"的响声、实验人员的呼喊声、乒乒乓乓的物体落地声。那些声音断断续续传过来，让外面的人能够知晓里面发生了什么事情。

曦日初升，晨光照在波利·琼苍老的躯壳上，像是终于了结最后一桩心事，他如释重负，转动轮椅，朝着实验室的方向，目光越发温和。

陆汛却没有回头。

"他醒来了，"波利·琼道，"为什么不去看他？"

实验室里，一些纷乱的声响。

很久以后，陆汛开口。

"您曾经问我究竟怎样看待他。"他的嗓音仿佛从很渺远的地方传来，"我想过很多。"

又是长久的沉默，金色日光漫过东方连绵的群山，一轮红日跃出天际。

在风里，他闭上眼睛。等待者的雕塑，朝圣者的画像，每一个都像他，每个人都曾露出过这种神情，在审判到来前的那个晚上。

他平静道："他是审判我的人。"

一声门响，轻轻的脚步声停在不远处。

山巅，曦光、薄雾、微风里，一道清澈透亮的软绵绵的嗓音。

"陆汍？"

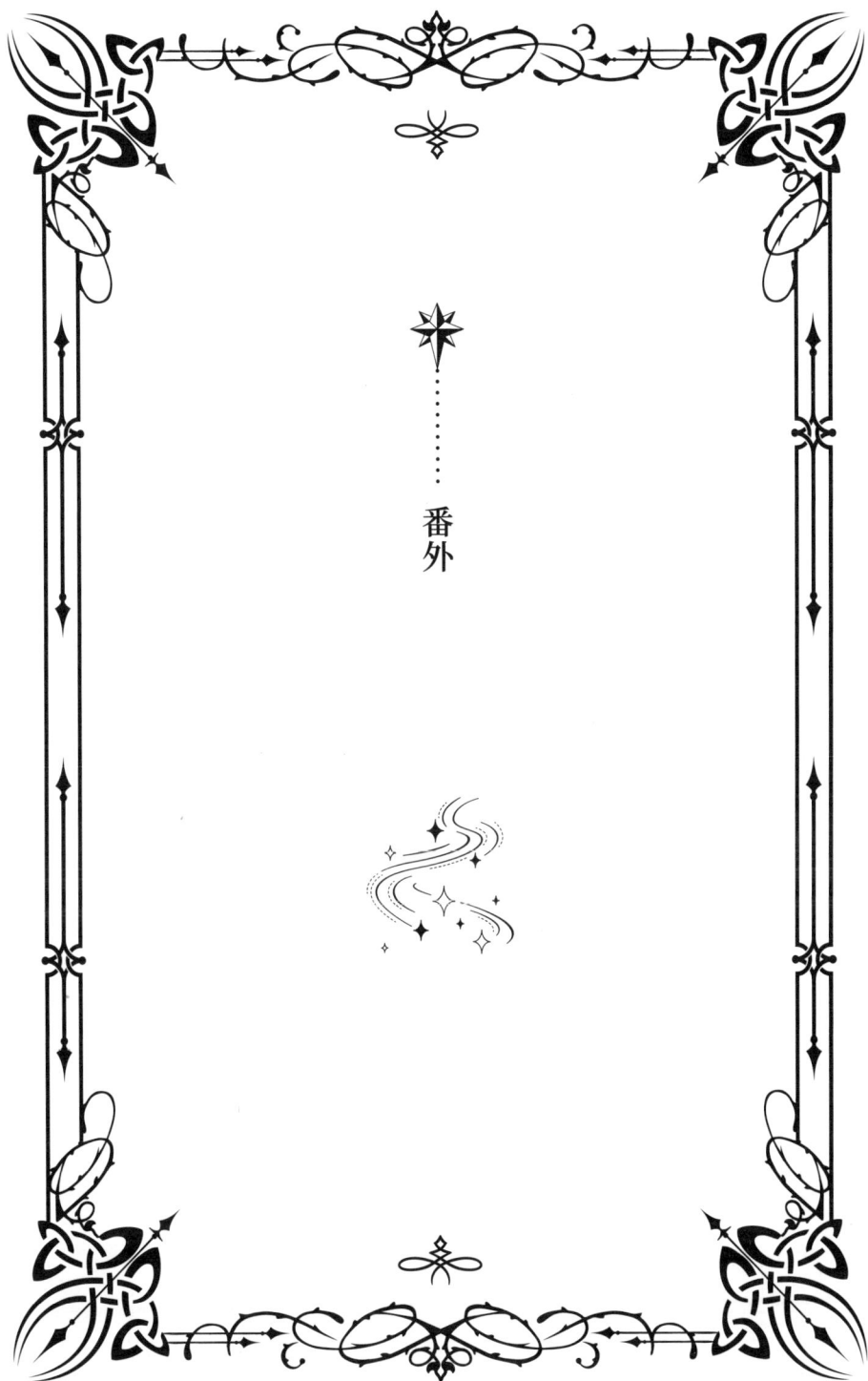

番外

"再生一个我看看。"

安折沉入了一个梦里。

他在很久之前就做过这样的梦——在离开陆沨的那一天。

有时候，明明是白天，清醒的时候，他却恍惚间又沉入梦境，这大概是濒死之人的幻觉，他没对波利提过，莫名其妙的咳血、高烧和身体各处的疼痛已经让波利耗费了太多的心神。

在梦里，他的身体分成两半，一半在高地研究所，另一半在不知道是什么的地方，没有疼痛，也没有人类沉重的躯体。

在梦里，他没有眼睛也没有耳朵，没有嗅觉也没有人类的一切知觉，像是初生的时候，埋在被雨水浸湿的土壤里那种感觉——蘑菇有自己的感官，那是没办法用人类的语言来形容的东西。

他知道自己在陆沨身边不远处，这一定是离开陆沨后的妄想所致，但这不妨碍他在梦里和陆沨靠得更近一点。

这场梦并不总是快乐的，有时候他被放入密闭的容器，与冰冷的液体为伴，最开始的时候旁边是纪博士，后来一直是波利，以及来来往往的——许多人。

他无事可做，如果陆沨在旁边，他就缠在他的身上；如果陆沨不在，他就泡在液体里，回想自己的一生。

那些遥远的记忆浮上水面，在土壤里、在雨季、在冬天，以及在基地。

想到某些事情的时候他会靠陆沨更近一点，陆沨的手指抚触他的菌丝，他好像终于安安静静地和这个人待在一起了，他一直在似醒非醒的边缘，但不想醒，在现实的世界里，他和陆沨从不能这样。

但当他第一百遍回想自己的记忆后，还是梦无可梦，选择醒来了。

他发现自己还是活着的。

现在回想那一天，他已经不记得了，情绪的波动让其他很多地方都变成了空白。

他只记得自己站在门边，陆沨从一片郁郁葱葱的春色里转过身来——他就那样和他怔怔对视，不能也不敢上前。他做过的梦太多了，一触即碎的圆月也捞了太多次。

直到陆沨走到他面前。

这个人不在的时候，他哭过很多次，有时候想起他，心脏就剧烈地颤抖，可是在此时此刻，他真的见到陆沨的时候，却不由自主翘起了唇角。

他伸手去触碰陆沨的轮廓，是不是瘦了，是不是憔悴了，他判断不出了——太久远了，他太久没有见过这个人了。

直到这时，一行眼泪才从他的眼角滑下，他收回手，愣愣看着陆沨，然后被这人从正面抱住，手指擦去脸颊上的眼泪。他伏在陆沨肩上，声音哑了，小声喊他的名字。

"是我。"陆沨道。

实验室里的人们恭喜他，波利竟然让一个灰飞烟灭的人死而复生了——他根本无法想象其中的原理，实验室里的人告诉了他很多名词，像基因、频率、样本这些东西，他听得云里雾里，但人类的科技一直很神奇，于是他也就接受了。

距离自己跳进辛普森笼，竟然已经三年了。

外面的世界，竟然也平静下来了。

那个基因混乱的时代结束于一声钟响，他的频率被发送到全球，不能评价这是好还是坏，因为在那一刻，所有有形之物都被这个频率感染，拥有了稳定性，人永远是人，一个怪物永远是那种怪物，他们能发生多态类变异，但统治意识的永远是钟声响起的那一刻的那个主宰者。

至于为什么会这样，波利的解释是，经过多方实验与对比，辛普森笼解析出的频率，更接近一种对物质本身的定义。

譬如面对一个苹果和一个橘子，人类知道这是一个苹果，这是一个橘子，但是苹果本身不知道自己是苹果，橘子本身也不知道自己是橘子——它们永远不会知道，只有人类知道。

而朝菌不知晦朔，蟪蛄不知春秋，人类的生物学只是对表象的错漏百出的浅析，他们也无法知道是什么东西组成了自身，又是什么决定了他们是人类——那是四维生物无法理解的体系。

只是，借由辛普森笼对基本粒子的分析，他们短暂地窥见了真理的一个微不足道的倒影，窥见了真正定义的蛛丝马迹，掌握了几段值得一提的频率。在这场宇宙的交响曲中，人类偏偏是最容易被其他生物扰动的那个音符，而他这株莫名其妙有了自己意识的蘑菇，偏偏是那个能包容一切的稳定频率。当这个稳定性被赋予全球，短暂的和平就降临了。

"这就是概率，"波利·琼说，"概率就是命运，活着就是偶然。"

听这话的时候，安折刚刚被陆汛喂进一块削好的苹果。

新采的苹果只需要咬一口，就满是鲜甜微酸的汁水，他忘记了刚才自己想说什么，又被陆汛塞了一块。

"那橘子呢？"他道，"橘子是什么味道？"

陆汛说，等秋天。

波利把他们和他们的苹果以及未来的橘子请了出去。

安折在回房间的路上吃完了半个苹果，另外半个他留给了陆沨——他本意是想给上校削好切块的，但陆沨不让他碰刀。

在这种事情上安折并不和上校争辩，要不是对方是陆沨，他其实也不是很想切苹果。他困了，到了午睡的时候。

但他不能睡，他拿着一台平板电脑，往下翻看。

这台平板电脑里储存的是他醒来这十天里从各处搜集到的资料。

《联合日报》的电子版、从纪博士电脑里拷走的研究记录、从波利电脑里拷走的实验手册，以及其他很多很多类似的东西。

陆沨坐到他身边，他迅速转过身，不给这人看。

陆沨轻轻笑了一声，把剩下半个苹果也切块塞进了安折肚子里。

虽然苹果很好吃，上校也很好看，但安折在看资料的时候并不希望陆沨在自己身边，他总是疑神疑鬼的，觉得陆沨在看自己的屏幕。

但可恨之处就在于，他一觉醒来，就发现陆沨占据了自己以前在研究所的房间——这个房间的一切摆设都和他死前一模一样，主人却换了一个。

他试图让陆沨搬去隔壁，但陆沨面无表情地告诉他：“如果不想和我共处一室，你也可以继续睡营养液舱。”

安折：“……”

三年了，三年的时光根本没有让这个人的性格变得善良哪怕一点。

于是他只能和上校分享一个房间、一张书桌以及一张床。

最后，他疑神疑鬼到了无法再继续看资料的地步，也困到了不得不睡觉的时候。

“好无聊。”

在床上，陆沨从背后抱着他，他看着白色的墙壁发呆。

上校的嗓音像初化冻的冰雪溪流："想去哪里？"

"想……"安折望着墙壁，目光微微迷惘。

他有想去的地方。

而且是一个除他之外，只有陆汛知道的地方，他连对波利都没有提起过。

"我想去找安泽。"他轻声道。

在那个一切开始的山洞里，安泽的骸骨还在等着他。他有很多话想对安泽说。

安泽对他说的每一句话他都记得。安泽说自己是个活着没有意义的人——他想对安泽叙述北方基地几次剧变的始末，想告诉他最后那声钟声的来源。

如果不是他遇见了陆汛，遇见了安泽，一切就不会发生。命运就这样在无数巧合里辗转起伏。

可深渊那么大，他找不到，也不会有人愿意陪他去找，这永远是个遥不可及的愿望。

"可是我找不到了。"他喃喃道，"我什么都不会，也不记得了。"

"我会。"在他耳畔，陆汛道，"去找。"

安折睁大了眼睛。

一切都像做梦一样。第二天，告别波利后，他们的装甲车被运输机空投到了深渊的正中央。机长是 PL1109 的驾驶员，告别前，他嘱咐他们一定也要记得寻找哈伯德和唐岚的踪迹，他们自从那次怪物围攻研究所的战争后就确认失踪，现在唯一能够确定的是唐岚虽然受了难以概括的重伤，但还活着——方圆十里都没有他们两个的尸体。

"我严重怀疑他们是去养伤，然后迷路，再然后生蛋了。"机长结合新闻实事，做出了最后的推断，驾驶运输机离开。

陆沨打开装甲车门，将安折也接下来。地面上是丝绒一样的青草，没过脚踝。安折往远处望，暮春，深浓的碧绿色在深渊蔓延，一望无际。旷古的风里枝叶翻滚，飞鸟的振翅声响在远处，他又来到了这个地方。

他看向陆沨，陆沨陪他来到这里，更让他始料未及。

他道："为什么来这里？"

陆沨微挑眉："你不是想来吗？"

"要花好长时间。"安折道，"你不为人类做事了吗？"

"审判庭解散了。"陆沨看着他，道，"如果还有战争，或者需要我的时候，再回基地。"

那双冷绿色的眼睛里没有痛苦或仇恨，或其他东西——他好像失去了什么，也像如释重负。

安折伸手摘去一片落在陆沨肩头的软叶，他被陆沨顺势抱在了怀里。

"现在想和你在一起。"寂静里，他听见上校淡淡道。

"……为什么啊？"他抱着陆沨的肩膀，将下巴搁在这人的肩头，小声道。

他没有直说自己在问什么，但他知道陆沨知道。他们两个好像总是不需要说太多的话。

他知道自己愿意陪着陆沨，可是不知道陆沨为什么会陪着他。

陆沨向前走了一步，安折的后背抵在车壁上，他抬头看陆沨。

——那双眼睛还像当年基地城门口初见时一样安静澄明。

陆沨久久看着他。

三年间，他常常梦见那一天。

那时候，他的灵魂深陷荆棘泥沼，在失控的边缘无法自拔。他就是那样遇见了他。

他是人，是异种，也是怪物，他该杀，也不该杀，他是无法界定的一切，他是那个最疯狂的可能，他像血泊里的所有人。

"你为什么走进辛普森笼？"他忽然问。

安折缓慢回想，然后摇了摇头。

"我不知道。"他说。

然后，安折小声道："所以你也不知道吗？"

"我知道。"陆沨和他抵着额头，轻轻道，"因为你是个小蘑菇。"

这敷衍了事的回答让安折不满地抬起了眼睛，可看到那双冷绿色眼瞳里暗流涌动的一切，他又不由自主软下了目光。

深渊里，万物生长。

其实波利说的每一句话，他都记得。

整个宇宙就是一场持之以恒的动乱，人类的意识是短暂稳定里产生的浮光片影。一个故事发生在书上，但这书正在被烈焰焚烧，即将成为灰烬。磁场的频率就像冷气，它对抗那炽烈的热度。他的频率则将纸页变成石棉，使它在烈火中保全自身。

但烈焰还在燃烧着。是未知的波动，无法预测的动乱，它们还会再来，以更加灼热的温度，或转换成全然陌生的形态。

或许是下一秒，或许是万年后。

但是——

但是无所谓了。

他们所有人都已经得到了那个无法奢望的结局。

他倚着车身，对陆汛笑了笑。

陆汛俯身亲了亲他的眼角，转到一边，开始校准指南针和导航仪的位置。

他折腾指南针和导航仪，安折则继续翻自己的资料，之前本来就翻得差不多了，不过五分钟，他就彻底看完了剩下的所有东西，啪地一下按下锁屏键。

这时候陆汛也做完了他的事情。

他们从南面来，前方是湖泊，东面是密林，西面是沼泽。

"去哪里？"陆汛道。

"不知道。"安折的态度有些许消极。

"往东。"陆汛淡淡道。

"为什么？"

"我不知道你的山洞在哪里。"陆汛将导航仪放在一旁，道，"但我知道第一次看见你的地方。"

这句话不说还好，他一说，安折的情绪就完全不好了。

他仰头看着陆汛，眉头微微蹙起来，眼眶泛红，眼看就要哭出来。

陆汛难得露出了一刻无措的神色，他伸手捧着安折的脸："怎么了？"

"你根本不听我的话。"安折蹙眉道。

陆汛说："听。"

安折拔高了声音："那我的孢子呢？"

——陆汛根本不和他提起孢子的事情，这个人以前那么凶，他根本不敢主动问，只能到处找新闻资料，想知道那个惰性样本去哪里了。

可是哪里都没有，直到他翻到最后，才从零零星星的新闻里看到什么"惰性提取液"的消息，还看到了一张照片——玻璃瓶里，只有一个枣核大小的雪白孢子。

现在，陆沨闭口不提，更是哪里都没有孢子的影子了。

只有一个可能，那就是被养死了。

听到这句话，陆沨眼里反而浮现出一丝笑意。

安折被他气得不能说出完整的话。

"你把它越养越小，"他眼前一片雾气，马上就要哭出来，"现在养死了。"

陆沨道："没有。"

"就是养死了，"安折抓着他的胳膊，喉头哽了哽，"你对它一点都不好……还给我。"

"还在，别哭。"陆沨道，"孢子是你的什么东西？"

"是……"安折努力想用人类的语言来形容它，但他说不出来，只能道，"就是孢子。"

"很重要吗？"

"重要。"安折被他气得快要发抖，道，"我可以死掉，但一定要种下孢子。我以为你能养好才给你的。"

"比你的命还重要？"

"……嗯。"

"对任何生物来说，只有自己的生命最重要。"

"孢子最重要，"安折毫不留情地反驳他，"你又不是蘑菇。"

"好。"陆沨的声音里还是带着很温柔的笑意，"所以孢子是你的孩子吗？"

安折咬着嘴唇，蘑菇的世界里没有父母孩子，没有亲人，连朋友都没有，深渊里每一个蘑菇的种类都和其他蘑菇不同，他没法用人类的关系来形容他和孢子的关系，不能说那就是他的孩子，只能道："我生的。"

"我养的。"

"你根本没有好好养。"

"嗯？"陆汛道，"那为什么在灯塔，它也见到了你，但是只主动漂到我旁边？"

旧事重提，安折刚才还在为陆汛把孢子养死的事情耿耿于怀，转眼又想起了那只孢子吃里爬外的样子。

——两个都不是什么好东西。

他不知道该说什么，只能道："可是就是我生的。"

陆汛再次笑了笑。

天旋地转。

陆汛的手指轻轻触碰了他，微凉的指尖激起一阵战栗。

安折小声喘了一口气。

陆汛低头，在他耳边轻轻说了一句话。

"再生一个我看看。"

某一天

安折抬头蹙眉看着陆沨。他不高兴，眼眶泛红，也不和陆沨说话，伸手抓住陆沨的手腕，用力要把它拿开。

但是这人的力气比安折大了太多，他根本扳不动。他试了几次后，干脆把手指变成菌丝缠在陆沨的手臂上，将它向外拽。可是柔软的菌丝比他人类形态的力气还要小，甚至稍稍用力就会断掉。

"别拽。"陆沨在他耳畔说话，声音低沉。

安折不理他。

陆沨轻声笑，手指若有若无抚触雪白的层层菌丝，将它们分开，再次将手指贴在安折的皮肤上。

"还有吗？"他问。

"没有了。"安折语气恶劣。

他已经被这人挖走了一次孢子，怎么可能被挖走第二次——何况现在他真的没有新的孢子了。

奇怪的是，明明原本的孢子已经丢失了，体内又没有新的孢子，那种缺失的感觉却离开了他。身体里没有那个永远无法填充的空洞，精神也不再时时刻刻都牵挂着那个不知道在哪里的孢子——就像很久以前，他初生的时候一样。一觉醒来，他完整得不能再完整。

安折低头看自己的菌丝——雪白、柔软、灵活、根根分明的菌丝。他微微怔住，伸出另一只手到腹部触摸它们，然后这只手也被陆沨握住。他不受控制地想起在研究所的那段日子，他把自己关在无人的房间里，小心翼翼地将一部分肢体变回菌丝——人类的皮肤和骨骼消失后露出来的是一团纠缠不清的灰黑色物体，原本的菌丝萎缩了，也液化了，过不了多久，他全部的身体就会变成一摊黑色的液体，在地板上或角落里干涸，这就是一个蘑菇死亡的方式。每到这时候他都会触电一般将它们变成人体，望向窗外无尽的夜空，望向他生命的黑夜，每个生物在直面死亡时感受到的巨大恐惧一视同仁地笼罩着他，他会感到深入骨髓的寒冷，会颤抖，会闭上眼睛，会等一切慢慢消散再走出去，像一个正常的人类一样和研究所的人们一起生活。

这些事情，陆汛都不知道。

不知为何这一认知让他眼眶发酸，想起那时的恐惧和绝望，他再次抬头看向陆汛，心中泛起比方才更强烈的委屈。

陆汛显然看懂了他的神情。

"真哭了？"上校扣住他肩膀的那只手向上，碰他眼角，"怎么了？"

安折摇摇头，道："反正不给你了。"

说完，他挣动身体离开陆汛的钳制，却又被另外的方式制住，两个人跌在草地上！

2月中旬细长柔软的青草没过了他，深渊今年的春天来得格外早。安折侧头看旁边，一株洁白饱满的蘑菇刚刚舒展开伞盖，它的菌褶还没有完全展开，但想必过不了多久，成千上万的孢子就会从伞盖里出来，像雾气一样向外弥散出去。

别的蘑菇都有很多孢子，而他只有一个，现在还没有了——他咬了咬嘴唇。

就在这时，他听见陆汛道："别怕。"

他没说话，陆汛继续道："我不要孢子。"

安折问："那我的孢子呢？"

"你想知道？"

"想知道。"

陆飒捞起他的一缕菌丝。

"别的蘑菇都有很多孢子，"他问，"为什么你只有一个？"

安折："我不知道。"

陆飒："什么时候知道自己是蘑菇的？"

安折认真想了想，道："很久以前。"

"有契机吗？"

"下雨了。"

"还有呢？"

"我断掉了，但是还不想死。"

"疼吗？"

安折摇了摇头。

陆飒道："还发生别的事情了吗？"

安折只能想起一件事："下雨了。"

陆飒似乎思忖了一会儿，然后问他："你能融合很多生物，能分清自己到底融合了多少吗？不论是主动还是被动。"

安折摇摇头，他确实或主动或被动地接触过很多生物，他不知道自己是否获得了它们的基因。唯一一次，他完完全全吸收了安泽身上所有的血液和组织，在潜意识里获得了变成人类的能力。

就听陆飒说："见过蛇吗？"

安折点点头，他当然见过蛇。

"蛇会蜕皮，原来的外皮废掉了，它从原来的壳里爬出来。"陆飒道，

"很多生物都会这样。"

安折一时间不知道陆汛想表达什么，他只是听着。

"不过，波利先生说这和你的生命形式依然有很大差别，在某些单细胞真核生物身上还有一种特质，"陆汛淡淡道，"在环境恶劣的时候，它会停止生长，身体的主要部分形成孢囊沉睡，到合适的环境中再复活。"

安折蹙起眉，他好像明白了陆汛在说什么，又好像还是没法准确地表达出来。

"并且，你是真菌，虽然和它们不是同一个物种，但都是结构简单的生物。"

安折觉得陆汛说的不是什么好话，他把这人往外推了推。

陆汛没动，只是看着他，眼里有一点笑意，道："还没想起来？"

安折看着自己的菌丝，小声道："你是说，我……我的孢子，长成了我自己吗？"

奇怪的是，说出这句话，他并不觉得意外，或者只是说出一件平常的事情。

他出神，想着整件事情。

"波利说，当你摆脱蘑菇的基本形态时，也获得了新的性质，或者与其他简单生物的性质产生融合，获得了新的生命形式。孢子作为一种类似孢囊的存在，成了你的躯壳衰败后备用的生命。所以你把它看得比自己的生命还要重要，因为它确实是你的生命。你或许通过这样的方式获得了永生。"陆汛道。

安折微微睁大了眼睛。

"还有，"陆汛道，"我第一次见到波利的时候，他很痛苦。那时孢子主动落到了波利身上，我想，只有你才认识他。"

安折点点头，对靠近悲伤的波利这件事他确实有模糊的印象，同样还有很多靠近陆汛的记忆。

——只是那时候他并不知道自己在做什么。

他感受着自己完整的身体。

"对不起。"他闷闷对陆汛道。

如果事情确实是这样的话，那他确实是错怪陆汛了——他把这个人往最坏的方向去想了。而陆汛确实没有违背他当时留下的愿望，把孢子养大了。

"没事，"陆汛倾身靠近他，那双素来淡漠无感情的冷绿眼瞳里似乎涌动着某种难言的波澜，他声音压低，道，"……你活着。"

是的，他活着。

他还活着。

金色的曦光映照碧绿的草叶，微风里闪光的尘埃轻轻浮动，像一场梦。

安折轻轻抓住陆汛的袖角。

这时，他想起了另一件事——他记仇已久的那件事。很久之前的那一天，他敲开实验室的门，看到了孢子，他以为孢子属于自己，会主动漂向自己的方向，它却漂去了陆汛所在的地方。

他说了。

陆汛轻声道："是你想到我身边。"

安折微微垂下眼。

"我不知道。"他道，"那时候……"

那时候，他和陆汛的关系并不算太好。

想到这里，他又想，到了现在，他和陆汛的关系就算好了吗?

他抓着陆沨衣角的手指逐渐收紧，然而这些云烟一样纷乱的思绪在他抬头和陆沨对视的那一刻就烟消云散了。

现在是 2 月 14 日，四年前的这一天，他和陆沨在深渊的旷野上遇见了。

后来，他们短暂相处。再后来，他沉睡了三年，陆沨也养了三年的孢子。

他们或许没有认识太长的时间，也没有那么多相处的经历，和别的人类之间的关系相比，确实算不了什么。

但是，对他们两个，对一个异种和一位审判者而言，再也没有人能像对方那样了。

风里，他就那样和陆沨沉默对视。

良久，他听见陆沨低声道："谢谢。"

他问："谢谢什么？"

"很多。"陆沨语声淡淡，目光却从未从安折身上离开，他伸手轻轻搭在安折的侧脸上，音色微哑，道，"最想谢审判日那天你等了我一晚上。"

安折笑了笑，明明很高兴，心里却又有点酸涩，他的声音也微微沙哑了，说："那我也谢谢你一直放过我吧。"

上校色泽浅淡的薄唇勾了勾，低头亲了亲他眼角，一触即分。他冷绿的眼瞳里是安折的倒影，安折忽然觉得这颜色很温柔。

而陆沨就那样看着他。他起先觉得这人的目光很温和，后来却慢慢升起一种危险的直觉，像是被什么会吃人的兽类在密林里注视着，而它下一刻就会扑上来。

——而他们又离得那么近，毫无缝隙，陆沨的呼吸和心跳就在他耳边和身上。

安折迟疑地伸手抱住陆汛的肩膀，用自己有限的知识分析目前的状况。

然后，他小声道："你是想欺负我吗？"
就听陆汛轻轻笑了一声，是略微低哑的气音。
然后，陆汛道："谁教你的？"
安折："肖老板说的。"
"肖·斯科特，"陆汛准确地说出了肖老板的名字，道，"他还说了什么？"
安折道："都差不多。"
总之，肖老板的话语都是围绕这两个字展开。

陆汛道："如果是，你怎样想？"
安折努力思考。
"那……"他道，"那肖老板真的很神奇。"
他原本觉得肖老板的说辞毫无道理，可是现在看来，竟然连审判者都被说中了。

他如实把自己的想法说给了陆汛。
陆汛把头埋在他颈间低低笑了起来，听起来竟然还很愉快。

笑完，这人翻身，和他并排躺在草地上。安折转头看他，见这人确实是放松的样子，他从前从来没有奢望过总是活在夜色里的审判者会露出这种神情。

陆汛道："还有谁想欺负你？"
"霍森吧，我跟他们的车来基地的时候。"安折边回忆，边道，"好像还有乔西。在3层的时候，也有一些佣兵。"
"你呢？"
"我不太喜欢他们。"安折想了想那些人的目光。

就见陆汛看着他，眉梢眼角那薄冷的弧度舒展开来，是一种明朗的神情，像此时此刻拂过旷野的山风。

安折有点出神，假如时光重来，假如陆汛不是审判者，假如他是个无往不胜、野心勃勃又重权在握的年轻军官，或许他的神态会常是这样。

"那，"就听陆汛道，"我和他们不一样。"

安折用疑惑的目光询问他。

只见上校笑了笑，很好看，像这个时节刚刚化冻的冰雪溪流。

"走了。"他从草地上起身，迎着曦光朝安折伸手，"带你去找安泽。"

安折也伸手，被他拉了起来，跟上去。

"哪里不一样？"他问。

"哪里都不一样。"

安折狐疑地看着他。

"真的吗？"他问。

这次上校没有回答。

玫瑰

玫瑰之一·2103 年

"我们没有别的办法了。

"世界上的一切东西都在吞噬人类，而我们的数量正在一天又一天地减少。"

"孩子。"陆夫人从胸前摘下那枚金色的玫瑰徽章，放在她的手心，然后将她的手指缓缓合上，以使她能够感受到玫瑰花瓣那起伏柔软的纹路，仿佛触摸到一朵真的玫瑰。

"所有人都要拿起自己能拿起的武器去对抗这个时代，所有人。"她的声音温和得像水波。

"但你什么都得不到，妈妈。"

"我之外的任何个体都不会从中获利，获利的是人类的整体。当人类的整体逐渐摆脱糟糕的境地，作为个体的我们才会好起来，虽然那可能是几百年后的事情。但事实就是这样，当你救了所有人，你自己才会得救。

"但并不能排除一种情况，我们的得救远远迟于所有人的得救。"她说，"那就是我们拿起武器保护自己的时候。"

"会有那一天吗，妈妈？"

"会有那一天。"她的声音笃定得令人心惊，"除非——除非我们所有人还未得救，就已经灭亡。但你记住，孩子，无论如何，人类是相爱的。"

"孩子，你爱他们吗？"

"爱。"

她把那枚徽章彻底交给年幼的女儿。

玫瑰之二·2105 年

"咚"的一声巨响。

重物落地，天旋地转，她的母亲用那东西叩击了她的后颈，她重重倒在地上。

随即是"砰"的一声响，卧室门被关上了。

"咔嗒"，门被锁上了。

她本该昏倒的，但昏倒前的最后一秒，一个闪光的金色物体从自己上衣的口袋里滑出，那色彩唤回了她最后一丝意识，耳朵里嗡嗡作响，仿佛飞机的轰鸣，在仿佛头颅被从中劈开的剧痛中，在失去四肢一般的麻木里，她生生伸出手来，死死握住了那枚金色的玫瑰徽章，大口大口，急促地喘着气。

她不会让自己昏倒，她脾气柔和，但意志坚韧，远胜常人，这也是她的母亲所认可的。

而她的母亲是一个那样杰出而优秀的女性，林杉阿姨说："你的母亲在还是个稚龄少女时就展现出了非同一般的领导才华，甚至是那个挽救人类于危难之中的《玫瑰花宣言》的发起者、生育法度的起草者之一。如今，女性受到的压迫越来越重，超出了当初所协定的上限，她又与同伴们拿起了应拿起的武器，维护应有的自由与尊严。"

仿佛过了很久，半小时，一小时，或者两小时。隔着卧室门，她听见不远的玄关处传来粗暴的敲击声。随即是规律的高跟鞋叩地声，那是她的母亲陆夫人。没人不知道，陆夫人一生都自制而优雅，在非生育期永远穿着束腰的深红色长裙与得体的黑色高跟鞋，仪态优美，不随年华的老去而更改。

    门开了，客人进来了，他们的脚步声很重，那是军靴底与地面碰撞发出的声响。她感到危险，但最近这种事情时常发生。

    接下来是絮絮的说话声，似乎是有意压低了的，她模糊间听见"变更""停止""集中"之类的词语。近三月来她母亲和一些人频繁通话，虽然有意避开她，但她无意中听见的那些关键词也是这些。

    她大概知道发生了什么，半年来，反对无休止压迫的"玫瑰花"标语随处可见，基地试图与她们达成和解。

    "我不同意。"她的母亲提高了声音。

    "您恐怕需要和我们走一趟。"

    "我们已经和你们走了许多趟。"

    "这次不一样，夫人。"

    "还有其他人吗？"

    "只有您一个，夫人，元帅想亲自与您谈判，您也可以选择带上其他人。"

    "我要求林杉中将和她的卫队随行。"

    "当然可以，大人。"那名军官沉默了一会儿，道。

    军官似乎拨打了一个通信，而她的母亲走到卧室门旁的文件柜附近。

    军官挂断通信。

    良久，陆夫人说："我准备一下材料。林杉中将到了，我就会走。"

    文件柜打开的声音响起，客厅里的所有人都沉默了。

    很久，久到她几乎失去意识。

    但她还在想，她的母亲，为什么要把她打昏。

为什么？

为什么？

因为……

因为——

她就那样想着，直到她立刻就要失去意识。

直到一声枪响。

她浑身颤抖，手上冷汗涔涔，金色的徽章从手心滑脱，下一刻就会砸向地面，发出清脆的声响。

而她摇摇欲坠的信念也将和这枚徽章一样。

就在这难以度量的时间里，她艰难地收拢手指，将那枚徽章重新死死攥进掌心，将拳头放在胸口的位置。

良久，鲜血缓缓穿过门缝淌进来，像一只章鱼的触手。

她的目光从那里移开，平静地望着这个摆设温馨的房间，眼神里不知道是悲伤，是仇恨，还是怜悯，又或者什么都没有。

下一刻，她彻底失去了意识。

玫瑰之三·2105 年

她被带到一个地方，和一些年纪相仿的女孩待在几个小房间内，每天都有人送来食物和水。她知道，外面发生了很多事情，至少持续了三个月，因为这样的生活持续了三个月。

她一直在想，她的母亲如果不知道危险即将发生，那么为什么会早早将她打昏，如果知道危险即将发生，那么为什么不及早做出防备。

如果枪杀陆夫人可以解决问题，那么为什么混乱持续了三个月，如果预知会引起持续三个月之久的混乱，那么又为什么选择杀了她。

有时候，她猜想，母亲是故意使自己被杀，而打昏女儿，是为了使她活下来。

母亲还说，除了与《宣言》密切相关的女性，基地的其他成员对反对活动漠不关心。世界上当然有让他们关心的方法，那就是让他们看到压迫她们之物如此巨大，而那东西终有一天会碾压所有人。所以，她要用自己的鲜血让所有人看到真相。

但又或许，她永远都不会知道当时的真相了。

而无论发生了什么，她的母亲陆夫人，和陆夫人的同伴们，都失败了。

——因为她和她的同伴们被带到了一个巨大的银白色六角形建筑门前，这建筑是她每天拉开窗帘都能看见的，它叫伊甸园。

大厅里有一位年长的陌生女性，她拉着她的手。

"孩子。"那位夫人问，"你爱人类吗？"

"无论如何，"她看着她的眼睛，轻轻说，"人类是相爱的。"

她走了进去。

并且她知道，多年以后，自己也将被称为陆夫人。

就仿佛她的母亲还活着。

玫瑰之四·现在

这是一只墨绿色的怪物。

安折蹲下来查看它。

它快死了，腹部有三个碗口大小的血洞，流出浓黑的浊液，身上细密的鳞甲和凸起的棘刺与疙瘩组成的皮肤微弱地起伏着，五颗眼球中的四颗是复眼，其上笼罩着一层不祥的白翳，第五颗则紧紧闭着，背部十几只拳头大小的复眼暗淡无光。

深渊中很难见到重伤濒死的怪物，这说明它刚刚在一场搏斗中勉强获胜了，而血腥的气息还没来得及被其他捕猎者发现。

它体形不大，像个刚出生的人类婴儿那么长，当然这不代表它活着的时候从来都是这么长，因为深渊里的多态类怪物可以在许多种形态间自由转换。波利说过，在曾经的理论体系下，这一点匪夷所思，因为有一些物质凭空消失，而另外一些物质凭空出现了，但如果用波动与频率来解释，形态的转换仅仅是频率的变更而已，很容易做到。

如今，它濒死时呈现这种状态可能是因为它想用这种形态死去，这或许是它最初的形态，又或许是它最喜欢的形态。

安折用菌丝轻轻碰了碰它的脑袋，没有任何反应。

"它快死了。"他微微蹙着眉，看着那怪物。

他身边的陆汛只说了一句："下雨了。"

安折抬起头，天上乌云密布，"啪嗒"一声，雨珠落在树木与藤蔓层叠的枝叶间，溅在地上。下一秒，又有一滴落在这只怪物的伤口上，它抽搐了一下，似乎因此感到疼痛。

夏天的雨来得那么快，仅仅是几秒后，密密麻麻的白色雨珠就像鼓点一样在树叶上击打起来。陆汛用制服外套盖住了安折的脑袋和肩膀，安折道："来的时候，旁边好像有山洞。"

他抓住陆汛的手站起来，站在原地犹豫了几秒——最终，他抱起那只体形不大、正在因痛苦而颤抖的怪物，两人往旁边起伏的山体走去。

"形态不太对。"陆汛道。

安折倒是没有什么感觉，深渊中从来不少见奇形怪状的地貌。

山洞口就在那里，纠结缠绕的藤蔓间，有一个幽深的开口。

怀里的怪物还在颤抖着。多年前，他就是这样将重伤的安泽拖回了自己的山洞。此时此刻他心知面前的洞口绝对不是当年那个，却奇异地感觉时光和命运总在交叠，自己又走了一遍当年的路。

不过，当他站在所谓的山洞口的时候，终于相信了陆汛的判断。

洞口不是常见的不规则开口，依稀是个拱形——这是个废弃的建筑物，被隆起的地面挤压成了现在的样子。深渊里确实散落着一些人类废城的遗址，遗址中有种种功能不同的建筑，百年间，深渊的生物就在它们身上生长、蔓延。

走进去，周围黑压压一片，偶有植物的荧光，安折把怪物放下，将手电筒放在合适的位置。手电筒照亮了有限的一片空间，这里是个宽阔的大厅，陈设早已腐朽，似乎是个教堂，四壁斑驳，有怪物栖居的痕迹，但似乎是很久之前留下的。

一声甲壳与石头摩擦的声响传来，是那只受伤濒死的怪物朝他们移动了五厘米。安折伸出手，碰了碰它足肢上的绒毛，怪物的头颅转了转，昆虫的复眼里没有哺乳动物那样的瞳孔，难以辨认视线的焦点，但安折知道它在看他。

它为什么看他？它在想什么？一只五只眼睛的怪物在濒死之际会有什么样的感情？安折不知道，丝丝缕缕的白色菌丝爬上怪物的身体，轻轻覆盖了它最深的那道伤口。

足肢动了动，似乎是要往安折身上来，但就在下一刻，这具躯体不动了。

它将死了。

安折看着它，并未收回自己的菌丝，身侧似乎有一道视线，他转头，发现陆汛倚在教堂大厅破败的柱子旁，双手抱臂，睨着这里，似乎在观察自己的一举一动。

"你经常这样做？"陆汛问。

"有时候。"安折回答。

他知道陆汛在问什么，如果在深渊遇见了受伤的生物，他就会把它拖回去，偶尔，一只重伤的生物会因为得到了安全的洞穴休养而活下来，但绝大多数时候都会伤重死亡。

安泽也是这样。

陆汛还在看着他。

"那时候你已经有人类的意识了吗？"

安折回忆了一下，摇头。那时候他只是个蘑菇，甚至，他不知道该怎样用人类的语言来描述一只蘑菇的生活状态。

他抿了抿唇，继续道："如果我的菌丝断了，我会疼，我害怕死掉。

"所以我看到它们快要死掉的时候，就会想办法帮忙。"

良久，他看到陆汛笑了笑："是你会做出来的事情。"

外套被雨淋湿了，这个地方也格外阴暗潮湿，还好随身的背包里有几块炭，他们搭起支架，生起了火，关了手电筒。

"冷吗？"陆汛问安折。

安折摇了摇头，但还是往陆汛身边靠了靠，陆汛伸手搭住他的肩膀。

他们没再说话，安折靠在陆汛肩上，看着跳动的火苗。

"我能找到安泽吗？"许久，他问。

他和陆汛约定：一个月待在深渊，一个月待在基地。

陆汛不讨厌深渊，安折甚至觉得这位上校比起基地，更喜欢深渊。上校对深渊的很多东西了如指掌，在这一个月中也能为研究所收集许多样本。但无论陆汛如何对深渊的地形驾轻就熟，目标范围如何缩小，他们还是没有找到那个山洞，因为深渊很大。

"只要那个山洞还在就可以。"陆汛道。

安折回忆着深渊的一切："洞口可能被蘑菇盖住了，可能被水淹掉了，可能被打架的大怪物弄塌了……有时候山洞是活的，它醒了，然后走了。"

他道："但我还是要去找。"

"这是我答应过安泽的事情。

"虽然他不知道。

"那就当我是自己答应了自己吧。"

安折自言自语，陆飒只是有一下没一下顺着他的头发。到最后，他对安折说："他不会因为你迟到而生气。"

安折点了点头，安泽是个很好的人。

他收起自己的胡思乱想，继续看着那些火苗，慢慢说一些深渊里的事情。陆飒只是听。

也不知过了多久，安折忽然想到，自己身为一只蘑菇的所有生平，都已经说给了陆飒。陆飒知道雨季与青草、安泽和乔西，知道他认识的所有人，知道他遇到的所有事情。

相反，他并不了解陆飒的过往。

"你……"他说，"你也有答应了别人但是做不到的事情吗？"

安折已经想好他的回答了。他想，像陆飒这样的人，不会轻易去承诺什么，也不会抱有不切实际的幻想。

但出乎他的意料，短暂的沉默过后，陆飒说："有。"

木柴的"噼啪"声渐渐小了，灼热的火焰变成漆黑的木炭上的红光，周围昏暗下去，尘土的气息浮上来。

伊甸园 22 层的楼梯间，也是一个昏暗而充满灰尘的地方。

"到那一天，"恍惚间，陆飒耳畔响起一个温柔的女声，"到我们所有人都自由的那一天，我就不用再这样和我的孩子偷偷见面。"

纪伯兰不是陆夫人的孩子，但他经常来到 22 层，此时他晃荡着小腿坐在应急楼梯扶手上，说："夫人，你一定能看到那一天。"

陆夫人摸了摸他的脑袋："有我们的大科学家在。"

纪伯兰扬起脑袋，吹了个口哨，他说："我和陆飒也会看到那一天。"

陆夫人的目光从纪伯兰身上移开，看向陆飒："你也要去灯塔吗？"

陆飒摇摇头。

"那你和你的父亲一样，"陆夫人亲了亲他的额头，"你长大后要保护基地。"

接着陆夫人牵起他的一只手，又牵起纪伯兰的一只手，让它们握在一起，然后将她的手也放上去。

"我们都会看到那一天，到了那一天——"她年轻的面庞上是温柔的欢欣，"到了那一天，我们要在一起，还有你父亲。你们答应我。"

"你们答应我。"

"我答应夫人。"

"我也答应你。"

陆飒的故事很短，但安折看着他，听得出了神。

这次换陆飒看着逐渐熄灭的火堆。

安折伸手。

他直起上半身，试着像陆飒刚才抱住他一样抱住陆飒。上校似乎会意，他调整角度，往安折那边靠了一下，安折搂住他的肩膀，有点不习惯，但可以接受。

"你曾经告诉我，她变成蜜蜂是因为多年前的一朵玫瑰花。"陆飒道，"我一直在想，是谁送她的。"

安折怔了怔。

在超声驱散仪还没有被发明或驱散仪短暂失灵的一天，一只误入城市的蜜蜂被花朵吸引，蜇伤了陆夫人的手指。

蜜蜂那微弱的频率就在她身体里潜伏下来了，并在未来的某一天被来自宇宙的宏大未知的波动唤醒。

这座基地里，只有陆夫人有玫瑰花，因为她爱这些东西，而另外有人爱她。陆汛的父亲和后来的陆汛都会送给她采集来的、灯塔确认安全的种子——只有这两个人。

安折轻轻牵住了陆汛的手。

木柴堆燃尽，那暗淡的红色也在退去，风在教堂里呜呜回荡，仿佛另一个有风的夜晚。

"我希望你能去统战中心。"陆夫人说。

那是陆汛正式加入军方前和她的最后一次通话，那时他在基地侧翼的一个小型野外基地，是基地的民用通信勉强能拨通的距离。

"那里最适合你，最少去野外，所以也最安全。"她说，"为基地服务的这么多年，这是我唯一一次自私。我想要你活着，我希望我的孩子都能活着，可是我只知道你。"

陆汛没说话。

"如果是去其他地方，我也不会阻拦你，但是不要去审判庭，我害怕那里。"她轻声说，"去年，审判庭还发生了一次枪杀事件。基地里很多剧烈的变动都从一次流血开始。而审判庭每天都血流成河，那个地方太令人痛苦了。"

"你在听吗？"沉默了一会儿，她问。

"我在。"他回答。

她笑了笑："那你答应我。"

"你一定要答应——"

电流声忽然响起。

"吱——"

紧接着是舒缓的乐声前奏、和缓的频率、温柔的女声："抱歉，受到太阳风或电离层的影响，基地信号已中断。这是正常情况，请您不要慌张，一切活动照常进行，通信信号不定时恢复，届时将为您发送公共广播，请保持收听。"

"……请保持收听。"

——并没有按照她的意愿，他最后仍然选择了审判庭。

直到最后，儿时的约定也被撕碎在一声枪响里。

当所有木头都被烧成一碰即碎的松散的灰白色残屑，教堂陷入昏暗和冷寂。

这时却有无数幽微的绿光亮起来，是那只捡来的昆虫怪物死去了。

安折看过去，它的身体逐渐肢解，消散为星星点点的绿色萤火，像碧绿发亮的烟雾或萤火虫群。

它们起先像一场梦一样笼罩着他们，而后上升，照亮了整座破败的教堂，也照亮左边墙壁上斑驳的垂泪圣母像与前方巨幅的耶稣受难像，枯死的藤蔓挂在圣母的肩膀上，她的脸颊被兽类的爪印划破，耶稣的身体则被霉迹遮盖，唯一清晰的只有他们的眼睛，他们在藤蔓、霉迹与灰尘背后静默地注视尘世。

流光飞散。

命运就飘散在尘世。

✦ 夏日

深渊的夏天到了。

从高地研究所往下望，铺天盖地的墨绿色高低起伏，像浩荡的汪洋连接着淡蓝色的天空。远方山脉上，一群黑色有翼怪物正在盘旋，发出一声悠长的鸣叫。

鸣叫声和风一起递到山巅，走廊上，藤蔓的枝叶和花串荡起来，雪白的花瓣纷纷扬扬洒在安折身上，他抬手接住一朵，拿在左手里，另一只手去拨弄藤蔓的末端。

陆汛伸手给他摘掉衣领和头发上的花瓣，他感受到这人的动作，回过身来，把藤蔓拉过来放在陆汛面前："你看。"

——他刚刚在这条藤上发现了一只雪白的新花苞。

当然，这株藤蔓上有没有新花苞，花苞是大还是小、是黑还是白，都不会引起陆上校的兴趣，上校面无表情地俯身亲了亲他的额头。

"啧。"对面的纪博士发出一声类似赞叹的声响。他倚在窗台旁，左手正在摇晃一只试剂瓶，右手垂在身侧。

当年守卫北方基地的最后一场战斗中，纪博士失去了他的整条右臂和右边小腿，与高地研究所的对话，就是他在这种恐怖的剧痛下完成的。至于他为什么活了下来，没有因失血过多而死亡，只能归功于上帝的垂怜。

后来，失去一部分肢体的纪博士申请来到了高地研究所。他的脑子没受到影响，但在这个没有假肢的时代，一条右臂与半条腿足以葬送一位科学家的一生，他不是来继续研究的，他来到这里是出于对波利·琼的仰慕，他愿意贡献出自己的躯体以供新型的研究。在数十个与他类似的实验志愿者的帮助下，研究所测出了六种确定可以传播的安全频率，其中有一种生物拥有肢体再生能力。

总之，纪博士现在像个正常人了，虽然他对新生的肢体仍未完全适应。

安折转头看向纪博士，想看看他这次在"喷"什么。

纪博士在看陆汛，同时，他伸出手，清脆地鼓了两下掌。

"被我看到了，陆上校。"他说，"要不是我看到了，还真以为你打算当一辈子正人君子、一个合格的父亲。哦，你好像太年轻了，那就当个称职的亲哥哥吧。"

陆汛摘下安折脖颈处的最后一片花瓣，淡淡望向纪博士，平铺直叙的语气。

"纪伯兰，"他说，"我高估了你的人格。"

"好，好好好，"纪博士举双手投降，"是我不对，我低估了审判者大人的道德水准。"

陆汛没说话。

"我错了，我承认，不是您的人格太高尚了，是我的道德水准确实比较低下。"纪博士继续讨饶，他眼睛一转，看到了牵住陆汛的手腕正望着自己的安折。

"假如给我分配一个这样的小宝贝，"他咧嘴一笑，伸出手，比画了一个手势，"我要把他捆在床上，然后——"

陆汛冷冷睨了他一眼。

"……然后解剖掉。"纪博士说完就闭嘴了。

"纪博士的脑子出问题了，"陆汛低头对安折道，"你可以考虑用菌丝给他治疗一下。"

"大可不必！"纪博士在一旁大惊失色，道，"我走就是了。"

陆汛这一谋害纪博士的提议也无法引起安折的任何兴趣，安折踮起脚，在陆汛侧脸上亲了一下。

纪博士又道："啧。"

陆汛道："你可以走了。"

"你就这样对待你最好的朋友吗？陆上校。"纪博士道。

"是。"

"怎么，我连围观你们过家家的资格都没有吗？"纪博士的声音里掺杂着一丝丝心碎。

"没有。"

"过家家"这个词引起了安折的兴趣，他又抬头看了纪博士一眼。

"这么可爱，"纪博士也看着他，眼里闪着诡异的光，"解剖一下会哭很久吧？"

安折总觉得纪博士被什么东西附身了，可能是和肖老板融合了。

纪博士抱臂叹了一口气，将注意力重新转移到自己那只淡蓝色的试剂瓶上。

"陆上校，你真的不试试这个？"他道，"1014 号提取液，没有任何副作用。配合小型磁极调频，三个受试者注射后，其中一个拥有了完美的夜视能力。这还是你一个月前从深渊带回来的。"

日光从藤叶的缝隙透进来，投射在细长的玻璃瓶内，试剂闪闪发光。

陆汛只是扫了一眼。

在博士期待的目光里，安折替陆汛回答："他不要。"

"喊，"纪博士带着他的试剂转身离开，拨弄着通信器，"波利喊我，再见。"

安折说："再见，博士。"

陆沨确实不要，安折知道。

况且，陆上校并不需要去获取那些奇怪的强化功能或技能，他原本就在深渊来去自如。

安折一边胡思乱想，一边用菌丝缠上了身旁青翠欲滴的藤蔓，他对它觊觎已久了。

"别乱吃东西。"陆沨看见了他的动作。

"这个可以消化。"安折辩解道。

他伸出一缕菌丝给陆沨看，那缕菌丝爬到上校黑色的制服袖口，在银色袖扣上结出一片翠绿的新叶，在风里轻轻颤着。

这是安折最近的乐趣。自从发现自己可以安全地融合所有生物或非生物后，他尝试了很多——那些丑东西除外。

比较成功的一次，他把自己变成了一房间纷纷扬扬的柳絮，差一点把上校呛到。

但融合也不总是安全的，就像很久以前陆沨说的那样，多态类怪物在形态转换时有时会出差错。不久前他喝土豆汤的时候，出于对这种果实的喜爱，去实验室融合了一小块土豆的块茎，然后意外昏迷了，三个小时后才醒过来。波利说："这是因为你这只蘑菇与土豆的频率截然不同，出现了排斥。融合其他东西的时候也是这样，虽然结果总是好的，但过程充满不确定性，就像一块钠会溶于水，但溶于水的过程会产生爆炸一样。"

从那以后陆沨就不许他乱吃东西了。

但安折想吃这一小块藤蔓，这一行为不会对藤蔓本身的生命造成伤害，而且，这株藤蔓毫无异常，只是一株安静的、开花的漂亮藤蔓。

安折就轻轻在它的表皮刮开了一个小口，汁液渗了出来。

它很……安静。随着淡绿色汁液浸入菌丝，来自深渊的风吹过冷沉的天空，吹拂着这株依附于研究所的藤蔓，太阳、月亮、星星，天空中的一切都照耀着它。安折闭上眼睛，他的身体好像也那样舒展开来，而陆沨就在他身边，他不用担心任何事情，任由陆沨半抱着他，在深绿色回廊的长木椅上坐下。

或许是他的状态正常，这株藤也正常，陆沨没有允许他吃这块藤蔓，但也没阻止。

那就是默认了。

安折躺在陆沨怀里，抓着他的手，思绪很散漫，像泡在温水里。

"它在这里长了很多年了，本来是株不会开花的藤，"他说，"后来一些有翼的动物带了花粉过来，它就开白色的花了，它觉得很好看，很高兴。"

他一边小声念叨着从藤蔓里体会到的情绪，一边伸手抱着陆沨的肩膀，往他怀里又钻了钻，脑袋蹭了蹭陆沨的脖颈，脸颊贴着他胸前微微凉的银穗流苏，觉得很舒服。

陆沨"嗯"了一声表示他在听。

一株藤蔓的情绪和记忆是很简单的东西，而有些东西也不是人类的语言可以描述得出的，安折搜刮着一些词句："它还想有蓝色的花。然后……还希望能有飞鸟或者蝴蝶和蜜蜂再过来，给它的花朵授粉，授完粉就可以结果子了。"

然后就没有什么东西可以讲了。

陆沨揉了揉他的头发。

这时候，陆沨的通信器亮了，他拿起通信器，安折也望向通信屏幕，是已经走了的博士发来的信息："你真的不考虑 1014 号提取液吗？你的朋友真的很需要你，他需要一个实验品。"

——博士还没有放弃推销他的提取液。

安折笑了笑，看着陆沨点触按钮，回了一个字："不。"

博士回复："你的态度为什么这么冷漠？夜视不好吗？你不需要吗？每次去深渊，我都要担心你的安危，如果你注射了 1014 号提取液，我才能放下心来。"

——他说得像真的一样。

陆汛回："红外眼镜不好用吗？"

"那你可以考虑一下 1015 提取液，纯黑色的薄膜翅膀，平均翼展 4.3 米，能飞起来，很帅的。我真诚地希望你可以体验一下在空中滑行的感觉。"

"你考虑下？"

陆汛："不用。"

博士回复的速度很快，隔着屏幕都能感受到他快速打字时的怨气。

"时代变了，审判者先生。"

"你得忘记人类血统论，放下心中的成见，拥抱外来的基因。"

陆汛的回复依然简单，冷漠："谢谢。"

"你这样不对，你需要心理辅导吗？"

"不需要。"

"你没救了！"博士甚至发了一个感叹句。

接着是文字消息："你到底什么时候能治一治自己的血统洁癖和道德洁癖？你曾经放逐了自己，现在还没有回来吗？我想用提取液泼你。"

显然，博士已经气急败坏了。

推销提取液失败后，他总是这样。

陆汛神色依然从容，回复："我很正常。"

"1014 和 1015 任选其一，我就相信你。"

陆汛："。"

博士："你看，没救了。"

陆汛微蹙眉，良久，在通话界面敲下一个字，发送。

"丑。"

短暂的沉默。

博士："……"

博士："……"

博士："……"

博士："您真行。"

陆沨松手，安折抱着通信器，边看边笑。

他想，博士竟然才知道——而自己早就猜到了。

在"钟声"后，很多人都自愿接纳了一些被认证安全的频率，有的人长出了翅膀，有的人获得了光合作用的能力，当然也有些人产生了无伤大雅的排斥反应，零星的几个虽然与外来的基因融合了，但什么都没有得到。

但是陆沨拒绝体验这种事。

当然，原因并不像博士所说的那样，陆沨有着血统上的执念，不允许自己的物种组成被其他怪物污染。

真正的原因很简单。

陆沨觉得，那些怪物，或者异种，都很丑。

让他和研究所里融合了别的生物基因的人类和平共处，可以。让他也试试长出一点什么别的东西，不行。

他，嫌弃。

安折把通信器放在一旁，抬头看陆沨的脸，他的角度正好能看清所有的细节。

陆沨有一张令人过目难忘的脸，只是很少有人会仔细看他的五官，更多的人甚至不曾也不敢直视这张面孔。

安折觉得他的眉眼最好看，很鲜明，像深渊山巅冷冽干净的风。他伸手摸了摸上校薄长的眉尾。以前做人偶的时候，肖老板曾经拿着只种了眉毛和头发的空白人偶的头反复观赏，啧啧赞叹："真有他的。"

再往下是窄长墨绿的眼睛，被睫毛半掩着，冷冷清清的形状，依稀能从里面看见自己的倒影。

安折觉得，一个人类如果长成这个样子，确实有嫌弃别的东西长得丑的资格。

再看通信器，博士最新的一条消息："那你的意思是我也不好看咯？"

上校并没有回复。

他又转回去看陆汛，并再次往陆汛怀里靠了靠，不知道为什么，他现在就是很想这样做，而且莫名其妙地有点昏昏沉沉。

陆汛把他往自己身上拢了拢，问："怎么了？"

安折摇了摇头，忽然想起一个问题。

他看着陆汛，没说话。

安折是个经常早睡早起的蘑菇，眼瞳黑白分明，清凌凌地亮着，只是现在和平常不同，像多了一层雾，湿漉漉一片。

陆汛低头，离他近了一点。

就听安折小声道："我也是异种。"

"嗯。"陆汛道，"小异种。"

安折说："那你觉得蘑菇也难看吗？"

"你没事，"陆汛，"白色好看。"

"那如果我是个灰色的蘑菇呢？"

"还好。"

"黑色的蘑菇呢？"

"也行。"

"五颜六色的蘑菇呢？"

"嗯哼。"陆汛面无表情地看着他，声音平淡，"给你吃一个白蘑菇。"

这人有个特点，越是捉弄人的时候，神色越正经。

于是安折也面无表情，说："吃了你。"

轻轻一声笑，陆汛把他捞起来，换了个姿势，本来是打横抱着，现在变成面对面。

安折没骨头一样往前倒，恰好和陆汛碰了碰额头。这很反常，他平时还是有骨头的。但这时他每个骨头缝里都泛起懒洋洋的感觉，就没退开。陆汛鼻梁高，蹭得他有点痒，于是他反蹭了一下，把脑袋埋在陆汛肩窝里。

陆汛把他圈起来，他下意识里继续蹭了一下陆汛。

通信器亮了又灭，灭了又亮，纪博士仍然在锲而不舍地发着诋毁消息，陆汛扫了一眼博士气急败坏的言辞，想起先前的对话，转向安折。

他问："我的道德水准很高吗？"

"啊？"安折一时间没有领会他的用意，想了想，说，"你是个好人。"

陆汛："哦。"

安折感到自己的回答或许有些敷衍，补充："你对我们很好。"

陆汛问："我对你呢？"

"对我……"安折思索，"有时候不太好。"

陆汛："你还可以再回答一次。"

安折硬气地不说话，于是陆汛又笑，他笑起来胸膛微微震颤，他们离得很近，安折可以感觉到。

陆汛没再说话。

于是安折开始想。

当然，陆汛对他是好的。在深渊难免受伤，有时他只是手臂上渗出一点点血丝，陆汛处理伤口的态度却让他觉得自己好像断了一只胳膊。如果他想去做什么事，陆汛不会阻拦，他不想做的事情或者不同意做的事情，陆汛也不会提出要求，虽然这种事情很少发生。

——但是，这个人又经常在一些小事上欺负他。从刚认识的时候那场乱安罪名的牢狱之灾起，这个人就露出了他的本质。

陆沨对纪博士也不错，虽然看起来他们两个每天都在朝着对方冷嘲热讽。

然后，其他人——

陆沨对待他们，当然没有什么可挑剔的地方。

假如研究所遇到灾难，无论和陆沨共处一室的人是谁，陆沨都必然让那个人先走，他一个人面对危险。如果有人请求帮助的话，陆沨也一定不会拒绝。

但也仅限于此，若非必要和工作上的交接，他不会和除波利外的其他人有任何多余的交流。

研究所里的人们关系其实很融洽，互相打趣与打闹都是常见的事情，平和的交谈和合作也很多，但是，显然，审判者大人不会加入其中。

安折想，上校站在远处保护人们太久了，以至于忘记怎样去融入他们，又或者他根本没有学会过。

他说："你也可以放低一点对自己的要求。"

"怎么放低？"

安折哪里知道他要怎么放低，于是回答："你自己想。"

陆沨说："好。"

他的声音质地也是清冷的，似乎带着笑意，是很年轻的声音。

安折想，他是一个在一定程度上加入人类社会的蘑菇，在这里，他还有很多东西要学。但对陆沨来说，也是如此。

于是他说："比如，如果你想和研究所的人做朋友的话，可以和大家一起吃饭，然后从外面回来的时候给他们带果子。"

这种方法可能不适用于陆沨，他只是举个例子，陆沨当然会明白。

"不太想，"陆沨说，"我有和你一起吃饭，给你带果子。"

安折："那又不一样。"

"嗯？"陆沨的声音里带上了逗他玩的时候常有的一点鼻音，"哪里不一样？"

安折不太想和这个人说话，于是他咬了一下陆泗的脖子。

陆泗的声音带笑："你说得对。"

安折总觉得他和上校从一开始就在鸡同鸭讲，他想挺起上身来揉揉陆泗的脸。

于是他用手撑着陆泗的肩膀，往后退了一点。

就在这个时候，他的身体忽然没来由地发软，险些没稳住，往前栽去。

——栽到了陆泗身上。

陆泗扶住他："怎么了？"

安折摇摇头，他形容不出自己现在的感觉。

陆泗伸手去碰他的额头，却并没发现什么。安折伏在他肩膀上，急促地喘了口气，提不起任何力气来，他道："我不舒服……"

"哪里不舒服？"

安折只是茫然地任由自己缠在陆泗身上，难以用人类的语言描述他现在的感觉，像是……像是受到季节的召唤，等待着什么事情发生，上一次有这种预感，是孢子离开的那天。可是这次与那次不一样。

他又要结出新的孢子，开始一轮凋谢和新生了吗？也不对，现在他只想离陆泗近一点。陆泗握住了他的手，上校的手很凉，但下一刻安折反应过来，陆泗的体温是正常的，是他自己很热。

他蹭了一下陆泗的肩窝，甩了甩脑袋，闭上眼，眼前出现一些模糊的景象。

风。夏风从深渊更南的地方吹过来，丛林是一片浓墨绿的海，在风里起伏翻涌，藤蔓今夏的新叶也轻轻晃动，夏天是它的花期。叶与枝的间隙里，雪白的花朵像蘑菇从雨后的土壤里冒头那样长出来，花瓣星星点点缀满天空。

然后等。

等什么？

等飞鸟，等蝴蝶。

飞鸟和蝴蝶会做什么？

他难受地哼唧了一声。

是那株藤蔓的问题，他刚刚无视了陆汛的警告，吃了一条今年长出的新鲜藤蔓的树汁，就出现了这些奇怪的症状，就像他吃掉一块土豆后昏迷了三小时一样。

陆汛把他的脑袋抬起来，轻轻拍了拍他的脸颊："安折？"

安折是清醒的，但他已经控制不住自己的身体。陆汛为了看清他的状况，把他从自己身上抬起来一点，这让他很难受。安折一边要继续往陆汛身上靠，一边低声道："藤……"

"疼？"

安折胡乱拽了一条从廊上垂下来的软藤在身前："藤。"

抱着他，陆汛微微松了一口气，安折现在的样子，确实也不像是在疼。

他顺着安折的脊背拍了拍，安折哼哼唧唧。

陆汛扫了一眼身旁瀑布般垂下的正在花期的碧绿藤蔓。

藤蔓掩映后是白色的研究所建筑，还好这里离他们的住处不算远。

风里是幽淡的花香，这是一直都有的。此刻多了一缕淡到几乎闻不到的清冽的气息，像雨后的青草和白色小花的味道。

是蘑菇生长时喜欢的东西，几个雨季下来，就成了蘑菇自己的气息。

审判者大人难得一见地轻轻叹了一口气。

他扶着安折的肩膀，让他看着自己。

安折手指紧紧抓着他衣袖的布料，抬头看着他，湿漉漉的眼睫上缀着细小的水珠。

"你是个蘑菇，"陆汛道，"不能乱吃东西。"

安折看向藤蔓，世界上没有比这更正常的藤蔓了，可他还是很难受，只有靠近陆飐才能缓解，像藤蔓的白花非要等待蝴蝶那样。

他蹙眉，看回陆飐。

陆飐也低头看他。

——然后他就被抱了起来。

"这次记住了吗？"

英雄主义

1

"牢记：英勇、坚强、自我牺牲，这是我们所处时代的英雄主义，是人类共同的英雄主义。"

伊甸园，唐岚在背书。

"集体英雄主义、个人英雄主义，它们共同的——"

哈伯德把一本枪械图鉴盖在脸上："还没背完？"

"差不多了。"唐岚合上书，望着天花板，"哈伯德。"

"怎么了？"

"你想当英雄吗？"

哈伯德把图鉴往下拉了一点，露出栗色的眼睛，他也望着天花板，三秒钟后，说："无所谓。"

再三秒钟后，又问："你呢？"

唐岚说："我不知道。"

他们在伊甸园的生活老师是个短头发的女性。

"每个男孩都想做英雄。"她把两个人的书收起来，又补充道，"女孩也想。"

哈伯德望向她，似乎对于图鉴被收这件事有所不满，但生活老师随即说："后天就要去军事基地考核，你们两个要多补充营养，快去吃晚餐。"

那时候伊甸园的物资还很丰富，孩子们到十岁才会被分为 A、B、C 三个等次，离开这里。毋庸置疑，哈伯德和唐岚会被军方接纳。

在伊甸园给出详尽的评估档案后，野外作战部门早早看上了他们。

但就像人类有史以来所有猝不及防的意外一样，唐岚在选拔前夕病倒了。

是未知的细菌感染，或是其他不可溯因的疾病，不确定是否能够治愈，不确定是否传染，不确定该如何处理。

最终的处理措施是，灯塔提供了所能提供的基础药品，将他移至封闭层，隔离自愈。

生活老师告诉哈伯德这一消息时，他正在训练室里做引体向上，准备参加军方的选拔。

他从单杠上下来，用毛巾擦了一把脸，眼瞳里神色沉沉，看不出什么情绪。这个孩子向来冷淡寡言，生活老师担忧地看着他。

"能传话吗，给他？"哈伯德说，"别死了。"

2

唐岚确认治愈的时候，军方选拔已经结束两个月了。

药物给他的身体带来了损伤，不确定是不是永久的，他因此失去了进入军方的资格，被分配至外城。

他临走的时候，生活老师为他打包好了行李——一个简单的箱子，里面放了抗生素、绷带、应急药品、半箱混合营养物、几本他常看的书和图鉴，还有一本《英雄主义的原则》。他没问这是谁收拾的。

"哈伯德去了野外作战部门，在封闭训练。"

他点了点头，提起手提箱上了列车。

外城的孩子们如果被领养，就跟随父母生活，未被领养的则集体生活，成年前不允许出城，可以选择上基地的基础教育课程，打一些零工，或者加入佣兵队提前受训。唐岚有自己的主见，拒绝了被领养，开始一边上课，一边自己训练以恢复被药物损伤的体能，当训练的强度一次次突破极限，他的体能也奇迹般慢慢恢复。

时间过得很快，但生活总归不会顺利。

唐岚长得好看，黑发黑眼，棱角分明的俊秀，是亚洲人里最出挑的那一种。集体生活里多得是偷鸡摸狗的混混儿和刺儿头，打架斗殴和欺压弱小屡见不鲜。他挨过打也吃过苦，起初没有还手的力气，后来一个可以撂倒三个。

昨天晚上他想进的那个佣兵队里一个喝醉的佣兵找上门来，半夜胡闹滋事，他右手腕上添了道新疤，那个佣兵被他卸了两条胳膊，今天白天，他放话要让他好看。

他不怕，从小到大，他没怕过什么事情。

他一个人主动到一条错综复杂的楼巷守着，放出了自己来这里躲打的消息。这个地方是外城建造时的烂尾楼群废墟，环境极端复杂，在空旷的地方和多个人打架，他没胜算，到了这种地方才有把握。

他就在楼群入口处的楼顶等着，从中午等到半夜也没见人，那个佣兵行事凶狠，睚眦必报，这不是他的风格。

最后他下楼去，远处传来轻微的打斗声，他顺手抄了一根钢条，戒备着走向楼巷尽头。

他走到的时候，打斗声已经停了。

楼巷外有围墙，圈出一片空地，空地上躺着三个人。唐岚霍然抬头，短暂的寂静间，看见月光和楼厦的阴影一起投射在围墙上，而黑灰交界的地方靠墙倚着一个人。

哈伯德长了一张五官鲜明深刻的脸，栗色眼睛，微卷的黑发，不常说话，脸上没什么表情，再加上身材比同龄的少年高大，常令人敬而远之。

也很好认。

看见唐岚来，哈伯德抬起下巴，指了指那三个人。

唐岚看都没看，径直走到他面前："你偷跑出来了？"

"没。"哈伯德从口袋里掏出一张蓝色的 ID 卡，唐岚借着月光看，见是外城的式样。

唐岚："怎么回事？"

"被处分了。"哈伯德说，"以后在外城住。"

唐岚死死看着他："你别骗我。"

哈伯德收起 ID 卡，没说话。

"到底是怎么回事？"唐岚并没这样放过他，"你说实话。"

远方刺耳的警笛声划破夜幕。

哈伯德问："怎么了？"

唐岚："……"

"快跑。"他说。

——后来他们两个就因为恶性打架斗殴事件在城防所的监狱里待了一个月。

至于哈伯德到底为什么来了外城，唐岚没再问。直到很多年后，他和哈伯德喝酒。

作为一个顶级佣兵，AR137 佣兵队的头儿很少醉酒，当然，他的副队总是有一些把他灌醉的特殊技巧。

灌了几轮，这人已经醉得往桌上栽，唐岚差点没扶稳他。

"在供给站认识了个野外作战部门的军官，"唐岚语气温和，又给他倒了满杯烈酒，"说是当年和你一起集训的室友，他问我哈伯德是否存在政治上的偏见，不然为什么主动把自己弄到外城，牺牲大好前途。你说呢，头儿？"

"牺牲什么了？"哈伯德过了好一会儿才回答他，"现在挺好。"

"队长英明神武，战无不胜，"唐岚也开始给自己灌酒，"十年以后，你就是人类对战怪物第一前线指挥官，一不小心，还能拯救世界，当个英雄。"

酒太辣，他的视线都模糊了，想起十岁时候背"英勇、坚定、自我牺牲，英雄主义"的事情来，他又自言自语："你好像也不是很向往当英雄。"

哈伯德胸膛里似乎传来一声气音，是他笑了笑。

"当了。"恍惚间，唐岚听见他说。

"当什么了？"

"牺牲给……"

他们两个醉得半斤八两，一个说得不清楚，另一个听得不清楚，唐岚努力靠近哈伯德，终于听清了几个音节。

"给副队长……个人。"哈伯德说。

"你脑子进水了。"唐岚说。

就听哈伯德说："就是……个人……英雄主义。"

"你他妈的。"唐岚一口气堵在胸口，往那边抬腿就踹，踹完，灌了一口大酒，又笑。

"你有没有读过书啊，哈伯德，"他说，"这词能这样用吗？"

3

"欢迎来到高地研究所，孩子。"

"你好，先生。"

"可以描述一下你变成现在这个样子的过程吗？"

289

"我想想。"

"好。"

研究所的夜晚，平台上点着篝火，照亮了唐岚的脸颊，他左边脸颊上一排青黑色的鳞片还未完全褪去。

"大概在这里，"他手指指向深渊地图的一个区域，"我和……我们队长，吵架了，关于要不要往深处去。"

"晚上我值夜，心情不好。开车到警戒圈附近待着，"回忆起当初的场景，唐岚的眼瞳微微失焦，"然后就发现那个怪物了。明明是大型飞行类，却在贴地移动，翼展有十多米长，在地面上滑行，慢慢爬上山坡，像幽灵一样，没有任何声音。我差点以为它是个影子。"

他比画了一下怪物贴地行走的诡异姿态，声音微微颤抖："我直觉它肯定很危险。我和怪物打交道很多年了，也很少见到这种……让我感到这么危险的类型。佣兵手册和野外指南里记录过类似的东西，都很可怕。"

"我不能冒险，如果攻击它，或许队里所有人都会死，不知道它的移动速度怎么样，贸然撤退的话，这种距离内我们很可能逃不掉。也不能向大家示警，如果这边有了动静，它很可能快速冲上来。"唐岚说，"但我能确定，它就是冲着我们来的。"

说到这里，他深吸一口气："我没有更好的办法了。"

波利问："你怎样做了？"

"储藏舱的门就在我手边，我拿了四十斤带血的混合鲜肉，往另一个方向走，对面还有个山头。"唐岚说。

"混合处理后的怪物肉类基因多样，对怪物的吸引力很大。"波利说。

"对，我们经常拿混合肉当诱饵。"唐岚说，"它被吸引了，我慢慢引它往另一边走。走了大约二十分钟，它开始加速了。我一看就知道，它摸清我的实力了，准备立刻冲刺进攻，这时候我们离营地已经很远了，我给他们发了立刻撤离的信号，然后把肉放下，往斜对角方向走。"

"很遗憾，"他道，"它吃肉很快，而且没打算放过我。我随身带了枪，但完全打不动它。"

"后来……我就变成这样了，我知道自己没法再回基地了。"他脸色略微苍白，低下头，"但我的队友应该能安全撤离——我希望能。"

"他们一定已经安全了，"波利轻轻拍着他的肩背，"你很勇敢，孩子。你具有英雄的品质。"

不知为何这个词让唐岚笑了笑，随即，他的目光悲伤起来。

"我和我们队长是很多年的朋友，但我总是不辞而别，这次也是，"他说，"我们不可能再见面，这次他的个人英雄主义无处发挥了。"

4

来自北方基地的援军抵达高地研究所。

重武器在飞机上，由陆上校指挥空中作战，其余轻装部队使用大型滑翔翼落地，他们有序地四散开来，清扫已经进攻研究所的怪物。

哈伯德在研究所右方的大片空地上，往后是陡峭的悬崖，崖边竖立着的鲜红的三角标牌上写着"易滑坡，禁止靠近"。研究所的主体遮住了他的大部分视线，用重机枪打死一个小型怪物后，这里就没有敌人了。

他来到这里是因为他在方才的混战中抬头往天上看了一眼。

天上正发生一场血腥而混乱的战斗，一只巨大的怪物死亡落地，他抬头时看见空中有一道黑色的人影。

不，不是人，他有着人的躯体，背后却有一双漆黑的、折了一半的巨大翼翅，是个异种。

他看到时，那道身影正往下坠落，因此只在他的视野中短暂存在了一秒钟。

可这短暂的一秒钟让他的灵魂一片空白。

"你去哪儿？"他同行的队友冲他喊了一声，但他没听清楚，那声音仿佛是在很遥远的地方响起的。

随即他发疯一样冲向那人坠落的地方。

——这个地方疏于打理，藤蔓缠绕，及腰的杂草疯长，表面上什么都看不出，背后就是悬崖。

他目光冷凝，握着重机枪踏进去，拨开藤蔓，在及腰深的草丛里四下搜寻。

耳畔似乎传来幻觉一样的喘息声，他猛地转身，却只看到草丛在狂风中晃动。

"有人吗？"他喊道。

那喘息声似乎加重了，右后方有响动传来。

他朝那里看去，目光却猛地停住。

——在一千米远的对面，研究所建筑的左后方。

那个地方是风力发电塔的所在，数个白色的三角风车正在狂风中疯狂旋转。

而就在此时此刻，几只雪白色长有棘刺的触手卷上了发电塔的柱身，并绞上了风车中央的转轴。那几截触手粗壮坚硬，发电塔中两个的旋转已经渐渐停下。

而那个怪物的目的显然不仅限于此，触手上棘刺与瘤突耸立，哈伯德一生中的大半时间都带队在野外度过，身经百战，他知道那是怪物发力的表现，它即将把发电塔连根拔起。

混战的核心是研究所前方空地，未必有人会注意到远处的发电塔——更何况那东西的颜色和发电塔如此相似。

当然，最重要的原因是，没有时间了。

第三座发电塔停止了转动。

触手已经因为使力而微微颤抖。

这几座发电塔的重要性哈伯德不是很清楚，但可以想象出来。研究所内通信设备、科研设施的供电，包括安折刚刚走进去的那片红色火海所依赖的装置，全都需要大量的供电。

他卸下背着的大型手持铀弹发射筒，向前方瞄准。很少有单兵能灵活使用这种武器，它的火力足够，但重量恐怖，瞄准难度极高，后坐力能让一个普通人的肩膀粉碎。

哈伯德对触手类怪物的要害心知肚明，但研究所建筑的存在严重阻挡了他的瞄准，那个怪物的要害处没有露出来。

——他向后退。

所有思索过程和决定都在看到那个怪物后的三秒之内完成，他后退，一步，又一步。

风声越来越大，短短数秒内，他已经越过了"禁止靠近"的标牌。他往后瞥了一眼，看见无尽的天幕，再往下看，离悬崖的边缘只差一步，而自己脚下的土地正在微微晃动，咔嚓一声，似乎传来石子滚落的声响。

还差一点，离能击杀怪物而又不会损坏建筑和发电塔的那个位置还差一点。

其实他从没想过要当英雄。但他还是继续后退了一步。

又是土石松脱的声音。

瞄准镜十字准星正对要害。

手里这个型号的发射筒，穿透力足够，火力足够，射程足够。

"砰——"

巨大的后坐力将他向后轰击，山崖的边缘震颤，原本就已松脱的石块像雪崩一样垮塌。

风声响在耳畔，他的身体后仰，向下坠落。

番外

他的视野里全是辉煌的黎明，太阳从群山一侧跃出，耀目的金光撞进他的视网膜，就在这转瞬即逝的片刻后，一道人影从山崖上方出现，朝他的方向一跃而下。

几滴鲜血落在哈伯德脸颊上。
仿佛在梦中。
他伸出手——

唐岚因失血而苍白的手拽住了他。
阴影铺天盖地，带血的翼翅唰地展开。山间的风往东方吹，血染透了他胸膛处的衣服，他没力气振翅飞起，只是抓着哈伯德，借风滑落，像小时候折过的失了准头的纸飞机。

哈伯德看着他的眼睛。
唐岚的眉眼还像以前那样俊秀冷冽，面颊上有两道划伤，正渗着血。

唐岚也看着哈伯德，他笑起来。
哈伯德眼里似乎有许多东西，他能看出来。他想问他为何在此，想问他经历过什么，更想责备他为什么要牺牲自己的性命，跟着坠落悬崖。

唐岚只是一边笑，一边把哈伯德的手攥得更紧——哈伯德以同样的力度回应他。
整个世界只剩呼啸的风声，他们坠落向不可知的命运，但没什么好怕的。

"你当了一次英雄，"唐岚说，"我也来当一次。"

远方，群山绵延。
朝阳喷薄而出。

嘀咕

1

安折在车前。

中午的日光透过装甲车的天窗折射下来。

这是他和陆汛一起去深渊的第一天。

人类队伍在野外执行任务时，装甲车就是他们的移动营地。驾驶舱在前，体积巨大的储物空间占据了车体的四分之三，余下的四分之一在底部，是低矮压抑，只能勉强直起身来的休息舱。休息舱用聊胜于无的薄板隔开，两人一个隔间，中间只隔一个放水杯的茶几，因为久不见太阳，被子和枕头都隐约有霉味。

在最开始来到人类基地前，安折坐过范斯队伍的车，他的记忆里也有一些关于装甲车的印象，那些印象都和狭窄、潮湿、黑暗与逼仄有关。

这一印象在他脑中根深蒂固，以至从前一想到上校每年都有半年要在装甲车里休息，他就觉得这是一件苦差事，上校从休息舱的窄床上起身的时候说不定脑袋会磕到天花板。

然后上校的心情就会不好。

上校的心情不好的时候，整个队伍都将活在巨大的阴影下，战战兢兢，没人敢说一句话。

而这种气氛又会让上校的心情更加不好，继而影响他的睡眠。

于是第二天早上，上校醒来的时候，由于睡眠不足，智商会出现一定程度的下降，行事不再完美无缺，毫无破绽。

——所以他又碰到头了。

队伍在深渊的旅程就这样日复一日在巨大的阴影下进行。

在上校的车里度过的第一晚，天窗外是漂亮的星空，安折在一个宽敞的空间里，抱着枕头坐在一张平坦的大床上，在侧窗外吹来的温凉舒适的风中，向上校描述自己当初的想象。

上校的表情好像听到了什么令人迷惑的事情。

安折猜到了他的迷惑，但没猜到上校首先关注的问题。

"你为什么觉得我早上醒来后智商会下降？"陆汛问。

安折："我预想你前一天晚上睡眠不足。"

"即使睡眠不足，也不会出现这种情况。"上校道，"而且，假如我碰到了一次天花板，就不会碰到第二次。"

安折："那说明你真的碰到过。"

这次他在口舌之争中战胜了陆汛。

短暂的沉默后，陆汛说："我只在十四五岁的时候出现过一次这种情况。"

"但是我无论在什么时候，情绪和智商都很稳定。"

"真的吗？"安折用怀疑的目光看着他，"但是前段时间我经常发现，早上的时候，你在看我，一动不动，好像用脑子的速度很慢的样子。"

"那是因为你醒得太晚。"陆汛面无表情，"如果你醒得比我早，你就可以看我。"

他说得竟然很有道理，安折翻身背对着他，表明了不愿意再和他说话。但三分钟后，他还是没有忍住，问陆汛："为什么你的待遇和他们不一样？"

——上校并不睡在下面的休息舱里，他的车明显改造过，上方那个宽阔明亮的空间才是上校的起居室。起居室四壁都是漂亮的银白色，上方和两侧有窗，甚至在有限的空间里还改造出了单独的盥洗室。

床边单设了书桌，有点像基地外城制式房间的格局，陆汛那本极端敷衍的工作手册中的大部分内容就是在这张书桌上完成的。

总之，这舒适明亮的场景，和安折的设想不同。

上校说："一任审判者在车厢里疯了。他发疯有别的原因，但供给站还是升级了后来审判者的居住环境。"

安折："他们可能是想让你们的心情好一点。"

"嗯。"陆汛道，"后来我带队的时候，让供给站把审判庭的车全部改造，另外增加五辆车放物资。"

安折："你真好。"

陆汛的语气异常平淡："因为我发现他们经常碰到脑袋，然后心情不好。"

安折抱着枕头笑了起来。

没想到陆汛下一句话就是："你碰过吗？"

安折："我没有。"

他和愚蠢的人类是不同的。

接着，陆汛把他从上到下打量了一遍。

"忘了。"他说，"你没有碰到的条件。"

安折觉得，如果哪天他一命呜呼了，那一定是被陆汛气死的。

2

安折在车顶。

黄昏的晖光洒在装甲车的天窗上。

这是他和陆汛一起待在深渊的第三十天。

他们在深渊里发现了一座漂亮的山谷，碧绿色的细长小草覆满山谷的土地，环抱着一个清澈的湖泊。

——近乎半透明的草茎泛着微微的荧光。

"好漂亮。"安折环视四周，道。

"29 号细叶草，"陆汛说，"夜间能分泌强腐蚀液体，进行捕猎，现在该走了。"

安折从天窗的小梯子上下去，陆汛去驾驶舱。

驾驶舱和起居室打通了，安折不坐在副驾驶的时候也能随时看到上校，而通常情况下他也会待在上校能从反光镜看到的区域。

在起居室里，他看了一会儿书，然后开始打扫——其实也没什么可打扫的东西，只能说是整理。

他把上校的工作手册合上，将圆珠笔放进笔筒里，倾斜 45 度角朝向右边，把自己翻乱的书放回原位，把小梯子折起来，放在不易察觉的角落，擦了一遍灯管，再把被子叠成一个完美的正方形，窗台上好像落了一点灰尘，好像没必要擦，但他总觉得上校有一点不明显的洁癖——他在主城和城防所的房间都有一种神经病一样的简单，冷清得不像活人住的地方。于是，安折认真擦掉了那点灰尘，然后又反复擦拭三遍。

擦完的时候，他抬起头来，和一只小虫对上了目光。

小虫很小，他认得这种生物，是种没什么营养的小萤火虫，群居，因为经常和毒蘑菇伴生，在深渊里也算活得不错。

傍晚时分，小萤火虫的肚子已经亮起了微微的萤光，很漂亮，安折很喜欢——他还是个纯粹的蘑菇的时候就偷偷羡慕过那些会发光的荧光蘑菇。

但他犹豫了一下，还是轻轻吹了口气，将小虫赶出了车厢，他想，上校既然是一个有细微的洁癖嫌疑的人，应该不会喜欢有小虫在房间里。

小虫离开后，他关上了窗户，开始擦窗户上的浮尘。

他在擦的过程中，总觉得上校在看他。

果然，三秒钟后，上校问他："为什么一直擦窗户，你有洁癖吗？"

安折："……"

他转身离开了反光镜能看到的区域。

接下来的三天，安折一直在观察陆沨。

首先，他发现，被子叠得整齐或不整齐，并不会影响到上校的心情。

圆珠笔放置的角度也不影响上校使用它。

——然后他故意弄脏了书桌，上校晚上看到书桌上的茶渍时，并没有明显的不悦，拿起清洁喷雾溶解了污渍，然后从容地继续工作。

安折开始怀疑自己之前那些神经病一样反复打扫的意义了。

他有一点失落。

晚上睡觉的时候。

"我没有洁癖。是以前看到你的房间都很冷清，"安折低声说，"觉得你喜欢那样。"

陆沨摸了摸他的脸。

"谢谢。"他说。

安折的手指搭在陆沨手臂上，没说话。

过一会儿，陆沨道："以前没注意过。"

安折："现在呢？"

陆沨说："你习惯就可以。"

安折枕着他的手臂，垂下眼。

这只是一件小事，但他想到了很多。

"我只是，只是觉得……"他有点困难地组织着语言，目光茫然，"有时候，我不太了解你。"

"不可能完全了解一个人。"陆沨道。

"但是——"安折说了两个字，没有下文了。

人类的事情太多，情绪也太多了，他想。人类之间永远在相互揣测、琢磨，他有时候很想和陆飒当两只蘑菇，被同一阵风吹着，也淋同一场雨，生命里的所有时间都只是长在一起，没有其他一切事情。

他转过去面对着陆飒，陆飒却起身。

安折不解，看向他，却见上校拉开了床头柜子的抽屉，取出一个什么东西，递到了他面前。

昏暗里，那东西发着漂亮的淡绿色萤光。安折睁大眼睛，接过来——是个玻璃瓶，瓶里是十几只小萤火虫，和他之前那个傍晚见到的小虫是一个种类。

它们在透明的玻璃瓶里飞着，夜晚，天完全黑了，那星星点点的光比傍晚时还要漂亮。

安折："哇。"

他抱着瓶子不撒手。

上校说："给你玩。"

说完，他打开了玻璃瓶的盖子，萤火虫们飞出来。它们是群居的生物，一起从房间的这边飞到那边，从地面飞到天花板上，像飘浮的小灯。

安折从床上坐起来，伸手抓了几下，它们本身就是亲近蘑菇的物种，并不躲避，绕着他飞来飞去。

"你什么时候捉到的？我没发现。"他带着笑回过身看陆飒，发现上校似乎从拿出玻璃瓶开始就一直专心看着他。

他忽然明白了。

一个人不可能完全了解一个人，但人类一直在尝试相互了解。

这也是一种快乐，像在淋同一场雨。

3

安折在车门旁。

雨雾落在天窗上，朦朦胧胧一片。

这是他和陆沨第三次一起去深渊。

他正在变蘑菇。

菌丝爬上陆沨的衣服，他的形态逐渐变化，变成蘑菇后摆脱了人类肢体的束缚，他就可以自由地在深渊里走来走去。

他变到一半时，陆沨伸手按了按他的肚子，这个人一直很喜欢这样玩。

陆沨说："你什么时候有小孢子？"

他的语气理所当然得就像在问"你什么时候生孩子"。

这当然不是一件理所当然的事。

首先，安折不能生孩子，他只能长出一个只属于自己的孢子，一个芽孢，根据波利的说法——一个新身体的雏形。

其次，他也不知道什么时候会有孢子。当初那个孢子是什么时候开始生长的、又是因为什么原因才生长的，他已经不记得了。

他说："我不知道。"

又问："你很想要小孢子吗？"

陆沨："想。"

"为什么？"

陆沨："它很好玩。"

安折又被这个人气到了。

玩弄他的潜意识真的是一件很快乐的事情吗？

他说："不给你玩。"

陆沨认真揉了揉他的肚子，仿佛这样就能加速小孢子的生长。

安折懒得理他，继续变化形态，用菌丝把这人缠了个结实。

陆沨拨开他的一部分菌丝，把两缕菌丝打了一个蝴蝶结。然而安折有特殊的解结技巧，原路给自己解开了。

陆沨打了一个更复杂的结。

安折解开。

再打结。

再解开。

终于，安折把那两缕菌丝彻底收回去。

——这种幼稚的游戏，连人类幼崽都不屑于玩。

陆沨轻轻笑一声，把大团的菌丝捞起来，给他顺毛。

安折并不需要这种服务，陆沨顺一下，他就把菌丝收回一部分。十分钟过后，他的体形已经缩水了正常状态的四分之三，只有一只椰子大小了。

陆沨仿佛突然发现了什么，他问："你能变小？"

"可以的。"

这也是安折最近才发现的一件事，他可以控制自己形态的大小，不知道是不是和乱吃东西有关——明明他已经很久不吃那些东西了。

就听陆沨又道："还可以继续变小吗？"

安折努力往回收菌丝，变成了一只苹果的大小。

再缩小，他变成了一只乒乓球的大小。

——好像还可以继续缩小。

安折感受着自己对菌丝的控制，继续变小。

他的身体忽然一轻，飞了起来。

他悚然一惊，接着发现自己是被陆沨拿起来了。

然后，他被放进了陆沨胸前的制服口袋里。

咔嗒一下，扣子扣上。

"带你出去玩。"上校声音轻松，似乎非常愉快。

安折："……"

上校绝对是获得了某种奇怪的快乐。

4

安折在车里。

清晨的曦光透过装甲车的天窗洒下来。

这是他和陆沨第四次一起去深渊。

他醒了。

但他没有起床。

他也不能起床。

他把自己裹在被子里不出去，直到陆沨泡好一杯牛奶，放到他前面。

陆沨问："好点了吗？"

安折点头。

"还疼？"

安折摇头。

摇完，又点了点头。

陆沨微蹙眉，来到安折身边，伸手拨开他用来裹住自己的薄被子，安折任由他拨开。

被子的表面由一种细腻的织物制成，光滑柔软，但和晶莹细腻的奶白色皮肤相较，似乎也显得粗糙起来。

但那皮肤上有的地方破了皮。本来也没什么，安折今早起床，穿好上衣，衣料却刚好摩擦到伤口，当时他疼了一下，小声抽了一口气。

陆汛拉开抽屉拿了酒精出来，用脱脂棉球蘸着清理了一下伤口，涂了药。

——于是新生的皮肤又被折腾得红了一片，安折的皮肤太娇气，像雨季新长出来的白蘑菇，一掐就会流出汁水。

涂完药，伤口处凉飕飕的，安折重新裹紧了自己的被子，隔着被子被陆汛往身上搂了一下，就把脑袋靠在他右边肩膀旁，倚着他。

——稍后忽然意识到自己不该和他靠那么近。

安折试图抽身离开，但已经被陆汛按住了。

他挣扎无果，过程中伤口又让被子的面料蹭了一下。

"别动。"陆汛道。

安折："……"

这人的语气像是批评他不该乱动。

他一抬眼就能看到陆汛的喉结和脖子——他磨了磨牙齿。

——就被陆汛搂得更紧了点，彻底不能动了。

安折思来想去，还是很不高兴，这不是一时的不高兴，而是很多天来逐渐递进的情绪，他一直想找陆汛的事情。

正好这次终于有了个值得一提的伤口。

他闷闷开口："你好凶。"

陆汛问，"有吗？"

安折说："有。"

"没有。"陆汛把他扳过来，道，"我已经很注意了。"

安折："？"

假如这是已经注意了的后果，那他不注意的时候是要把人拆了吃掉吗？

安折蹙眉，说："不可能。"

陆汛："嗯？"

"你太过分了，我都说不让你涂药了，"安折说，"我都要疼哭了。"

陆汛看着他。

"但你不理我，"安折说，"还会变得更凶。"

新的一天从被小蘑菇批评开始——陆汛低头看怀里的蘑菇。

声音是软的，娇气，嘀嘀咕咕小声抱怨。

安折说完了。

但陆汛还想听他这样说几句。

于是他问："还有吗？"

安折瞪了他一眼，意思是，这样还不够吗？

"我以为那就是理你的方式。"陆汛回答。

安折："？"

安折："还有吗？"

"有，"陆汛道，"你应该学会控制自己的行为。"

安折："？"

他根本不可能做错任何一件事。

他直视陆汛，声音冷漠，一字一句道："你有问题。"

"你看，"陆汛道，"你又撒娇。"

安折确认他和陆汛确实存在物种的差别。

如果他能伸手去拿枕头，他要做的第一件事就是把枕头扔到陆汛脸上。

但现在他两只手都被陆汛箍住，只能用目光和这人僵持不下。

半晌，陆汛先笑了。

他低头去搂安折的肩膀，安折偏过头不给他碰，但被制住了。

直到他呼吸不过来才被放开，接着陆汛去轻轻摸他的脸。

呼吸拂在耳侧。

安折整个人颤了一下。

安折说："不要。"

陆汛："听不见。"

安折旧事重提："那我每次哭的时候，你也看不见吗？"

"又不是在打你，"这人说，"哭没用。"

——新的一天从腹诽上校开始。

5

安折还在车里。

夜晚的星光透过装甲车的天窗洒下来。

这是他和陆汛第四次一起去深渊。

当安折第三次嘀嘀咕咕的时候，上校给出了一个解决方案。

他面无表情，往床背一靠："你自己来。"

其神色语气，仿佛是在城门口的基因检测处，检测设备旁边，说："你
自己来。"

安折面对着他，犹豫了一会儿，几根菌丝蔓到上校身上。

然后他倾身过去思索要不要帮他洗衣服。

他开始和那几枚衬衫扣子做斗争。

他和这件衬衫很熟悉，毕竟他是个没有感情的洗衣机器。

但衬衫并没有因为他们之间的交情而网开一面，甚至因为角度问题而变
得更加难解。

解开第一枚扣子后，他对陆汎说："你自己解。"

——就像陆汎有时候会对他说的那样。

陆上校不为所动。

又有几根菌丝爬了上去。

上校纡尊降贵，慢条斯理地给自己解开了第二枚扣子。

安折则继续思索。

"地下 3 层出来的人，"就听陆汎的声音里含了点笑意，微微哑，"熟练一点。"

安折："……"

他小声说："我又没学到什么。"

而且也不能回去重学了。

"看出来了。"陆汎说话，这人嗓音压低的时候，声音里有个遥遥在上的磁场，安折一个激灵，从耳廓麻到脊背。

于是他又想起当年的事情。

他和陆汎刚认识的时候，甚至亲口说过"我在地下 3 层工作"这种话，上校回了他一个"哦"字。

安折很好奇那时候上校对自己的印象。

仿佛读懂了他的意思，上校道．"那时候了清楚你是蘑菇，想，你如果不是在地下 3 层做事，没办法在基地活着。"

他漫不经心扫了一眼安折，继续说："现在看来，即使是，你也不能养活自己。"

菌丝又多了几根。

上校停止了说话。

安折现在最大的心愿是上校能像曾经的那个人偶一样一言不能发。

他细白的手指搭在陆沨的胸口，想等陆沨解完扣子后去牵他的手。

然后就看见上校看着那里，似乎也在思索什么——而且是他思索正事时才会有的那种神情。

几秒后，陆沨道："以前还是被你骗了。"

安折歪了歪脑袋。

"慢半拍，不知道猥亵罪是什么，打月薪低于底线的黑工，"上校历数这三件事，若有所思，"这不能用过于单纯和智力有限来解释。"

安折："……"

他说："你停下。"

但是显然，上校的听力是选择性失常的。

"那天晚上也很反常，你邀请我住在房间里。"

安折说："是因为你没有地方去。"

"问题在于你要把自己的牙刷给我用，你完全不懂得人类的社交礼仪。"

安折不说话，仿佛他的听力也选择性失常了。

"除非这是你在地下 3 层学到的拙劣手段，但那天晚上你很乖。"上校道。

安折知道上校说的是审判日那天晚上，他邀请这个人在自己房间里睡了一夜。

他去抱陆沨，额头贴着他的胸膛，那里隔着一层衣料仍然有温暖结实的触感，耳边能听到沉稳的心跳。过往种种，像一场梦一样。

安折设想了另一种可能。

"那，"安折说，"假如那时候……"

假如那时候真的阴差阳错——

如果他真的是地下 3 层的工作者，又或者他是个没有主见的蘑菇，听从了肖老板的建议，用另一种方式来接近审判者——那天晚上，他会怎么做？

别有用心的异种收留了无处可去的审判者。

——在他们相识未深，甚至互相戒备的时候。

可又是在那样一个被死亡、抗议与背弃充斥的时刻。

假如那时候的安折对他解开上衣的纽扣，他们会怎么样？

安折不知道。

他只知道，时至今日，想起审判日那天晚上陆汎的背影，心脏还会剧烈地颤动，他看着那双绿色的眼睛，仿佛又回到那一瞬间，血腥味的夜风呼啸过城市。

于是那种神情又出现在他脸上。

安静的、忧伤的神色。

神爱世人。

神不爱世人。

床、书桌，这个地方的摆设原本就像基地的制式房间，夜里，房间暗下来。遥不可知之处传来风声，像极了那天晚上。

那时的安折也是这样，雪白柔软的棉质睡衣，一张不谙世事的脸。

陆汎的手指按着他的肩头，视线仿佛实质，安折先是微微垂下眼睫，复又抬眼和他对视。睫毛轻轻颤了一下，像蝴蝶栖停时花叶细微的抖动。

陆汎久久凝视着他，像凝视雪原上的暮色。

直到这暮色降临，安折俯身轻轻抱住了他。

往事明灭。

✨ 蘑菇的日记

北方基地传来消息，他们打算在主城遗址地下侥幸未被炸毁的通风管道中心建立人类史馆，为此索要几乎所有人的回忆录。研究所里的很多人都交了。

但是陆沨没有。

他没有回忆录，也不写日记，他的工作手册相当于日记，但那些文字太敷衍，而且已经遗失了。

在人类所有的记录里，审判者个人没有留下任何只言片语。

——但是，在人类的记录中，又从不缺少关于他的记载和议论。人类认为自己的历史就是一条流淌的长河，他不说话，隐身在这条长河里，但每一道涟漪的影子后似乎都有他。

那到了很多年后，人们会怎么想他呢？会有人爱他吗？会有人恨他吗？会有人怀疑他的存在吗？

怎样让他更真实一些呢？

我不知道。

他爱过一些人。他的母亲，他的朋友，他的下属。他倒是没有恨过什么人。

他也喜欢人类，但是至少有两次，他在人群之中感到了刻骨的孤独。第一次是审判日那天，在城门上，第二次是审判者的人偶被反对派击杀时，那时候他会有失落的情绪吗？因为什么感到失落？对不理解他的人群吗？对他自己吗？对人类的整体吗？还是对人类永远无法相互理解这一事实呢？

我不知道。

每次想到这种事情，我都难过得说不出话来。

我有时候也会想，为什么是我和他一直待在一起呢？他把我的菌丝抓在手里，就能从永恒的孤独里脱身吗？我可以陪他说话，但我们又能说些什么呢？我和他是最不相同的两个人，研究所里的人们从来不理解我们为什么能够和平共处。

我问波利，波利说："其实你们两个是这个世界上最相同的两个人。"

我不明白。

波利说："等你再长大一些，到了能够追忆往事的年纪，就会明白了。"

但那个时候，他会在哪里，我又在哪里呢？

我们大概在一起周游世界吧。

好了，不写了。

我要去给他准备新年礼物啦。

上校的日记

蘑菇说我的日记太敷衍，他自己的日记也并不真诚。

说不知道的，其实都知道。

撒娇病。

✨ 一个问题

发动机轰鸣，冬日清凌凌的日光下，巨型战机的强劲气流掀起地面的积雪，白雪混着尘埃一起飞扬。陆沨向那边走，对讲机里传来机长的声音："接到北方基地的消息，入冬后怪物首次入侵，规模空前巨大，基地持续请求增援，咱们赶紧了。"

——"钟声"后，北方基地的军事力量分成两支，一部分留在原基地，另一部分则驻扎在高地研究所，协助进行深渊生物样本的采集以推进对物质频率的研究。基地与研究所既然已达成和解，那么北方基地遇袭后寻求高地队伍的援救也是理所当然的事情。

只是，安折想——

如果不是接到了这样一个至关重要的紧急任务，他怀疑陆沨这辈子都不会回到北方基地。换句话说，他早以为陆沨不打算回去那个地方，但接到紧急任务的命令后，上校还是选择走向 PL1109 的停机坪。

就像三年前那个同样尘埃漫天的日子，他走向了 PL1109，走向远隔重洋的地下城基地那样。

他在想事情，所以落下了几步，正好能看见前方陆沨的背影，和当年一模一样。上校从来都是这样向未知之处走去，从不回头。

安折正这样想着，就见上校回身看了他一眼。银白天幕下，一个冷冽好看的侧脸。

安折就在原地看他。

"在想什么？"上校问。

安折这才走过去，跟上。

"你好帅哦。"他小声说。

——就见上校笑了。

像极光的流转，雪片的飞落。上校很少有这样明显的笑意。

于是安折也问："你在想什么？"

"想起在基地的时候，"上校说，"地下城基地出事那次。"

这人想的竟然也是那个时候，安折没说话，听他继续说了下去。

"临走的时候看见你了。"他说。

安折"嗯"了一声，他记得他们两个谈了一下蘑菇汤的问题，然后，上校让他照顾好自己。

他道："你还说自己可能回不来。"

"好像是，"上校道，"感觉你好像在担心我，就多说了几句。"

安折："一句。"

上校又笑。

雪光照亮了他作战服上的银徽，作战服是黑色迷彩，黑色露指手套，外套一件战术背心，有种随性又干脆利落的力量感，和平时的制服很不同。

"确实有句话没说，"陆汛道，"想问你——"

却没说。

安折问他："什么？"

陆汛面无表情，似乎在斟酌措辞。

安折于是越发好奇，就在他以为上校要说一些至关重要、具有深度的问题时——

上校拿枪比画了一下他，道："帅吗？"

基地编年史

2020 年，地磁开始快速衰弱。

同年，亚洲，A 计划开启，建设模拟地磁场。

同年，北美，B 计划开启，建设人类地下城。

2030 年，地磁消失，全球生物圈紊乱，气候剧变，太阳辐射异常，"沙漠时代"开始。

2040 年，B 计划成功，地下城开放入住。

2043 年，A 计划成功，弱磁磁场覆盖全球。

2045 年，以太平洋海洋生物为中心，全球物种变异，"大灾难时代"到来，战争开始。

同年，北方基地、东南基地建设完成。

同年，地下城基地协助建设弗吉尼亚基地。

2050 年，战争中，人类损失惨重，"融合派"成立。

2053 年，人类观测到普遍基因变异，出生率锐减。

2061 年，变异性啮齿动物潮爆发，东南基地沦陷。

2066 年，人类四基地女性零票否决通过《玫瑰花宣言》，基地出台生育能力评分制度，评分 60 分以上女性与基地签订协议，自愿接受人工授精。☆

2067 年，北方基地，"审判日"事件。《审判者法案》出台，审判者持有杀人执照，无差别击毙一切污染者。☆

2070 年，融合派叛逃，高地研究所成立。☆

2073 年，弗吉尼亚基地沦陷。

2105 年，北方基地，"玫瑰花事件"爆发，女性联合反抗基地对生育力的极度压榨，基地镇压，所有 60 分以上女性被软禁在"伊甸园"。☆

2135 年，通信条件进一步恶化，北方基地与地下城基地关闭日常通信频道，仅开启紧急频道。

2150 年，北方基地人口数量与稳步增长，"复苏时代"开启。

2154 年，基因检测技术成熟。

故事开始。

图书在版编目（CIP）数据

小蘑菇.默示录：大结局 / 一十四洲著 . —— 北京：
北京联合出版公司，2020.7（2024.12 重印）

ISBN 978-7-5596-4231-8

Ⅰ . ①小… Ⅱ . ①一… Ⅲ . ①幻想小说 – 中国 – 当代
Ⅳ . ① I247.5

中国版本图书馆 CIP 数据核字（2020）第 080336 号

小蘑菇 . 默示录：大结局

作　　　者：一十四洲
出 品 人：赵红仕
责任编辑：管　文
特约编辑：丛龙艳
产品经理：穆　晨
内文排版：杨莉芳

- -

北京联合出版公司出版
（北京市西城区德外大街 83 号楼 9 层 100088）
北京联合天畅文化传播公司发行
天津中印联印务有限公司印刷　新华书店经销
字数 248 千字　710 毫米 × 1000 毫米　1/16　20.5 印张
2020 年 7 月第 1 版　2024 年 12 月第 54 次印刷
ISBN 978-7-5596-4231-8
定价：49.80 元

- -